造假者

目錄

角色	人物介紹
蘇于晏	小說主角，一個喜歡做麵包的普通大學生，經營不太有人氣的麵包直播頻道，在一次偶然發現知名麵包店熊貓人招牌桂圓麵包的秘密後將其投稿給時事爆料 Youtuber 芸樺，卻被無端捲進一場因麵包而起的公關混戰中。
艾可	蘇于晏的青梅竹馬，鄰家大姐，與蘇于晏一起到國外打工後，留在當地酒吧發展自己的音樂夢。因為受到邀請而回到台灣參加徵選節目，與蘇于晏見面後，開始發現自己似乎被捲入不屬於自己的事件之中。
芸樺	爆料與打假的時事 Youtuber，不知道為何總是可以獲得比其他媒體還快的第一手資料，身世和各種資料成謎的女人，對蘇于晏本人與他爆料熊貓人的內容很感興趣，但實際動機不明，知道真相似乎只有她的經紀人陳妥興。
陳妥興	芸樺的經紀人，是一個看起來很像不良分子、不苟言笑的人，與芸樺似乎有著曖昧關係？通常負責接送芸樺外出，與協助蘇于晏，但對於蘇于晏加入團隊頗有意見。
巧閔	芸樺工作室的小編，負責整理與和外包人士接洽，表面上像是如此但實際上是灰帽駭客，過去曾為一間國際大公司服務，會加入芸樺的團隊似乎別有用心？

義哥	喜歡對人開黃腔、渣男行徑的中年大叔，長年熬夜、不修邊幅，但在正式場合從衣著倒行為都會表現得體的公關公司怪異上司。對於芸樺的資料來源，和公司上層隱瞞的事物相當感興趣。與駭客小偉和巧閔共事過，兩人似乎知道在那渣男外表下的另外一面。
小偉	國際公關公司的資訊組長，常與義哥配合，一起負責公關危機的案子，是個喜歡有趣事件的愉快型駭客，也是巧閔原公司的後輩。
傅亞銻	熊貓人麵包店的老闆，因為麵包在國際賽事得獎而有台灣之光的稱號，並且在國內外開設多間麵包分店。但因為蘇于晏意外發現公司招牌麵包的秘密，而身陷公關危機中。
陳玲雪	氣質出眾，歌唱技巧很好的選秀節目歌手，與艾可一樣擁有海歸學歷、國外返台歌手的背景。不過似乎在這背景背後，有著更不可描述的秘密。
Swen	一個長期關注蘇于晏麵包頻道的粉絲，真實身分不明，似乎有跟蘇于晏接觸，但蘇于晏本人渾然不知。到最後蘇于晏才靠自己推斷出 Swen 的真實身分。

第一章　只是一塊麵包

一個簡單的小廚房，水槽和料理檯上空蕩蕩像是刻意被整理過的樣子，突然有雙手出現在鏡頭前，開始擺放上各式各樣的廚具和食材，當一樣樣物件被擺放好後，畫面出現一個特殊的字幕動畫，顯示出『簡單烤箱食譜——蘋果派』字樣。

原來是甜點教學的網路影片，然後開始出現一個很有磁性的男聲，自言自語的打招呼：

【嗨，我是喜歡做料理的于晏，今天要教大家怎麼簡單在家，就能做出好吃的蘋果派，我們準備的材料如下：蘋果２顆、黑糖４９克、鹽巴少許、肉桂粉１克、一顆蛋、現成起酥派皮４張……】

影片裡聲音不斷的敘述蘋果派的作法，同時鏡頭裡的手也開始動作，只見畫面裡出現的手，靈巧的將蘋果削皮切丁，泡在鹽水瀝乾一分鐘後，將蘋果丁放進鍋中，加入黑糖跟肉桂粉均勻攪拌。然後又拌入奶油與鹽巴，用小火慢慢加熱，讓蘋果水分收乾……

【這時候我們先將煮好的蘋果放到保鮮盒裡放涼，接著拿出我們現成的派皮，當然你也可以自己製作派皮，如何製作呢？請看影片右上方連結。然後我們把派盤拿出來壓在派皮上切割出形狀，接著再向外用擀麵棍多擴張個三公分的弧度，像這樣……】

說完，接著把剛剛煮好的蘋果醬放到派皮上，就像是包水餃一樣，將煮熟的蘋果給包覆起來，不久好幾顆「大餃子」就出現在畫面裡。

【蘋果的量要特別小心，別放太多，不然在烤時會漏出來，好，我們將蘋果派放在烤盤上，分二次均勻的塗上蛋液……最後送到190度烤箱烘烤30分鐘，就完成了。】

影片的最後，出現了一塊在轉盤上慢慢轉動的蘋果派，搭配了不知哪時候出現的熱紅茶，並配上輕音樂，儼然有了午後的網美下午茶氛圍。鏡頭漸漸拉遠，一個穿著襯衫，看起來人畜無害像是學生的大男孩出現在影片中，像是排練好的一樣露出笑臉說：

【這樣簡單又好吃的蘋果派你學會了嗎？如果你喜歡這支影片，記得訂閱、分享、開啟小鈴鐺通知。我是喜歡做料理的于晏，我們下次見。】

播到這裡，影片跳出一個打勾的符號。

「呼，總算上傳完成了。」

上傳蘋果派教學影片的人伸了伸懶腰，視線從電腦螢幕上移開，一張跟影片一模一樣的臉出現在跟剛剛同樣的廚房裡，于晏想吃一口剛剛自己製作完成的蘋果派，才剛伸手要去拿，蘋果派卻先被人捷足先登了。那人不管于晏那睜大眼的表情，一口就將蘋果派給吃掉。

拿走蘋果派的是一個穿著中性的女孩，一頭個性亂翹的短髮，一看就知道才剛睡醒沒多久，于晏看著女孩一口塞下蘋果派，邊吃邊說：「先說現成的派皮不是很好，蘋果醬有點甜，冷掉以後口感雖然差了點，但還可以，你說這叫蘋果派，我倒覺得改叫蘋果酥還比較像……欸欸，你幹嘛？」

「又沒叫妳點評，艾可，妳知道我花多久才想到這種簡單的作法嗎？」

在艾可還想伸手再去拿第二個蘋果派時，于晏將整盤蘋果派拿走，自己吃了一口。

雖然不到難吃的地步，但也就只是很普通的蘋果派，果然偷工減料用了外面現成的酥皮就沒辦法控制酥脆的程度，蘋果是不是應該再煮久一點？但是之前就是因為煮太久才釀成悲劇。于晏面向鏡頭外，只見除了有正常廚房料理檯上該有的器具與鍋碗瓢盆外，還有滿滿的他做失敗的蘋果派屍體。

艾可走過來看了看這慘劇，搖搖頭、拍拍于晏的肩膀，用哥們的口吻說：「你自己慢慢吃完吧！」

「那個艾可……」

「欸欸，聽好了，我可不會幫你吃哦。上次是誰害我吃了一個禮拜的黑森林蛋糕？！還有檸檬塔，還有那個不知道叫什麼的麵包，害我吃了拉肚子，工作差點就出了大問題。我這次絕對不會幫你吃。」想起過往種種慘劇的艾可，一邊穿著自己到處亂掛在椅子上的襪子，一邊拒絕站在廚房的于晏，最後套上運動鞋說：「好了，我要去打工了，你今天既然可以拍片就代表民宿那邊休假吧？那把你弄亂的廚房給我清一清，我可不要回來又聞到你那『蘋果酥』的味道。」

「是蘋果派！」于晏糾正說。

「好好，蘋果派，我走了。」艾可隨便回了幾句，套上鞋就出門了。

看到艾可出門後，于晏喘了口氣，盯著盤裡最後一個蘋果派一會兒，便繼續吃了起來，冷掉的派皮不僅不酥，連裡面的料都顯得有點可悲。剛剛上傳的影片，開始有一些網民即時評論，這是一種能推薦給對料裡感興趣的網友的功能，並且還可以即時知道大家對影片想法，但通常都不是什麼太中聽的話。

當于晏快速地滑過這些批評跟嘲弄的留言時，突然跳出一個最新的評論，還按了一個愛心，是從于晏最一開始拍料理製作影片時，就訂閱支持他的一個網友——Swen，給他點了顆愛心並留言：蘋果派小小的看起來好可愛，很方便一口吃。

果然還是只有Swen你最暖。

于晏坐在椅子上看到這留言，嘴角上揚，但下一秒立刻看見Swen留言：雖然真的很像東北肉餅。

這讓于晏那笑容僵在笑與不笑之間，心裡想著：「看來這次的點閱一定也是慘不忍睹了」。雖然于晏的頻道裡分享了很多影片，但沒有一支破萬，看來想靠興趣做一位料理網紅，實在是困難重重啊。

大學主修跟料理完全無關，只是因為可以上國立的學校就填了，勉強撐下拿到畢業證書的蘇于晏，是個有點娃娃臉，長相看起來靦腆，常常被人誤會還在讀書的社會新鮮人。跟一般人一樣，大學畢業的于晏，是個對未來還未做好規劃，畢業第一件事情就是放開的玩、等待當兵、在退伍後準備就職的年輕人。在就職前，幾篇關於「趁著年輕就該尋找人生新意義」和「現在不做以後就不會做」這種常出現在心靈雞湯書籍裡的正向文，開啟了他海外打工渡假的開端。

「這是你的咖啡、還有三明治。」

與蘇于晏同個民宿咖啡廳打工的艾可，送完餐、幫客人結完帳，就進到吧檯裡喘口氣，還好今日咖啡廳的客人不多，房務工作也暫時都完成，可以稍作休息。這時艾可的同事過來跟她閒聊。

「你今天差點就遲到了吧，是不是跟你同住的那個可愛男孩有關係啊？」

「想太多，我跟他認識很久，有關係的話早就什麼都做了。」艾可跟同事說。

艾可跟這位同事碰巧都是從台灣來打工渡假的，同事明顯比她早來，且做了好一陣子，等到熟了以後，兩人才可以像現在一樣，在空閒時間裡話家常。

「這很難講，那時的你們只是認識很久，又不像現在這樣同居，雖然有分房啦，韓劇不是常常這樣演嗎？男女主角同住在一起，然後日久生情，就……」

「他不是我的菜。」艾可草草結束討論蘇于晏的話題，就去招呼新進來的客人，用流利的外語跟他們解釋菜單上的搭配和套餐組合。

跟于晏歲數差不多大，從小住隔壁的青梅竹馬的艾可，覺得于晏這個人會決定來國外打工渡假，只是單純想拖延自己當社畜的時間而已。

與蘇于晏不同，艾可提早一步進了職場，也在很早的時候就確認自己想要什麼，所以才會一邊玩音樂一邊工作，盡量在夢想跟麵包間取得平衡，雖然累了點，但做自己想做的事情，心裡是十分快樂的。

說起她自己為什麼會跟著于晏在這邊呢？名義上是因為透過家人知道于晏要出國，她心想那散漫的個性如果沒人管他，在國外一定會生活的荒腔走板，像今天一早那堆失敗的蘋果派一樣，再加上自己也一直憧憬國外的生活和工作歷練，於是她決定乾脆一起來渡假打工。

艾可想到就直搖頭，但蘇于晏這個人啊，也不是完全沒有優點……

「艾可，把這份餐送到五號桌。」廚房裡一個滿臉皺紋、不說話看起來很恐怖的廚師從出餐櫃檯探出頭對艾可說。這個人是負責咖啡廳菜單的廚師，所有麵包、甜點和鹹點都是由他親手製作，聽說過去好像是什麼名店的廚師，因為跟餐廳之間出了點事情，鬧不愉快，才返回他親戚的民宿當廚師。

就在艾可要出餐時，臉很可怕的廚師額外將一個寫好的紙條塞給她，對她說：「這是跟妳來的那小鬼說，想學我過去得獎的麵包，告訴他別以為我已經認可了，他只是勉強及格而已，但算是少見很努力的年輕人。」

「我會跟他說的，讓他別太囂張，先生。」艾可回答，轉頭過去送餐時，臉上稍稍露出一些笑容。

蘇于晏其實一直以來對做料理就有興趣，不管是西點、港點，還是一些台灣小吃，他都很想知道作法，也不怕自己是一個外行人，會向廚師問出蠢問題。雖然傻了點，但是對於在意的東西卻很執著，會認真去嘗試找到答案，這也算是她認同于晏的優點吧？

但是……

「時間到了，蘋果派就完成了。」

「這觀看數字好糟喔，還有下面的即時評論很不留情耶。什麼大水餃、蘋果鍋貼什麼的，這個有創意……宇宙無敵蘋果大燒餅。」

「妳看到就好，不用唸出來造成我的二度傷害吧。」正在吃飯的蘇于晏抱怨。

工作完後回宿舍，晚餐時，艾可一邊滑手機一邊吃飯，碰巧就看見今天早上蘇于晏拍的蘋果派影片，果然就跟往常一樣，觀看數普普，給的評價也普通。比起旁邊平台推薦的影片動輒就二、三十萬人觀看的料理影片，真的沒有比較就沒有傷害。但說起來這些人做的料理，以艾可這外行人來看，跟蘇于晏做的東西其實大同小異？她是看不出有什麼不一樣，一樣的製作流程、口白、輕音樂配樂，最後展現成品，唯一看起來有差的是這影片中製作料理的人是一位女性，還是古典美人。

「明明都一樣是做甜點為什麼會差那麼多點閱率？社群的點讚數也一直不上不下的……」蘇于晏歪著頭研究，而旁邊艾可很難說出大概是製作料理人的「臉」不賞心悅目的關係吧？滑掉影片，隨便點了台灣 LIVE 新聞說：「算了，下次再想別的主題就好，來看點台灣新聞吧。」

【新聞報導，台灣著名的麵包品牌「熊貓人」擴展到海外開設分店，日前已正式開幕，造成許多海外人士搶購，幾乎每天不到傍晚麵包就被搶購一空。許多在海外的台灣人特地到此分店朝聖，可惜還是無法買到熊貓人最有名的招牌「桂圓麵包」。熊貓人的麵包從過去就以「天然、手工、無添加」三項堅持聞名，標榜自然最美味，還有小農協力製作，振興地方產業，也曾獲得台灣政府許多傑出獎項。這次在海外開店造成風潮，可以說是另類的台灣之光。】

新聞播出了熊貓人分店的畫面，蘇于晏與艾可看到麵包店的創始麵包師傅亞銻，為這間海外店剪綵外，更用流利的英文跟外國媒體說：「……我們認為天然手工麵包可以讓消費者嚐到麵包最原始的香氣和蓬鬆的口感，尤其是熊貓人的招牌桂圓麵包，更是過去我耗費許多心力想出來的傑作，也是過去華人麵包的經典之作。」

「真的有那麼好吃嗎？我是看不出來他家的麵包跟其他家有什麼不一樣啦！在台灣每次經過都看到一堆人在排隊，根本買不到。」

艾可隨便說幾句，轉頭就看到蘇于晏看著她，對她露出笑臉，艾可感覺這笑臉似乎不太妙，就見蘇于晏拿起手機顯示地圖畫面說：「我剛剛查了一下，熊貓人新開的那家分店，離我們這邊過去只要一個多小時，不然我們也去碰碰運氣？」

「不要，就為了買麵包開車一小時過去也太蠢了。」

「但妳不是想知道他們的麵包是不是真有那麼好吃？」

「只是隨便說說，我看是你自己想吃吧？還都查好地點了。」艾可看穿了于晏的心思，蘇于晏哈哈的笑了聲似乎不在意，只是立刻查了班表說：「畢竟偶爾還是很懷念台灣的食物嘛，明天我晚班，然後妳放假，不如就……」

「難得在國外放假，我才不會跟你去什麼台灣就有的麵包店。」艾可不理于晏，起身收拾晚餐的餐具。

隔天早上，艾可還是一臉不情願地出現在于晏的車上，兩人開了民宿其中一台載客租車，準備前往熊貓人麵包店。雖然民宿老闆是個人很好的華裔，但他們留下紙條，扯謊說借車是要去接客人，這個理由也太扯了。艾可感覺如果出事的話，他們肯定會被列入老闆的黑名單中。

還好兩人順利到了熊貓人麵包店，花了些時間排隊，順利折返回民宿，時間接近中午，兩人便吃起剛買好的麵包。于晏吃的是招牌桂圓麵包，過去在台灣那讓人驚豔的感覺又回來了，難怪顧客願意排那麼長的隊伍只為了買到這塊麵包。

「還真不愧是排隊名店。」原本對麵包無感的艾可也給予稱讚，想起昨天于晏做的蘋果派，忍不住吐槽說：「如果你哪天也做得出這種麵包就成功了。」

「欸……其實我有試著做過。」于晏搔搔頭尷尬的說。

學生時代的于晏的確有嘗試過複製熊貓人的麵包，那陣子他用了自己打工來的錢和零用錢買了材料嘗試很多次，有時候感覺外型、味道都快接近了，但吃起來的感覺卻總是覺得好像「少了點什麼」。

「其他口味怎麼樣？」于晏問著拿起招牌麵包以外其他麵包的艾可。

「還可以，但我還是覺得桂圓口味的最好吃，難怪是招牌。」艾可說，滑著手機背靠在員工休息室的沙發椅上，果然熊貓人的麵包幾乎都是好評，就連外國人也特地留了五星評價，雖然人數不多，顯然是還沒有打開國外市場。

「嗯？」滑著滑著，艾可突然發現了一個影音頻道，似乎是半年前發佈在網路上的一支影片，標題寫著：【爆】家家香旗下多款標榜天然的炒菜油，摻有化學物與詐騙群眾的劣質油！

奇怪，為什麼這樣的影片會混在一堆推薦熊貓人的麵包試吃影片裡？艾可點開來看，只見一位女直播主出現在影片裡，長相相當有氣質，就像傳統新聞台裡會出現的主播一樣，但妝容並沒有那麼厚重，給人的感覺就像是國民偶像一樣。這位女直播主講起家家香的炒菜油劣質的部分，非常的不留情，甚至還搬出她委託機構查驗的結果，相當有憑有據。

【……像是這款非常貴且標榜絕對健康的特級初榨橄欖油，正常來說是必須在油溫不超過２７度且只用人工物理方法榨取橄欖果實的油質，且沒有任何人工化學添加。但實際調查結果呢？家家香所說的特級初榨橄欖油，卻被檢驗出含有橄欖粕油……】

【至於什麼是橄欖粕油？也就是用化學方式將榨過油的橄欖繼續榨出油，將果實最後的價值榨乾，是連一般橄欖油的品質都比不上的劣質油，像這種用劣質油偽裝成高級油販售，賺取暴利的廠商，我覺

得今天我有義務在這邊踢爆這種惡行。】

哇，這商家真的很母湯（不好）耶，竟然用劣質油包裝成高級油販售，然後多款純橄欖油還是混合人工合成的油質。但是這跟熊貓人的麵包又有什麼關係？艾可想，於是就看影片的女直播主繼續說下去……

「妳在看什麼啊？」從廁所出來的于晏見沙發上的艾可看手機看得那麼認真，於是問道。艾可將手機轉過來給于晏看，于晏一看就說：「妳在看《芸樺來爆料》喔。」

「《芸樺來爆料》？政論節目？」

「其實不太算政論節目啦，但是她算滿有名的，常常踢爆很多大家不知道的造假事件，一開始是做假新聞查證，後來開始追查一些台灣廠商的商品效用造假或名人劣跡行為的消息，用簡單易懂的方法說給大家聽。以前不是有一個團體，標榜自己可以幫助宅男三個月內交到女朋友，卻收取超高的會員費嗎？結果發現那些案例跟見證者都是演員做假，甚至還找黑道威脅沒有成功的會員不能爆料。」

「我有印象，不過原來是她先開始爆料啊？」艾可看著芸樺提出許多關鍵細節和圖表，想著這人真不簡單，隨口說：「看來她幕後的製作團隊應該很厲害。」

「這個就有點妙了。」蘇于晏說：「有很多人討論她到底是一個人追查，或是背後有一個看不見的組織在幫她，就連幕後金主是什麼政治大佬都被討論過，但遲遲沒有人知道芸樺究竟如何踢爆這麼多造假事件。」

「怎麼被你說得好像都市傳說一樣？」艾可說。

「但這也只是網民口耳相傳的留言，而且妳不覺得芸樺……很正嗎？」于晏表示，眼神似乎想尋求艾可的認同，艾可聽到這種直男發言，嘆口氣搖搖頭說：「就知道你們男生都喜歡這種典型的美女，這種事情你留著跟男人討論吧。」

說完艾可將手機放在桌上走進房間，蘇于晏轉頭問：「妳今天放假想幹嘛？」

「沒幹嘛，就練練吉他，然後去外頭那漂亮的大公園走走，找一些靈感。」艾可回說，脫下一早隨便套上出門的衣物，換上外出的休閒服裝。

【其實台灣知名品牌熊貓人的麵包也有使用家家香的油品，但創辦人亞銻先生第一時間就在網路平台發出公告，表示他們好幾個月前就已經沒有使用家家香的油品，也不會再跟他們合作，稱熊貓人是這次事件的受害者，但從上次麵包師傅原創麵包抄襲糾紛，我認為有必要繼續追查下去，直到真相水落石出……】

忘記按下影片暫停鍵，艾可的手機繼續播放著《芸樺來爆料》的片段，說到跟家家香油品有相關的熊貓人麵包。

「感覺真的樹大招風。」蘇于晏看了看，隨手幫忙按停播放鍵。

「我的手機！」

換好衣服的艾可發現自己手機丟在桌上，跑出來拿，看見蘇于晏又一個人在廚房裡忙東忙西，調侃的說：「蘇大廚，你昨天才做了那『蘋果酥』，今天又想做什麼好炸裂這個小廚房？」

「就說了是蘋果派！嘿，昨天你不是給我咖啡廳那老廚師留給我的紙條嗎？那是我在廚房工作做牛做馬，苦苦哀求和展現誠懇的結晶，你知道老廚師他以前可是在得過米其林星級的餐廳做過甜點嗎？這是他寫給我當時其中一道經典料理的作法。」

「是喔。」艾可完全不感興趣，在出門前還補充說：「我不管你要做什麼東西出來，先說冰箱那些蘋果派你得要先想辦法解決掉。」

「艾可，你真的不幫我吃一點？」蘇于晏轉向艾可，透露出小貓、小狗般的眼神求情，艾可一臉無感，走過去打開冰箱，拿出冰開水，露出笑臉說：「自己的事自己解決，都幾歲了蘇于晏，再露出這種表情別怪我朝你臉揍一拳。」

說完就用力的關上冰箱門，揹著吉他出門。

「唉，蘇于晏你果然不是裝可愛的料，難怪每次交往最先被女人甩的都是你。」

蘇于晏喃喃自語，邊自嘲自己慘烈的情史，邊用心思解讀從老廚師那邊求來的英文菜單。從料理的名稱看來，它像是一道摻有北方家鄉風味的麵食料理。還好之前發酵的麵團還有剩，食材也都夠做小份量的來試試口味……

跟著好幾頁的料理食譜做，蘇于晏感覺有點奇怪，怎麼這份甜點樣子越做感覺越有種熟悉感，讓他想起自己大學時期模仿過熊貓人的桂圓麵包？雖然這料裡跟桂圓完全沒有關係，但當于晏將成品從烤香裡拿出時，發現這老師傅過去在名店所做的麵包，幾乎可以說是縮小版的熊貓人的招牌桂圓麵包。

難道熊貓人抄襲了外國名店的麵包？

蘇于晏懷疑地咬下剛出爐的麵包，吃了以後他才放心，這跟熊貓人的桂圓麵包味道不太一樣，不過也不禁讚歎，不愧是名店的食譜，就連他這個半桶水的人做出來，口感也不差。

就在蘇于晏邊吃麵包邊想用手機將這食譜拍下來以防止搞丟時，發現在食譜最後一張後面還留有一段話：加入水果可以提升風味。

水果？

桂圓，又稱龍眼，跟荔枝相似，是東南亞特有的水果，可以烘烤成龍眼乾方便存放，或加入其他食材食用，以增添風味。

「應該是我想太多了……」蘇于晏腦袋瓜隨著每一口的麵包，不斷的打轉想著老師傅與熊貓人麵包店的關係。這時他想起剛剛《芸樺來爆料》中芸樺的那段話：

【我認為有必要繼續追查下去，直到真相水落石出。】

這招牌「桂圓麵包」幕後的真相是什麼？蘇于晏將麵包吃光，舔了舔手指，開始打開筆電，在搜尋引擎上打下關鍵字。

第二章　意外的有料！

「桂圓、核桃、還有黑糖……」

在機場，揹著旅行包的蘇于晏喃喃唸道記憶中的食譜，跟著機票上的號碼，在龐大的機場找尋對應的候機室。

沒想到這個找尋自我的逃避之旅今天起就得畫上句點，而這趟返程只有蘇于晏一個人回國，因為更沒想到的是，一起去的艾可最後卻留下來了。

跟蘇于晏不同，原本在工作時就會利用閒暇時間精進音樂創作的艾可，在要返國的前幾個禮拜，被一個當地有名的音樂酒吧允許她在一些日子可以暖場或進行短暫的音樂演出，這讓自己的青梅竹馬艾可又驚又喜。蘇于晏也很替艾可高興，畢竟艾可從小就對音樂有所熱愛，歌也唱得好，只是在網路上的經營和在台灣的音樂之路一直沒有太大的起色。

能這樣被外國當地人，甚至有點名氣的店家認可，也算是開始有點成績了吧？

蘇于晏點頭想，結果在這趟找尋人生的打工渡假，自己什麼毛都沒找到，反而幫艾可開啟音樂之路。這可多虧他當初的提議，于晏都可以想到，之後艾可如果成名，在訪談節目會說：要不是我好朋友蘇于晏那次邀約我打工渡假，我也沒辦法繼續我的音樂之路，我到現在還非常由衷的感謝他。

試想著根本沒發生過的事情的蘇于晏，坐在候機室傻笑，完全沒聽到空姐廣播班機即將起飛，等他回神後，才慌慌張張的背著行李狂奔，匆匆忙忙尷尬地進到飛機上，不好意思地坐到自己的位子上。空姐確認了他上頭的行李櫃有無關好後，回台灣的飛機總算要開始啟航。

「老麵酵母、無鹽奶油、萊姆酒……」

在機上，蘇于晏翻閱自己記著食材的筆記本，以及手機裡拍的那打工民宿廚房裡過去在米其林餐廳工作的老廚師給的食譜。之前跟這位老廚師小酌時，這位微醺的師傅帶著口音跟于晏說著他聽不懂的話，還好當時有位懂得當地語言的資深台灣人在場，才知道這位老廚師是說：當時餐廳很多甜點和麵包都是他年輕時花上許多心思研發的，由於當時那間店很受亞洲人歡迎，因此很多日本、韓國甚至中國等地方的人都想來當他的學徒，但都被他給拒絕了。

備料跟作法都好像。在飛機上的蘇于晏戴起耳機，看自己儲存在手機裡的影片，各個網路上的素人、老師、名人廚師和名店麵包店師傅，都試圖重現熊貓人桂圓麵包的作法，所有人幾乎都有著差不多的手續和方法。雖說台灣熊貓人麵包爆紅也早已過了一段時間，但之前剛爆紅的時候，在網路上就有帳號外流食譜，只不過一段時間就又不見了，而當時那食譜像是偷拍的樣子。上面的文字模模糊糊，整件事情後續也沒下文。

當時破解熊貓人招牌桂圓麵包，似乎成了很多烘培和甜點圈內達人與名人的接力運動，蘇于晏自己當然也跟風做了一次，但很可惜，當時做出來的桂圓麵包差強人意，畢竟食譜這東西等同於秘方，多一點糖、少一點鹽，味道都有些差異，當時他一個素人只能悶著頭亂做，自然連邊都沾不上。

但這次他在還原老廚師的麵包時，意外覺得口感跟他買回來的熊貓人桂圓麵包的口感有些類似，只不過老廚師是純粹的烘培麵包香，少了那桂圓味，但如果加上網路上號稱最能還原熊貓人桂圓麵包的前名店麵包師傅的手法，那是不是就可以還原出幾乎一模一樣的熊貓人招牌桂圓麵包？！

想到這邊，蘇于晏覺得自己可能成為第一位解開熊貓人桂圓麵包秘密的人，並對此感到興奮不已，忍不住想快點抵達台灣買齊材料嘗試。完全忘了這趟國外打工的初心是找尋什麼狗屁人生意義……。

「果然還是回到熟悉的地方好。」

拿了行李出關的那一刻，蘇于晏看見熟悉的中文字，整個人放鬆不少，拖著大包小包的行李去搭捷運，回到他那從學生時代就一直住的小套房。當時要出國的事情蘇于晏並沒有跟家人討論，周遭同學朋友也鮮少關注，自己家人還是透過艾可的家人才知道，想當然爾，蘇于晏的決定被自己那老古板的爸爸罵到臭頭。

與其回家找人罵，蘇于晏還不如回到這個，陪伴他整整四年大學時代和當兵放假天的狗窩。還好于晏做人成功，當初租給他小套房的阿姨一聽他要回來續租，還特地幫他留了房間。果然當于晏到了那老房子面前，當年的阿姨已經笑嘻嘻的在房屋外等他，並帶于晏上樓。

「哇，阿姨你這邊改很多耶。這油漆是重新刷的吧？」蘇于晏原本以為會看到既熟悉又有點老舊的套房，但意外的老屋裡面被翻新，不管是樓梯還是牆壁。

「嘿呀，最近阿姨有時間，剛好整理一下房屋出租，你們以前不是常說會漏水，還有冬天會吹冷風什麼的，阿姨這次一次！一次全都弄好了。」阿姨呵呵笑，打開了房間大門看著蘇于晏說：「你知道，在所有房客裡阿姨特別記得你。」

「真的啊？阿姨。」蘇于晏聽到房東阿姨這樣說有點意外。

「因為你不是常常用廚房嗎？現在的小孩很多都外食，第一次看到有人天天下廚房，還會傳訊息問阿姨要不要一起吃，阿姨真的很感動。」

「喔、喔，哈哈，謝謝阿姨啦。」

房東阿姨的話讓蘇于晏有點心虛，基本上過去他會問阿姨要不要吃，是因為幾乎沒有人想吃他做的東西，他也不想每天三餐吃一樣的食物，最後只得問問阿姨是否願意嚐嚐。因為做得好吃想邀請阿姨一起吃，這種謊話蘇于晏說不出來。

「所以，你看到一定會很感動，阿姨特別整理了廚房。」

邊說兩人邊往裡面走，蘇于晏馬上就看到阿姨說的那間廚房，他張大眼看了看，是全新的設備，有如家具店的擺設，有全新櫥櫃和碗筷、烤箱、微波爐，這讓他真的非常驚艷，忍不住往前走進廚房東張西望，確認這眼前是事實才轉頭說：「阿姨，妳真的太強了。」

「哼哼，就知道你喜歡，我們去看你的房間。」

房間雖然翻新，不過還是老樣子，不大，尤其一坪大的空間還塞了廁所和衛浴，但蘇于晏本來就也不要求這種東西，總之剛剛那全新的廚房就已經讓他大大滿足了。房東阿姨說：「怎麼樣，我就說你先付押金幫你保留是對的吧。」

「真的，謝謝房東阿姨。」蘇于晏說，看來自己這次真的賺到了。

才剛這樣想的蘇于晏，接下來阿姨的話，立刻將他的美夢擊碎。

「然後喔，我有跟你說，就最近你也知道，物價上漲喔，還有租屋競爭很激烈啦，現在學生喔實在有夠挑，夭壽喔，讓我做那麼多裝潢，花好多錢耶，所以啊迪迪，我們要稍微比以前再多收一點。」

「阿姨，你是說要加錢喔？」蘇于晏聽到房東阿姨的話問，阿姨笑笑的說：「喔，你放心啦沒加多少錢，阿姨是自租，跟外面那種房仲不一樣，不會坑你們這種年輕人。你也看到阿姨很用心在整理房間。」

想想也是，蘇于晏面對房東阿姨再想想那全新的廚房，露出笑容說：「放心阿姨，我會租這裡啦，現在就來簽吧……」

「幹……被坑了……」

蘇于晏獨自一個人在房間裡，看著讓合約上的租金不只漲了，還包含清潔費、管理費，更可怕是電費竟然一度收六塊半，整個加起來不只破萬元，幾乎快奔兩萬多塊，讓蘇于晏發現自己話說太滿了。

自己被房東阿姨的話術和漂亮的房間樣子給拐了。

蘇于晏嘆了口氣，看看自己的帳戶，還好打工渡假的錢扣掉機票、兩個月押金、一個月租金後還有剩，但如果他無法盡快找到工作的話，可能就會陷入財務危機。這時蘇于晏想到剛剛簽完合約的房東阿姨特地跟他說：「于晏啊，你知道阿姨最討厭什麼人嗎？」

不按時繳房租的人。

房東阿姨說這句話的時候，蘇于晏像是看到惡魔的面孔。

「要好好繳房租喔。」惡魔的面孔轉換成慈祥老太太，只有一瞬間。

「唉，多想也沒有用，找工作的事從禮拜一再開始吧，我還有很重要的事要做……」

雖然租屋被坑，但蘇于晏卻沒有忘記自己回台第一件想做的事情，那就是他終於要還原熊貓人的經典桂圓麵包了！有著他吃過最像的麵包味和網路公認最正確的桂圓麵包的作法，蘇于晏有信心，這次自己可以靠還原桂圓麵包的影片來發佈到網路上一炮而紅。果然這一趟打工渡假也不是全然一無所獲。

買好食材，蘇于晏開始製作。把桂圓處理好，加到蘭姆酒裡面浸泡，泡出桂圓酒汁後過濾的同時也要保留果肉，最後再用煮好的黑糖加入酒汁裡面充分攪拌均勻。麵包的製作流程則是靠國外打工渡假的老廚師的食譜，開始兩方同時進行。要兩邊同時看顧，製作流程相當緊湊，讓蘇于晏在廚房裡滿頭大汗。

雖然過程繁瑣，但用全新的烤箱烤出香噴噴的麵包，香氣撲鼻而來時，果然還是有一種幸福感。蘇于晏最喜歡的這個時刻終於來臨，看到成品從烤箱出爐，好吃⋯或者至少是看似好吃的桂圓麵包完成了！

剛烤出來的麵包放涼一下最好吃，蘇于晏坐在一旁的餐桌上等待著，然後等到麵包不燙手的那一刻，就大口咬下，溫溫熱熱桂圓醬參雜著核桃仁和桂圓肉，搭配著蓬鬆的麵包，這口感果然很棒，是可以販賣的等級。但是⋯⋯

「好像⋯⋯有點不對⋯⋯」蘇于晏歪著頭想，看著自己已經極盡所能試圖復原熊貓人的桂圓麵包，但整個味道還是不太對？

熊貓人招牌麵包那種桂圓香氣似乎還要更香更獨特，那種特別的風味讓人有種難以言喻的感覺。蘇于晏說不上來，總之就是那種從香氣到味道都很獨特、很美味的感覺，讓人意猶未盡，吃了還想再吃。自己這次做的桂圓麵包雖然他自認也不差，但還是無法還原那熊貓人招牌桂圓麵包。

「果然要做出名店麵包不簡單⋯⋯」洩氣的蘇于晏放棄繼續鑽研，啃著自己做出來的麵包坐在廚房滑手機。最近因為都在看食譜，社交平台幾乎都推播一堆跟料理有關的廣告，尤其是糕點類的，什麼大師監製的模具、或是一個禮拜就教會經典烘培的課程，連證照班都出現了。

蘇于晏雖然喜歡做麵包，但要說開業嘛⋯他自己意願不高。一來他不想把興趣當工作，再來是他自己的私人原因加上沒錢。說起來如果自己有錢，應該也只會去買麵包吃，而非做麵包給別人吃吧？蘇于晏很清楚自己是怎樣的人，其實也只是想衝高自己頻道的訂閱數、跟覺得可以炒作，想憑藉著百分百名店麵包刷一波流量⋯。老實講，要他實實在在地當個麵包學徒，大概很快就放棄了。

「都是一些廣告，這社群平台是有多缺錢啊？」蘇于晏快速滑過，感覺畫面裡的貼文都沒有活人，只剩下花錢的廣告文。而這時，一則廣告卻吸引了他的注意力。

「只要一滴就好吃？」蘇于晏看了那廣告標語，是一個醜醜的很像長輩早安圖風格的廣告，一看就知道是什麼小工廠，沒有找專業設計製作，卻還想打廣告。

好瞎的圖喔，想把廣告滑掉的蘇于晏，在對那張圖片點擊Ｘ想讓廣告消失後，沒想到竟然直接跳出影片廣告？！影片裡廣告也拍得不怎麼樣，一看就像是工廠的人自己想辦法用低成本拍攝來賣產品的。于晏接著點進去網頁看了按讚數，連百人都不到。那麼陽春的圖、配上這種廣告，現在連阿伯阿姨都不會上當了，唉，還是請個行銷團隊幫你賣吧，別浪費錢下廣告。

滑了一下這個廣告的社群粉絲團，又看到很多拍得不怎樣的促銷影片。

而蘇于晏大概知道這專頁在賣什麼了。看起來應該是食物添加劑之類的東西，像是染色還是提味什麼的，他以前就聽去中國工作回來的朋友說過，有那種只要一匙添加的調味劑，少少一點點，就可以弄出如同熬了好幾個小時的湯頭的味道。這說起來神奇，但蘇于晏可是不敢嘗試，誰知道吃進去肚子會不會有什麼問題？

沒想到這種工廠的添加劑台灣也有在賣，是合法的嗎？

蘇于晏想了想，越來越好奇這粉絲團的合法性，而隨便滑滑貼文的他，像是突然發現了什麼東西，手指滑了回去前面的貼文，就看到一張合成手法很粗糙的圖片，上面有著各種水果的圖片，配合一個很像中藥罐紅蓋白瓶的包裝上面寫著「椰子香精」、「蘋果香精」、「草莓香精」等等，各式各樣不同的水果香精。

一邊吃著自己做的桂圓麵包，蘇于晏突然有種不好……或者應該說雖然不好卻夾雜著竊喜的預感。他滑著那好幾十張不同的香精圖片，看過一張又一張，終於找到他心裡所想的東西——龍眼香精。一顆顆紅棕色的塊狀物像極了路邊攤的蜜餞。他看著店家的圖片、又看看自己手上的麵包，想到熊貓人的桂圓麵包，于晏喃喃的說：「不會這麼巧吧？」

看著價格便宜，一整罐的龍眼香精，蘇于晏有點好奇。

畢竟熊貓人的招牌桂圓麵包多年來標榜都是純天然，當天現做還限量供應的，很多名人也都跳出來試吃代言，也不乏一些很有聲望的麵包師傅跟甜點師試吃了都說讚，甚至都紅到國外開店了，應該不可能騙人吧？

蘇于晏雖然這樣想，但手指還是不安分地點進購物頁面下單。

畢竟他真的很好奇，已經做出快接近熊貓人招牌桂圓麵包口味的自己，難不成真的只是少了香精這一味，才做不出這樣的香氣跟口感？此刻蘇于晏有著不服氣和想找到真相的衝勁。

幾天後，蘇于晏同時接到面試通知跟取貨通知，去便利商店拿貨，回到宿舍看見空無一人的共用客廳與廚房，才發覺好似只有他一個人住在這裡，也就表示說……

冤大頭只有他一個人！蘇于晏越想越不服氣，沒想到幾年不見而已，房東阿姨已經把他當成肥羊了，難怪當時進門時完全沒有像過去一樣，學生上上下下、來來回回，想想這價格，外地來的窮學生的確租不起。

至少沒有人跟他搶廚房，還可以躺沙發⋯蘇于晏這樣安慰自己，畢竟付了那麼多房租，不用的話不就虧大了？蘇于晏邊說邊把買來的香精擺在料理台上。除了龍眼香精外，他也買了不同口味的香精，這是對應著熊貓人其他口味的麵包買的，他想試試看號稱純天然的麵包，是不是只是欺騙大眾的噱頭。

捲起袖子來，蘇于晏繼續利用上次剩餘的材料再做一次這麻煩的麵包，已經做過好幾次的他，現在只要看前面就可以記起後面的步驟，果然跟一開始手忙腳亂的狀況不同，這次蘇于晏做麵包的過程異常順利，終於來到香精加入內餡的步驟，那個販售網站上說，用他們家的產品，只要約莫半滴就可以做出好幾個媲美市面上好吃的麵包。

真有那麼神奇？于晏想，小心翼翼的加上一丁點。

當麵包再度被烤出來時，光打開烤箱蘇于晏就覺得很不一樣，這個香氣跟他在熊貓人店內聞到的麵包香味很類似，雖然淡淡的沒有那麼濃郁，但還是讓人覺得不可思議。看到只是小小半滴香精油，就有如此強大的威力，蘇于晏想：該不會連味道也……

于晏看著烤盤裡那幾個麵包，先吃了一個原味沒有加上桂圓香精的，也就是他最初做的麵包，果然是好吃的，而且今天做的桂圓麵包口感還比幾天前試做的要成功很多。于晏放下沒有香精的桂圓麵包，喝了口水，然後拿出旁邊塑膠包裝的麵包，那是他特地繞去熊貓人總店買的，雖然人潮變少，但還是跟以前一樣，不只要排隊，小小一塊還特別貴，但他還是出手買了。

咬了第一口，雖然不是剛出爐的，但果然，自己做的那桂圓香氣和味道就是有點落差，如果熊貓人的桂圓麵包是在終點線的話，自己摸索的麵包感覺就像是離終點還差那一絲絲距離。

最後確認的時候到了！

自己加了龍眼香精做出來的桂圓麵包……

是不是會跟熊貓人買回來的麵包味道一樣呢？

蘇于晏慢慢的拿起鐵盤上微溫的桂圓麵包，大口咬下，桂圓的香氣和甜味立刻溢滿整張嘴鼻。

【雖然熊貓人的創辦人親口表示他不再使用家家香的橄欖油，但是一般合約簽署幾乎都是六年、十年這樣簽訂的。我們消費者不知道的是，熊貓人只是發聲明稿來安撫我們，還是真的停用這款有問題的家家香橄欖油……】

廚房的東西全放在水槽沒有收拾，房間門也沒有關，影片的聲音播出來，蘇于晏一邊聽著，一邊用手在筆記型電腦上敲鍵盤，只見他打了幾行字又刪掉，像是在猶豫，不知道要不要寄出這封電子郵件。

【為了消費者的權益，還有曾經也吃過這款麵包的我，將會持續追蹤這個事件，我是芸樺，如果您想聽我報導跟追查更多時事，請訂閱或選擇加入會員小額贊助我的頻道，如果您有任何消息想跟我們聯絡，可以透過私訊和電子郵件……】

「您好，芸樺大大，我是有訂閱您頻道的觀眾，很喜歡您的頻道……恩，這樣好像太做作了一點。」

蘇于晏皺眉頭，他正在寫爆料信給這號稱最會揭弊和公正新聞時事直播主——芸樺。

但其實他今天才剛訂閱她的頻道，平常也沒有多關注，甚至連粉絲都不是。這樣就假冒自己是粉絲、很喜歡頻道實在有點……蘇于晏覺得這開頭不好，想了想又決定重打一次。

是同樣的味道！

雖然麵包品質還是有些落差，但是這桂圓醬和那靠近的香氣……

蘇于晏做的麵包幾乎和熊貓人的一模一樣！

真的不是天然的！蘇于晏感到震驚，雖然腦袋瞬間有股因自己被欺騙多年而感到的憤怒，但當下的他心裡卻有種莫名的喜悅感，外加上緊張刺激，那種好像解開謎底的亢奮，讓他好想將這事情給說出來。

但自己這個無名小卒，要是只是拍影片踢爆，結果要不就是沒人理會石沉大海，不然就是會收到熊貓人法律顧問的「慰問」，說不定還因此被告……，這樣可就不妙了。蘇于晏心想他已經夠廢了，才不想因為節外生枝再多背上案底。

唯一讓自己安全又可以將這事情說出來的方式就是：

把資訊提供給願意承擔風險，且又有觀眾的人。

這就是蘇于晏試圖寄信給直播主芸樺的原因，畢竟從影片來看，好久以前，芸樺就曾不斷追查熊貓人的訊息，還有一些內幕與內線消息。每個說法都有邏輯，且有證據佐證，並且還可以拿出一些相關報導跟關鍵照片，這讓蘇于晏不僅有點吃驚，看著一部部的影片，忍不住罵了髒話：「靠……她到底是怎麼知道那麼多事情的？該不會幕後有一個專業抓猴（徵信社）團隊吧？」

一邊想，蘇于晏一邊打打修修這封信的內容。反覆看了許多遍，確認寄出的電子郵件不會太像粉絲表白信，所有的關鍵訊息都有提到，還包含他臨時拍的製作麵包的影片⋯蘇于晏按下送出，喘了口氣說：

「呼，這樣就好了！」

之後只要等對方回訊給自己……

熊貓人麵包使用人工香精油的事情被曝光！

一切就可以……

「啊，這也太久了吧，都兩個禮拜過去了內～！」

在人來人往的捷運站，趕路面試的蘇于晏忍不住看著手機抱怨。

從上次熊貓人麵包使用香精的爆料郵件寄出到現在，直播主芸樺對他的信件完全沒有任何回應，起初蘇于晏還以為是自己郵件沒有成功寄出，又重新禮貌性地再寄送一次，還特地私訊留言說自己有寄信，不知對方有沒有收到？

但收到的結果是已讀，然後……

就沒有然後了。

「什麼如果你有任何消息想跟我們聯絡，請怎樣怎樣……幹，一點屁用都沒有。」

蘇于晏感覺自己就像好心被雷劈，有苦說不出。但暫時先把真假天然麵包的事情放一邊，他要是再不找到一個工作的話，自己的存款可是要慢慢見底了，尤其他現在還租了一個那麼貴的房子。

上次面試全部槓龜（失敗）的清況下，蘇于晏很快就又收到下一間公司的面試，而現在手拿筆電等著電梯的他，似乎沒有過多的心力去關心大網紅不回他訊息這件事。他得專注在面試上，不然下一次面試通知，不知道要等多久。

「你好，我是來面試的。」蘇于晏一進到公司裡就跟櫃台的服務人員說。

「好的……請問是蘇于晏先生嗎，請至走道旁第三間會議室等待。」櫃檯戴眼鏡的服務小姐親切地說，邊帶著蘇于晏走到會議間，要他稍候，還替他倒了水。蘇于晏打開自己的筆電，先稍微喘口氣，然後就看到戴眼鏡的櫃檯小姐對他微微地笑說：「我們面試時間大概一個半小時，之前已經有把你的履歷給主管看過，現在麻煩稍等一下，我去請主管過來。」

「好、好的。」蘇于晏緊張的表示。

當門被關上的時候，手機提示音突然一響，讓他嚇了一跳，翻出手機打算調成震動，沒想到就看到自己給直播主芸樺的私訊被回覆，蘇于晏趕緊點開來看，卻只看到了一句「嗯。」

嗯？

………

嗯什麼啦！我等了那哪麼多天你就只回我一個「嗯。」是怎樣！

但此刻要面試的蘇于晏，沒有太多時間搭理訊息，很快的，面試主管進來，蘇于晏開始進入台灣公司千篇一律乏味的面試流程，開始自我介紹，並敘述他以前學生時代做過的案子和實習經驗。

就在主管講解工作內容時，蘇于晏放在桌上的手機開始震動。

所有人看著他的手機，蘇于晏迅速地按掉，不理它繼續面試陪笑，而就在不到幾秒鐘，手機又響了起來，主管說話再次被打斷，這時候蘇于晏心裡咒罵著誰挑這種時間打電話？然後將手機拿過來要調成飛航模式的時候……

只見直播主芸樺透過平台來電的通知，而手機就在于晏手裡震動。

「不好意思，我、我……我接個電話。」蘇于晏歹勢（覺得不好意思）的快速走了出去，然後接起手機，就聽到電話那頭傳來那熟悉的直播影片中的女聲：「你好，你是于晏對吧？我看你帳號顯示的名字是這樣，我是《芸樺來爆料》頻道的芸樺。現在方便講電話嗎？」

「欸，那、那個，現在有點……」

蘇于晏沒有想到網路直播主芸樺本人會直接打電話給他，他完全沒做好準備，有點慌亂地不知道該說什麼，眼睛瞄向會議室裡隔著落地玻璃等待他回去的面試主管。在兩頭燒的同時，于晏聽到手機裡的芸樺說：「看起來你現在沒空，那麼你哪時候有空？」

「那個等、等我一下下就可以……我現在在面試。」

「那你今天晚上方便嗎？」

我們見個面。

「咦？好……啊……」蘇于晏一時腦袋轉不過來。

第一次爆料就被人氣直播主邀約見面的我，這樣赴約的話算不算是約會呢？

事情的發展，突然間快速到超越蘇于晏的想像。而此刻蘇于晏只能重新打開會議室的門，腦袋想著奇怪的宅系輕小說標題，重新坐回位子上，任由面試繼續進行，耳朵卻什麼話也沒聽進去。

第三章　上船的黑麵包與萊姆酒

「所以……你發現熊貓人麵包店的招牌麵包，除了可能偷了我們打工渡假老廚師過去在米其林的配方，而且還不是天然的，可能使用了不知名的桂圓香精？……」

「對、對，雖然不能說百分之百確定，但我試做出來加了香精的配方跟熊貓人的麵包相比，光那香氣就一模一樣！而且味道也幾乎百分之百還原，你說有可能嗎？一間台灣知名品牌的麵包，那麼多名人推薦，真的會這樣幹嗎？」

「我怎麼知道……還有蘇于晏……你知道現在這裡是幾點嗎！」

與台灣時差八小時，在國外的艾可忍不住對打網路電話的蘇于晏飆罵，剛剛才從國外音樂酒吧表演完，洗澡後本想好好休息，結果睡不到一小時，就被蘇于晏這通電話挖起來講爆料的事情……艾可對著網路視訊另一頭的蘇于晏，露出不爽的表情，但還是問：「你就沒有在台灣的朋友可以說嗎？」

「啊……是齁。」聽到艾可的話，蘇于晏才回過神想起，自己已經不是在打工渡假，沒有一定要什麼事情都跟自己的青梅竹馬講。

「你真是……很瞎耶。」艾可無奈地說，正想結束這段視訊通話，就看到畫面中坐在咖啡廳的蘇于晏露出抱歉的表情說：「因為太習慣一發生什麼事情就只想第一個告訴妳……」

看見那認錯露出的笑臉，說著她是第一個被告知的對象，艾可心理的怒氣突然降了不少，她看見自己今天用來演奏靠在床邊的吉他，想到這也是蘇于晏的鼓勵，她才沒有放棄繼續創作音樂這個夢想，雖然那麼多年，水面才微微有些水波，但也是不錯了。

「你說那個叫什麼芸樺的直接打電話找你，跟你約見面？」

聽到蘇于晏描述，那個叫芸樺的爆料網紅，過了好幾個禮拜才聯絡他，然後第一次聯絡就是約見面：網紅有那麼輕易拋頭露面的嗎？艾可想，畢竟也算是知名人物，會這樣主動去約像蘇于晏這種沒有名氣的爆料者嗎？

「會不會是詐騙啊？」艾可問，然後得到蘇于晏的回答竟然是：「妳也這麼想齁。」

「可能是詐騙還赴約，你是不是腦袋有洞啊！」艾可被這個人給打敗了，蘇于晏抓抓頭說：「但那時候網路電話是從她的粉絲團打過來的，如果是詐騙應該會是那種不知名的電話號嗎吧？而且約的地方也是公眾場所……」

蘇于晏看這四周是隨處可見的綠標誌連鎖咖啡店，四周也都是客人，心想如果是詐騙還是有其他意圖，應該會約個更私密的場所，例如……汽車旅館之類的？

「………嗯男。」

「我只是舉例而已，哪裡是嗯男？喂、喂，靠！不聽解釋就掛我電話。」

蘇于晏隨口舉例的當下被艾可掛電話，不免覺得有時候話說出口，女生有什麼反應真的讓人料想不到，明明前面還聊得好好的……蘇于晏這麼想著，早已遺忘國內與國外的時差，繼續喝著店內今天剛推出的新口味星冰樂。

「看來我們很有默契，你也喜歡這種甜的咖啡冰沙嗎？」

「嗯？嗯……」才剛被人掛電話，喝了一大口星冰樂消消氣的蘇于晏，聽到有人問話，抬頭一看，只見一個戴著眼鏡和帽子，穿著普通襯衫和休閒褲的女生，拿著跟自己一樣口味的星冰樂站在他桌前，對他笑了笑。

「請問妳是？……啊！妳是……」遲了幾秒的蘇于晏，看見女生微微將那粗框眼鏡往上移，並對他使臉色時，蘇于晏認出來這個女生，就是那個專門揭發弊案的網紅——芸樺。

令蘇于晏意外的是，眼前的芸樺雖然穿著非常樸素，且妝容也不像她直播時那樣艷麗，但卻讓于晏有種鄰家大姊姊的感覺。這種不像知名人物的打扮，再戴上那窄小的粗框眼鏡後，根本與直播間裡頭的樣子判若兩人，呈現出不同風格的女性樣貌。

「噓，小聲點。」芸樺要蘇于晏小聲點，然後主動靠近于晏。芸樺先喝了口飲料，然後拿下帽子，令蘇于晏意外的是，網路上直播中以長髮美人形象出現的芸樺，在現實中其實留的是短頭髮。看到于晏驚訝的表情，芸樺只是笑笑說：「每個私底下看到我是短髮的人，表情都跟你一樣。于晏，我有收到你的郵件，但很抱歉，前陣子因為有別的事情沒辦法馬上回覆，剛好今天有事情外出可以見個面，就跟你約在這裡，然後你選的這個位子……意外的很不錯。」

「謝、謝謝。」位子？蘇于晏道謝但有點意外。

現在他走的是選位子也能被女生稱讚的桃花嗎？

「所以妳真的是那位直播主芸樺？然後真的看過我那封爆料郵件？」蘇于晏想確認，卻發現坐在旁邊的芸樺越靠越近，而這種距離已經是連跟他從小一起長大的艾可也不會有的朋友距離，見芸樺如此靠近，胸都快碰到他了，蘇于晏整個人僵在座位上不敢動。但這時候芸樺則是悄悄的對他說：「那個等一下再談，我現在需要你幫忙，假裝我們是約會情侶。」

情侶？我跟芸樺？

蘇于晏還反應不過來，只見芸樺開始用正常的聲音對他說：「我都不知道你也喜歡喝這個，以前都看你只喝美式，還以為你對這種甜的飲料不感興趣呢！」

芸樺說完看了看蘇于晏，蘇于晏這才意識到她是要她接話，才趕緊說：「對對、對，我也喜歡喝這個。」不像芸樺表現得如此自然，蘇于晏像是突然被找上台的臨時演員，語氣整個相當僵硬。他到現在還是不知道自己在幹嘛？但下一秒芸樺突然拿起她的飲料，並要蘇于晏也拿好飲料，完全忽略他剛剛生硬的演技，然後對他笑著說：「那我們來自拍，記錄一下我們喝同樣口味的飲料。」

芸樺拿起手機，人往後坐，要于晏進到自拍畫框裡面，蘇于晏照做，雖然不知道自己在做什麼，但也只好看著芸樺，露出有點尷尬的笑容。就在芸樺跟他說：「等一下我要開美顏哦，不然很醜。」並把按鈕按下去，蘇于晏才真正知道，為什麼芸樺要跟他假扮情侶。

畫面裡不是他跟芸樺自拍的前鏡頭，而是正常手機的後鏡頭，此刻兩人的位子剛好可以照到一對坐在斜前方的男女。他們似乎只是正常地在喝咖啡，偶爾可能因為調情而有些手與手的互動。蘇于晏看了看後並沒有感到什麼異樣，只是有點好奇這對情侶的年紀似乎差距有點大？眼前這個男的好像歲數大到快可以當那女生的爸爸。

「還以為錄不到，果然，守了那麼多天，這個老男人還是又心癢了。」

蘇于晏看著芸樺一臉笑意，但卻說著跟臉上表情和手上飲料完全不相干的話。只見眼前這戴眼鏡，看起來很像教授或上班族的男人正環顧四周，像是在意四周有沒有人看見一樣，他的眼神飄到拿起手機自拍的芸樺和于晏兩人。

那透過鏡頭一直盯過來看的眼神，讓于晏有點緊張，手有點抖。

「啊，都忘記星冰樂冰沙融化就不好喝了，快點！我們拍一張一起喝的。」

像是發現于晏的不自然，芸樺立刻要兩個人一起喝一口星冰樂，然後趁這機會調整手機，再把鏡頭拉大，那男人整張看過來的臉就在鏡頭裡，全都被錄了下來。在芸樺大口喝飲料的時候，于晏才終於想起來這張臉的主人是誰。這不是那個過去主持過很多電視台節目，連他爸爸媽媽都很喜歡的電視臺主持人嗎？

沒想到會在這種地方遇到他，那麼，對面那個女生是他女兒？

不對！一般人會像他剛剛那樣來回摸女兒的手嗎？而且還是用那種很不舒服的摸法？再說，這女生表現也不太像一般女兒跟爸爸出來的樣子，兩人身體互動明顯不是男女朋友，有點像是……

「買春？」于晏說，

于晏的表情顯得有點不可思議，而此刻芸樺已經沒在繼續攝影，卻還是繼續扮演女友的角色，聽到于晏這樣說，芸樺邊用吸管攪拌飲料說：「你看出來了。」

「在這種地方不會太高調嗎？」于晏吃驚的問。

「就是這種地方才不太會有人發現。畢竟一般人對於這種大牌電視台主持人都有種會去高級餐廳，或私人會所的認知。像這樣的店一般店員都很忙，大家也都只是買了飲料就走，或進來看看有沒有位子罷了，根本不會多留意裡面的人是誰、在做什麼。而且顯然，他也很狡猾。」

在螢光幕前，這個主持人向來是以親民且尊重女性、高唱道德正義的形象聞名，還經常參加一些女性被性騷擾後的控訴運動，可以說是形象非常良好的主持人，但沒想到竟然會買春？！這種事情傳出去，恐怕整個人設都要崩塌了。

「所以妳跟我約在這裡是為了……」雖然于晏心裡有底，但還是問芸樺。芸樺將星冰樂喝完，看看他笑著回答說：「當然是為了工作。」

「所以要我假扮情侶也是……」

「我一個人拿手機自拍飲料一來不好拍，二來對方很容易起疑。但如果是情侶，並且讓他們想像可能是同類人，這樣對方就比較容易卸下戒心。」芸樺說。

聽起來很有道理，但蘇于晏總覺得哪裡不對勁？等到芸樺要他換到下一個地方，以免對方起疑，于晏才在接近下一家店前的街口恍然大悟說：「所以我不是扮演男友，是嫖客！」

「你現在才發現嗎？我以為你早就知道。」芸樺看著一臉吃驚的于晏繼續說：「我還以為你剛剛的緊張是演出來的，還想說你演技好厲害。」

這一聽就是在諷刺，先是被人當噁男，然後又被強行「誘演」了嫖客。于晏不服氣地說：「如果我是嫖客，妳不就是演被嫖的人嗎？」

「嗯？我沒覺得怎樣，以自己的身體和勞力換取報酬的女性，如果願意自己做主，掌控身體的所有權，忍受社會評價，自身道德觀又過得去，那麼性工作跟一般勞工其實沒有太大區別，因為同樣都是身體勞動嘛！難道于晏你在看A片的時候，會覺得AV女優不道德嗎？」

「欸……這不太一樣。」于晏聽到芸樺看著他那樣說，本想反駁，但芸樺轉頭對他笑了一下後，走進下一間咖啡廳裡，他也只好跟上去。

跟剛剛的連鎖咖啡廳不一樣，這間咖啡廳不管裝潢、氣氛、連咖啡價格都貴上許多，裡頭播著藍調音樂，頂樓還有畫展，儼然就是一種文青氣息到頂的小店。蘇于晏看芸樺喝著與剛剛星冰樂不同，用小杯子裝的熱咖啡，有一種「她該不會連愛喝星冰樂這種說詞都是裝出來的吧？」的想法不斷在腦中浮現。

「如果是單純的男女約砲或性交易這種事情，我自己是不會管這種名人八卦的，畢竟這種事情在娛樂圈或電視台時有耳聞，現在網路媒體發達，連網紅圈都不時會傳出這種小道消息。」

「那剛剛拍是因為……他有老婆？還是那主持人嫖的對象竟然是跟他女兒差不多年紀的女生？」蘇于晏問。只見芸樺搖了搖頭，放下咖啡杯說：「這些都不是主要的原因，既然你投稿給我說熊貓人的麵包有問題，那你應該知道我做那些追蹤報導，和踢爆是為了什麼吧？」

芸樺反問于晏。于晏邊喝冰咖啡邊想，咖啡玻璃杯裡傳來冰塊的碰撞聲，芸樺則又緩緩倒了杯熱咖啡到杯子裡。

「因為他是假的？」于晏說。這句話讓芸樺倒咖啡的動作停了下來。

「明明就不是什麼正人君子，卻還裝得一副我最有道德感的樣子，結果私下做的又跟檯面上相距甚遠，靠著外在營造出來的好形象騙人，因為這樣所以妳才打算揭發他這個人的真面目……」

「所以不是為了哪個人，而是為了讓大家知道。」

芸樺聽到于晏這麼說，拿起裝滿熱咖啡的杯子朝于晏的玻璃杯輕輕的碰觸一下說：「果然跟我想得一樣，你很懂我在做什麼。」

如果一個人表面裝得道貌岸然，私底下個性卻很糟糕，只要不影響別人的話，這種的我不管，但當他高聲提倡道德正義，逐漸產生影響力，並且用這樣的影響力公審別人，自己卻也是這些人當中的一員時，這種就叫做「偽善」。尤其這種明明會影響他人、家庭還有社會，欺騙大眾的人，我覺得身為自媒體人的我們，就有資格揭發他們的假面具，讓真正的正義得到伸張。

「我追查到，這個電視台名嘴主持人所嫖的這些援助交際的對象，並不是普通女孩那麼簡單，那些跟他發生關係的女生……全部都是未成年。」

「欸！真的假的？」芸樺說的事讓于晏十分震驚。

「讓大眾知道這主持人假道德是主因，但我會繼續追查下去的理由，就是因為他可能已經這樣做了很多年，卻還滿嘴仁義，在節目上說著要尊重女性與女性權益，並且跟著一些保守婦女團體一起譴責那些為了生計沒辦法只能下海的女生。這是我看不慣的事情，所以我才決定繼續追查。」

「妳影片裡，不會每個案子都是自己一個人調查出來的吧？」于晏問。芸樺聽了問題，先是不說話，然後淺笑了一聲。

「哇，也太強了吧！」于晏敬佩地說。

「你在想什麼？當然不可能啊！」芸樺立刻就打臉于晏。

「我自己有組一個團隊，幫忙我處理民眾的投稿來信。其實很多像你一樣的人，都會投稿並附上一些證據，再加上自己的推論給我們。哦，當然也有黑粉的留言跟假消息等。我們團隊有人幫我過濾消息真偽，當然也有負責繼續追查的人員。雖然目前整個團隊不到十個人，但以現階段的規模來說，是足夠的。」芸樺說。

聽到芸樺回答，蘇于晏突然啞口無言。

咖啡廳裡坐在窗戶旁的芸樺拿下眼鏡，柔和的夕陽光灑在她的臉與髮絲上，配合那光線中照出微微的塵埃，此刻淡妝和便服的芸樺，臉上那自信的微笑，不知為何讓于晏的目光無法從她身上移開。不只因為她現在很正，而像她那樣小有成就的人，所展露出來的光芒，讓于晏覺得格外閃耀。夕陽讓芸樺成為一個柔和但又耀眼的存在。

「不過啊，我果然沒有看錯。」芸樺邊說邊滑著手機，找到蘇于晏的那封信。

「通常針對普通的爆料，我們第一道手續都是分辨真假，然後在會議上提出。之後藉由公司的公關去聯絡和回覆，有時候公關會出面與提供線索的人員交涉，而有些時候會由我出去交涉。」

「呃……交涉？」蘇于晏語帶疑惑。芸樺看著什麼都不懂的他說：「你該不會……什麼都不知道就把信跟資料寄過來吧?提供特別或獨家資料的爆料者,通常會談到價錢還有使用權。像這種牽扯到企業機密的重要影片,大多會先談好價格、簽約,才不會到時候發生一堆問題。」

芸樺看于晏聽後「喔」了一聲,感到有點意外,因為她本來以為于晏是要談影片使用的權利範圍,還有剛剛幫忙的事情費用要另計……芸樺都已經在剛剛換咖啡廳的路上,在腦中估好大約的價格,沒想到眼前的于晏似乎並非如她所想的,是要賣資料。

「你幾歲?」芸樺問于晏。

「26歲。」

「鑾年輕的,像你這種年紀,不是應該跟一些人一樣,以追逐夢想、或探索生命的意義這種理由,到國外打工遊學或環島旅行,將錢都花完了,才會開始找工作嗎?」

「那個……」像是被看透了一樣,蘇于晏趕緊轉移話題:「我只是在做麵包的時候,無意間發現熊貓人的招牌桂圓麵包,可能、也許有用到一點點桂圓香精。所以我把過程和推測都寫出來,想說你們可能會有興趣。」

「的確,我一直在持續調查這件事。」芸樺一邊說,一邊再看了一次于晏的試做影片和敘述文字後,繼續對他說:「根據你寫的敘述,再加上我們之前有暗訪詢問熊貓人員工,對此也有人提出過質疑,感覺這種味道很不自然,但也都只是推測,沒有人實際實踐過……畢竟這牽扯到企業機密。」

「所以,我才實際做了影片……」

「那個現在沒有用。」

芸樺一語道破接著說:「我問你,你有沒有看過網路上拍出來的食物,例如漢堡、炸雞,看起來很美味,但實際拿到以後卻不是影片上那樣,就連味道也沒有廣告說的那麼美味?我想說的是,這影片只能表明你推測『使用桂圓香精油可以做出熊貓人招牌桂圓麵包』，就算我相信你，在直播中播出你的影片，相信你的人可能就只有你、我的粉絲，或是更少。」

「妳是說，大家不會相信我的影片？但，他們應該會相信你吧？」于晏問。

畢竟《芸樺來爆料》的粉絲數雖然不到百萬，但也非常接近了，而且以這種踢爆、追查時事性質為主題的頻道，即使每次被炎上（因在網路上失言而引發網友猛烈攻擊），都還是都站在正確風向的芸樺，讓于晏天真的覺得，透過芸樺頻道的直播播出自己的影片，應該就能被大眾相信。

「不，這種事情很難講。而且熊貓人的粉絲大部分都已經有品牌忠誠度，我想最後還是有可能會反過來質疑你跟我。尤其現在它們剛擴展海外分店，被一些主流媒體稱為台灣之光，我跟一些不相信他們品牌宣傳的直播主，都因為保持懷疑的立場，而被他們的粉絲砲轟過好幾次。」

芸樺的說法讓于晏皺眉頭，如果連她這種粉絲比自己多好幾百倍的直播主都這樣了，的確，區區幾百粉絲的他，根本沒有太大的影響力。

蘇于晏突然間發現自己的天真，居然還妄想靠自己的麵包影片踢爆熊貓人麵包的不天然？看來這中間的輿論是非操作，比自己想像的要來得複雜。

「看來我是在做白工。」于晏聽了以後有點失望，沒想到自己努力那麼久，好不容易才發現熊貓人招牌桂圓麵包並不天然的證據，而有多年踢爆經驗的直播主芸樺竟然表示無用。果然，網路生態沒有想像中容易破解。

「你是不是搞錯我的意思了？」

在于晏正失落之際，突如其來的問話讓他望向眼前的芸樺。

此刻外面太陽下山，景色已漸漸昏暗，夜晚的燈光亮起，咖啡廳的店內也打開了頗有氣氛的昏黃橙光。芸樺喝完杯中的咖啡對他說：「你的影片是『現在』沒有用，裡面關於使用香精的爆料，在現階段不是最好的曝光時機。」

芸樺露出一抹意義不明的微笑，對于晏說：「如果你的影片和信裡面對於麵包作法的敘述沒有價值，那我也不會在這裡跟你說那麼多。因為我很喜歡你的敘述、考究，甚至是實際操作。你有追查真相、撰寫報導的才華。」

「我？追查真相？」

蘇于晏聽到眼前的芸樺這樣說他，露出不可思議的表情。芸樺接著笑著說：「你的冰咖啡喝完了，還要再來一杯嗎？」

「啊，不……」于晏開口要回絕，卻聽到芸樺說：「我請你。」

「謝謝，請再給我一杯冰咖啡。」蘇于晏馬上加點一杯。

「既然你不是要開價，而且在電話中你說你在面試，就表示你還沒找到工作吧？」

于晏聽到這句話，想起因為眼前的網紅直播主芸樺突然打電話來，讓他太震驚導致自己隨口說出正在面試，而早上的面試似乎也因為這原因，而讓他整個人無法專心。但眼前芸樺這樣說的意思，難道是……

「妳要我過去工作！？」

「不，我沒有缺人。」

于晏才剛說出口的話立馬又被芸樺笑臉駁回，讓他一臉尷尬。從剛剛各種行徑來看，真不知道這位網紅芸樺是不是以讓他尷尬到死為樂。

「我想跟你合作！在熊貓人麵包這件事情上，我需要一個對這件事相當關注，可以持續追查又同時會做麵包，並知道製作細節的人。于晏，你應該願意跟我合作對吧？我覺得你很有這樣的潛力。」芸樺說。

果然很犯規。看到芸樺那張笑臉，蘇于晏想到，自己這種凡夫俗子，像這樣校花等級，不，應該說是超越校花等級的人，根本就不會是自己這一圈的，更別說會對自己提出像工具人的要求⋯⋯蘇于晏這樣的人，根本連工具人的等級都不到，直接在邊界。他本想一口答應⋯⋯

但此刻蘇于晏突然感覺自己要硬起來！他不是一個會因為眼前女生露出可愛的表情要求他，就沒有底線的男人。蘇于晏板著臉對芸樺說：「讓我再想一下。」于晏很努力克制住自己被美女請求後想答應的心情。

本以為自己這樣說，芸樺會繼續說些好話來哄自己⋯⋯已經做好準備的蘇于晏，這時只聽到芸樺點點頭對他說：「這麼重要的事情，是需要一些時間考慮沒錯。雖然我這邊有帶合作方式的合約想給你過目，但如果你需要時間思考，我手上這份合約你先帶走，回去看過後再仔細考慮一下。」

「喔⋯⋯喔喔，謝謝。」于晏接過芸樺的合約，覺得意外地比想像中要來得正式。

「我回去以後會認真看。」蘇于晏說。

新的冰咖啡送來，在于晏接過芸樺請客的冰咖啡時，發現托盤上面還有額外加點的餐點。

那是一塊蘋果派，是芸樺點的。

蘋果派？蘇于晏看見芸樺用小叉切開蘋果派，糖釀放在派上的蘋果果肉醬，搭配熱騰騰的香氣散發它該有的味道，裝飾著漂亮的顏色，果然是正統的蘋果派，而不是自己那種烤箱料理蘋果酥。

我其實很喜歡你做的蘋果派。

小小一個看起來很可愛，很方便一口吃。

「什麼！」聽到這句話，蘇于晏立刻放下咖啡，他兩眼張大看著眼前吃著蘋果派的芸樺。芸樺說完後沒有多做解釋，只對于晏露出禮貌的笑容。蘇于晏聽見芸樺剛剛說的那句話，本想開口直接問，但話在口中又吞了回去，他冷靜思考後說：「妳有看我頻道的留言，沒什麼人氣對吧？」

「其實這只是運氣和操作問題，有時候抓對方向，或明確地知道自己要什麼圈子的觀眾，去迎合他們，就可以獲得聲量。粉絲其實很隨波逐流，會關注只代表他們想看，並不表示他們喜歡你，所以才有所謂的黑粉。但是這些人之中，還是有粉絲會從一開始就表達對你的支持……」

蘇于晏想到每篇留言幾乎都是正面支持他的網友Swen。而此刻他不清楚，芸樺只是將看到的Swen留言重複說一遍，好讓他可以有合作的心意，還是她就是……

「妳是Swen？」真有那麼巧的事情？

「有時候網紅有一、兩個沒公開的帳號，也是正常的吧？」

芸樺說完，將手機放在桌上，畫面顯示的正是Swen的會員頁後台，表明自己的身分。此刻蘇于晏盯著螢幕說不出話來，突然間心跳加速，他沒有想過像自己這種一開台就沒有人氣的素人，也沒有太多人關注的頻道，竟然一直被高人氣直播主的分身關注著！並且還不斷留言支持。

但這跟簽約是兩件事！

蘇于晏趕緊把自己的情緒收回來，提醒自己不能感情用事，即使芸樺就是Swen，他也不能因此動搖，自己才不是那麼沒有原則的……

等等！他的頻道關注人數是怎麼回事！？

剛看了芸樺給他看的網路小號Swen，但確認的同時，于晏自己的頻道，什麼時後從幾百人瞬間衝到一萬多人的！？而且人氣最高的影片，正是他在國外拍的那部簡單做蘋果派的影片。于晏看向芸樺，而她只是一邊吃著蘋果派笑笑地表示：

「我說過了，我很喜歡你做的蘋果派。」

芸樺只是稍稍轉發，影片立刻增加十多萬點閱。

「什麼人分享、什麼時後發佈、什麼時間踢爆⋯，這些關鍵都是學問。」

芸樺說，一邊看著蘇于晏的表情。

她覺得兩人之間對「熊貓人香精麵包」這件事的合作，已經有了共識。

第四章　來塊海克斯麵包

【又到了週末，你是否有規劃出遊的行程呢？這週六、日全台將會是好天氣，北部氣溫回升到32度、中南部和外島則有可能來到36度高溫，紫外線是超標的，外出的民眾請記得做好防曬……】

外頭陽光普照，陽光從窗戶灑落在租屋公共區，把蘇于晏的租處客廳照得如室內設計雜誌般漂亮。但蘇于晏的心情可不美麗，因為他的工作面試不是無聲卡，就是謝謝他參與本次面試的拒絕通知。

「你會不會和我一樣，覺得自己最多就是這樣？你會不會和我一樣，把希望寄託在別人的身上……」

看著自己國外打工渡假的存款一天天減少，蘇于晏喃喃地把樂團的歌哼成自嘲歌曲。即便這樣，他依舊躺臥在沙發上滑手機，吃著那些失敗的庫存麵包，看著那些自己根本無法勝任的工作，想像著找到工作的自己有多美好。

「我想跟你合作。」蘇于晏腦袋傳來上次網紅芸樺對自己說話的聲音。

但感覺到最後，對方應該也只是說說而已……

在那之後，兩人約好再次在自家樓下對面的咖啡店見面，但到了見面當日，蘇于晏卻遲遲等不到那位時事直播主芸樺的再次出現。訊息跟電話也沒有人回應，感覺自己被騙的蘇于晏一陣失落，而為了消磨這種被女生放鴿子的挫敗感……

他買了啤酒和威士忌，回宿舍買醉到凌晨半夜。

「啊啊……」蘇于晏伸了個大懶腰，手抓了抓屁股，穿著內褲吊嘎走到廁所排尿，喃喃地說到：「世界上到底有沒有輕鬆就年薪破百萬，每天只要上班幾小時，還可以不用扛責任，只要待在家就可以做的工作啊？」

「那我會建議你重新投胎比較快，蘇于晏。」

一個女性的身影和聲音出現在于晏面前，讓撇完尿、洗過手，正將水抹在衣服上的他措手不及。怎、怎麼回事？網紅芸樺怎麼會出現在他住的公寓裡！而且還一臉理所當然的樣子？難不成……因為熊貓人麵包爆料的事情過後，自己就被這女人給跟蹤了？還一路尾隨到連他的住處都知道。

如果是在二次元或輕小說，被美女跟蹤聽起來感覺好像很棒，但現實上住處突然多一個不認識或不熟的人，怎樣都是驚恐吧！雖然自己是健康男孩子，但蘇于晏可還沒有失落到虛實不分。而且……怎麼說……現在穿著貼身四角褲站在芸樺面前的自己，看起來還比較像變態。

趕緊遮住自己的下體，蘇于晏快步退後到用客廳的沙發擋住自己下身，惶恐的對著芸樺說：「妳妳、妳怎麼知道我住這裡？」

聽到于晏的質問，網紅芸樺只是冷靜的看著他，表情像早就知道蘇于晏會問她一樣，從口袋掏出手機說：「你是不是忘記今天我們要見面的事情？」

「今天？」蘇于晏聽到芸樺這樣說，看了看自己扔在桌上的手機，一手遮住自己的褲擋一手去撈，樣子滑稽到芸樺忍不住搖搖頭。于晏蹲著查看手機內容，當滑到待辦事項時，蘇于晏才驚覺自己好像把見面時間點搞錯成前一天，還想起了芸樺似乎對他說過：「那天我有事情抽不開身，所以往後推一天吧。」

記成原本的日子，難怪那天蘇于晏左等右等都等不到芸樺出現。

蘇于晏似乎認知到自己的錯誤，尷尬的對著芸樺笑。但想了想又覺得不太對勁，就算自己搞錯了，應該也不會把住處告訴一個陌生人吧。蘇于晏一邊移動自己的身體，一邊開口將自己的疑惑問出來：「妳……」

「妳該不會是一個人來吧？」蘇于晏脫口而出的話跟想的完全不一樣。

「正常狀況下我都不會讓網紅、藝人獨自跟人會面，更不用說讓女生到一個不認識的男人住處。」這時蘇于晏的租屋處又多了一個人，一個身材魁武，在大熱天穿著西裝外套，整體看起來像是黑道或混混的男子走進客廳，瞧了眼穿著內褲內衣的蘇于晏，那銳利的眼神讓蘇于渾身不自在。

那男人朝于晏的方向走來，從胸口內側口袋像要掏出什麼？

蘇于晏冷汗直流，然後他……

就獲得了一張寫有娛樂公司抬頭的名片。

「你好，我是陳妥興，芸樺的經紀人。」穿西裝的混混一臉正經的說。

「你、你好。」于晏接過名片，看了看那穿西裝不苟言笑的陳妥興。

「雖然過去合作對象也有人穿著比較隨性，但這麼居家的打扮，我還是第一次看到。」陳妥興一本正經的說，搞得蘇于晏不知道要怎麼回話，反而一旁的芸樺這時才解除看戲的狀態，坐上沙發說：「原本我也是在你說的那間咖啡店等你，但等不到人。然後……我就想起你訊息裡說住在咖啡店對面。」

稍微觀察一下就會發現，兩側住處都是有人的老住宅透天，而只有這間外頭有承租，然後還有出租人的手機號碼。針對出租位子、手機號碼、搜尋租屋等相關訊息，在搜尋引擎上就可以找到可能的位置，先撥電話確認是否資料一致，然後再慢慢套話房東，問是什麼樣的租客住在這裡？

「以一個女性來說，會擔心自己的租屋處有什麼樣的租客？這個理由相當合理又可以同理，尤其當對方房東也是女性、又很健談的話，很容易就可以得到租客許多訊息，像是性別、年齡，還有工作職業……」

「所以我要好心提醒你，就算是你學生時代就住過這裡，也不要透露太多私人訊息給房東。加上你寄過訊息給我、又見過面，太多輔助資訊，找到在這出租公寓裡的你，不需要十分鐘。」

芸樺的話，讓蘇于晏傻眼，看著一旁毫無反應的經紀人陳妥興，像是這件事情與他無關一樣。于晏問：「所以你們就透過這一點訊息找到我？」

「具體來說是『她』找到你，而我則是在找她。」陳妥興說，銳利的眼神換朝向芸樺，就嚴肅的說：「我應該已經說過很多次，你要去哪裡都需要跟我報備。芸樺，妳每次就這樣不說一聲就消失，發生什麼事情我很難跟上面交代。」

「我不是都會說嗎？」芸樺看著經紀人陳妥興那張可怕的臉，笑笑的回話。

「事前告知跟事後通知是完全不一樣的狀況，而且……」陳妥興說，看回蘇于晏這邊後繼續講：「跟男性單獨見面這種事的危險性多高，妳這個做時事評論的網紅應該比我清楚。尤其我會希望跟你見面的男性……至少可以穿好褲子。」

「聽你這麼說我才想到，蘇于晏！你上廁所完洗好手最好不要隨便抹在褲子上，不然那淺色的內褲會透出肉色來。」芸樺說完眼神往下一瞥。

聽到這句話的蘇于晏，這次真的一秒都不能等，丟下一句等我幾分鐘後，立刻跑回寢室快速的找到一件褲子套上。

芸樺笑笑的看著事情的發生，經紀人陳妥興見到沙發旁一些散落的啤酒罐、桌上融化成水的冰塊杯，並轉向坐在沙發上芸樺，伸手從她壓住的地方抽出了一件男性運動短褲，說：「妳是認真要跟這種人合作，還是單純只是想玩弄他？」

「你不要小看他。」芸樺說：「有時候就是這樣個性的人，往往會看到我們忽略的地方。而且我對於這樣直來直往的人……並不討厭。」

聽芸樺這麼說，經紀人陳妥興瞧了她一眼，掏出煙盒和打火機說：「妳今天還有很多事情要做，我會在門外等妳。對了……這次無論如何他都要見你一面，所以不要逃走，不然我會很難辦事，他也會很困擾。」

「……喔。」芸樺隨口一聲，看陳妥興往外頭走去，臉上的笑臉瞬間收斂起來。直到聽見房裡頭急促的跑步聲，轉頭看見穿著海灘褲的蘇于晏，才又恢復笑容。

芸樺咬了一口重新微波過的麵包，口感如同剛出爐的麵包一樣鬆軟，這讓芸樺有點意外，她沒想到蘇于晏微波後的麵包不但沒有變硬，反而鬆軟得令她意外。

「怎樣，很厲害吧。這是我從國外那老師傅學的，先讓麵包沾一點水，接著用調理紙包住鎖住水分，之後用一盤水墊在底部，用強火力微波後，麵包加熱就不會變硬。」于晏笑說。

「而且跟我從星巴克帶來的星冰樂，口味很搭。」芸樺說。

「又是星冰樂？真搞不懂妳到底喜歡咖啡是甜的還是苦的。」

芸樺看著這熱騰騰的麵包和這大男孩苦笑的表情，心裡難得有點暖意，但這並沒有讓她忘記兩人要合作揭發熊貓人麵包的目的。芸樺邊吃麵包邊說：「你在信上說過，在你打工渡假時，遇到那位從米其林餐廳返回老家的老師傅，他所擁有的麵包食譜，竟然跟熊貓人經典的桂圓麵包食譜幾乎一樣。關於這件事，我有調查了一下。」

芸樺翻出資料，手指輕輕在筆電上滑動，將資料調出來。

「雖然不知道有沒有相關，但成立熊貓人麵包店的這位傅亞銻，年輕時確實有在你打工渡假的國家留學過，不過他的學校距離你的民宿有好幾小時的車程。但具體是怎樣的狀況可能還需要更多資料，不過的確有奇怪的地方……」

「奇怪的地方？」蘇于晏說。

「恩，你看這份整理過的表單。」芸樺一邊說著一邊滑出一份資料，上面呈現的跟做麵包無關，而是蘇于晏無法看懂的英文專欄，並搭配著一些很像電影生化科技的圖片。

「這個傅亞銻過去的經歷很難找到，尤其是烘培資歷，若照著網站的資料去找，根本沒有相關資訊，反而我在這裡有找到一些與熊貓人麵包創辦人傅亞銻有點關係的資訊。」

「你聽過中國的『海克斯科技』嗎？」芸樺這樣問。

「海克斯科技？」

什麼是海克斯科技蘇于晏不清楚，要說海克斯，他只想到以前很熱衷的一款網路遊戲，在裡頭有聽過類似的詞彙，在遊戲世界中，它是一種魔法科學融合的產物下創造出來的道具，被玩家稱為海克斯科技。但直播主芸樺口中的海克斯科技跟他想的是不是同款？這讓蘇于晏有點難判斷。

但是如果以遊戲的角度來想，魔法與科技產物的海克斯科技，如果套用在熊貓人的麵包上，不會是指麵包是魔法變的吧？蘇于晏心想，這有點太扯了，也不該是這樣，有點過於天方夜譚，但這時蘇于晏想起了自己網購的桂圓香精。他突然有個想法湧上心頭，看著芸樺說：「麵包香精？」

聽到蘇于晏說出這答案，芸樺有點意外，她原本以為于晏不會知道這事情，但看來是她自己小看了這個大男孩。

「只要一點粉末就能熬出湯、或是幾滴油就可以炒出風味菜。中國網路上把這種生化科技的材料戲稱為海克斯科技，也就是用人工合成或添加物製作出跟原品相當的風味。雖然不多，但是很顯然，在傳亞銻過去的投資項目裡面很明顯地對於這類型的人工合成研發有過合作的案例。」芸樺說。

「所以找到這個，就可以證明他真的用桂圓香精騙大家說那是天然麵包？」蘇于晏說，人有點激動。

「不，沒那麼簡單。目前發現的資料還不足。而且投資人工合成食品或添加物這也不代表什麼。畢竟我可以同時支持天然食材，卻也開發人造食品，這並不相抵觸。」芸樺說。

「那現在我們可以做什麼？」

蘇于晏聽芸樺說，感覺他們不管做什麼，都沒辦法對熊貓人麵包造成影響。但芸樺表情卻意外平靜，甚至不知道為什麼話鋒一轉問他：「所以面試的結果怎麼樣？」

「咦？欸⋯⋯那個⋯⋯那個就那樣啊。」

芸樺突然的關心，讓于晏有點不知該如何接話。看到蘇于晏吱吱嗚嗚的模樣，芸樺將最後一口麵包吃下肚，說：「看來是還沒找到工作吧？」

「嗯、嗯，是還沒找到⋯⋯哎⋯⋯」被問起工作的事情，讓蘇于晏嘆了一大口氣。

「你麵包做得那麼好吃，怎麼不去學做麵包呢？說不定會很有前途。」芸樺說，又拿起于晏做的麵包咬了一口。

「這是有些原因的啦。我不是很想把做麵包這件事當成工作。不是有很多人說嗎？當興趣變成工作以後，那種當初的熱情就會被消磨殆盡。」蘇于晏看著自己手上吃一半的麵包說：「我啊，當個不成熟的業餘烘培素人就很高興了，用自己的速度慢慢摸索做麵包的方式，當然也很在意網路上影片的點閱率，但比起變成職業麵包師傅，做麵包比較像是我的生活樂趣。」

「因為我不想變成那樣。」蘇于晏說，腦中想到小時候所看到那不斷勞動的背影，還有那烤爐的香氣，跟人來人往的吵鬧聲。

「但是還是得過生活吧？」

芸樺的一句話，把剛剛回憶出神的蘇于晏拉回現實。聽到這句現實的話語，于晏皺眉頭，露出五味雜陳的奇妙表情說：「總之就只能努力了。」至少房租得想辦法生出來。

「既然如此，我倒是有好消息要跟你說。」

「好消息？」蘇于晏看著芸樺，芸樺拿起他當時簽的那關於合作的合約，翻到一張用色筆畫線的條款，上面寫著的是兩人合作分潤的事情。

「因為你不是我的員工，我們相當於合作夥伴的關係。所以我有想過，只要你幫助我調查或協助製作影片，我可以將影片廣告收益，根據合約上所簽的抽成分潤給你。也就是說只要你幫助我完成案子……」

芸樺人靠得很近，臉就快碰到蘇于晏臉頰的距離，在他耳邊說：「這被動收入可能是這樣……」

聽到金額，蘇于晏睜大眼！雖然不及一個正職薪水，但顯然比他想像得要多上許多。芸樺看見蘇于晏的表情，感覺這人就已經上鉤了，繼續說：「當然熊貓人麵包這件事情是另外算，畢竟你可是爆料的當事人。而現在我需要你下一步提供的……」

是打工渡假那老麵包師傅的聯絡方式，以及他曾經工作過的那間米其林店家的資料。

「要這些幹麼？」聽到芸樺需要他提供的資料，蘇于晏對此感到不解，直說：「雖然我覺得熊貓人的麵包食譜跟老師傅提供的很像，但做麵包這種事情，其實做的事情都差不多，很難說誰抄誰吧？」

「是不是真的抄襲不是重點。」芸樺說，她伸出手指比出兩點。

「第一點、我想知道的是，你說的這位米其林出來的老師傅跟熊貓人的創辦人傅亞銻有沒有關係？然後第二點，我問你，蘇于晏，如果你的麵包店模仿別人做出來的麵包大賣，某天被人說跟其他家麵包店很像，你為了不被人說是抄襲，你會怎麼做？」

「那個……」蘇于晏聽了芸樺問題，絞盡腦汁想：「我會很努力地告訴大家我不是抄襲，因為沒有證據，還有網路傳言……」

「變成他。」在于晏還沒說完時，芸樺直接說了三個字插話進來。

「只要變成他就好了。」芸樺說，拿起自己喝了一半的星冰樂對蘇于晏說：「就像這杯星冰樂一樣。」

星巴克知名飲品星冰樂，其實過去的模樣並不像現在由咖啡、牛奶跟糖製作而成，而是來自於波士頓一間當地的連鎖咖啡店「咖啡關係」的原創飲品，並在一九九三年於當地開始流行起來，其牛奶與咖啡調和的軟冰淇淋口感，受到很多大人與小朋友的歡迎，也變成了咖啡店的熱銷商品。

當時星巴克也推出了類似星冰樂的產品，不管是模樣或是味道都相當類似，而且一步步改良它的風味與樣貌，但星冰樂始終不是星巴克的原創品，而是「咖啡關係」這間咖啡店的發明。

「所以星巴克的星冰樂飲料變成了它。」芸樺說：「它們買下了咖啡關係。一九九四年星冰樂成為星巴克獨有、暢銷的原創飲料商品。」

聽到芸樺這樣說，蘇于晏停了一下，思考了幾分鐘說：「所以妳認為如果熊貓人真的抄襲了老師傅過去在米其林製作麵包的配方，熊貓人他們會花大錢買下這個配方，讓這個配方變成……」

「變成自己的。」芸樺說：「當然他們也會像你說的一樣矢口否認，或者聰明一點，一邊對外否認，另一邊則偷偷的……」

「跟老師傅把這曾經是米其林店的配方買下來。」蘇于晏說，芸樺點頭。

「但我不懂，配方不是熊貓人他們自己的，跟熊貓人的招牌桂圓麵包不是天然而是用香精這件事有什麼關係？」蘇于晏問。

「有些品牌的既定印象一旦定型了，如果不是一槍斃命的大事件，不然其實一般不容易改變消費者對它的印象，需要一步步來打破消費者的迷思和品牌忠誠度。」

芸樺說：「這只是踢爆熊貓人麵包造假的第一步而已。所以……」芸樺對著蘇于晏說：「是不是可以給我聯絡方式？」蘇于晏看著芸樺開口對他說……

「我的老天啊，真的假的！熊貓人的創辦人偷了我打工地方老師傅的麵包配方？你是說真的假的？」在國外的艾可聽到蘇于晏說起最近回國發生的事情，完全無法置信。

這天深夜，在台灣隔天不用上班的蘇于晏打電話給在國外的艾可，他們兩地的時差剛好白天黑夜相對。看著視訊裡自己青梅竹馬的艾可似乎一天比一天有活力，蘇于晏覺得自己還可以繼續為找工作努力一下。

「妳講真的假的講兩遍了。」蘇于晏說，艾可不理會他的吐槽，簡單擦乾早上沖澡的頭髮接著問：「然後呢？你把我們老師傅的聯絡方式告訴那什麼時事網紅了嗎？」

「我沒有跟她說。」蘇于晏說。

「咦！為什麼？」正畫著眉毛的艾可聽到蘇于晏的話，驚訝得差點把眉型畫歪。

「我總覺得這事情應該是由我去問老師傅，畢竟妳想，當時師傅也是因為喜歡我才把這個秘方給我，雖然現在是我發現他的配方有可能被人抄襲，卻是由另一位他不認識的第三者去告訴他，我覺得這樣不太對。」

「我想親口問老師傅關於這件事的看法。」蘇于晏表情認真地說。

「所以你打這通電話來，是要問我打工地方老師傅在的時間？」艾可說，拿起手機走到玄關，露出不悅的表情說：「我還以為有人想關心在國外的我，看來是我多想了。」

「欸，話不是這樣講！我也是想知道妳過得怎樣，但你也知道我們的時差有點……」

蘇于晏急著解釋的樣子讓艾可覺得很有意思，忍不住笑出來：「開玩笑的啦，你那麼認真幹麼？我再怎樣也沒有淪落到需要一個找不到工作的人來擔心。」

「嗚，你這講得太直接了。」這話直接打中蘇于晏的痛處。這通遠洋通訊就在艾可答應會幫蘇于晏問問老師傅的時間，以及于晏要她繼續複習外文不要退步的打鬧聲中結束。

視訊結束後，蘇于晏隨意地看著電視，發現長青的偵探動畫又要製作新電影版了。上次開戰鬥機，再前一次是開遊艇，這會兒是不是要會開太空梭了？當裡面的主角手指著螢幕說出那句口頭禪：

「真相永遠只有一個！」

「如果我也有你這樣的腦袋，就不用煩惱了。」蘇于晏自言自語的說。

沒想到竟然被拒絕了。

芸樺有點意外，過去的各種合作，通常合作對象都會順著她引導的方向走，畢竟她提出的方案總是讓對方有利可圖，也不用冒著過大的風險，可以說是多方考量下都相當好的條件。

她還記得，一開始跟蘇于晏這個看起就是剛出社會不久的新鮮人見面，就覺得他只是跟一些人一樣，想透過爆料出名。但這次碰面似乎有點不同，不管是他對於這事件的了解或是拒絕她的理由。

「我覺得這件事應該我來說。」

所以抱歉，我不能將老師傅的聯絡方式隨便給妳，可以請妳等我的消息嗎？

「妳如果認真要查，應該也是查得到。」

坐在車子副駕駛座上的芸樺，突然聽到在駕駛座上的經紀人陳妥興開口跟她說。與去蘇于晏家不同，芸樺現在身上穿的是較為正式的裙裝，她剛結束跟某人的會面，由經紀人陳妥興開車送她回家。

「不了，我有點想看看這個蘇于晏會怎麼處理這件事。」芸樺說。

「妳該不會是喜歡他吧？」陳妥興說。

車子上瞬間一片死寂。

「抱歉，我剛剛是開玩笑的。」陳妥興補上這句。

「興哥你那張臉跟口氣啊，真得很不適合開玩笑。」芸樺看著車窗上陳妥興反射的倒影說。

車在高速道路上奔馳，經過路旁一盞又一盞昏黃的路燈。

第五章　人氣爆棚的方法

說起來自己本來沒有想那麼多……蘇于晏歪著頭想。

最初關於熊貓人麵包的事情，于晏只覺得自己如果可以還原出大家都沒辦法還原的熊貓人招牌麵包口味，再發表到網路上，自己會很帥很酷，說不定還能收穫一批粉絲，同時過去自己發明的那些麵包說不定也會因此受到關注。

但如今事情的發展好像並不如蘇于晏所料想一般，只是丟個資料就完事了。知名爆料實況主芸樺的出現，再加上她又對於這件事頗感興趣，整個感覺就如同在跟于晏說：熊貓人的麵包還有更深的料，爆料需要一個時機點，才不會讓猛料石沈大海。而于晏會想深入探究下去的原因，恐怕是……這種挖掘真相的過程……

很有意思吧！

雖然說起來很沒有正當性、也不正義。

但蘇于晏不得不誠實面對自己，他的確很期待挖掘出熊貓人麵包的真相。不過有些原則他還是沒辦法跨過，例如：自己將國外老師傅給他的配方讓其他人知道，如今牽扯到熊貓人麵包可能偷用曾經米其林餐廳的麵包配方，這件事如果在台灣公開的話，是否會影響到那位老師傅？想到這點，蘇于晏就覺得應該由自己親口說明。

我好不容易拿到老師傅的聯絡方式，還找到老師傅有空的時間，你最好別給我臨陣脫逃……視訊裡艾可這樣說，還在手機螢幕裡瞪了蘇于晏一眼。

在國外打工的青梅竹馬艾可這樣說，跟蘇于晏有多年交情的她很清楚這傢伙的個性，他本來就不是什麼勇敢的人，但這次自己挖下的坑，怎麼說也該好好收拾。

時間一到，蘇于晏深呼吸口氣，按下國外老師傅的手機號碼。

手機視訊被人接起，看到許久未見老師傅那張不苟言笑的臉，蘇于晏那股緊張感才像洪水般湧上心頭。本準備好的說詞，這一刻腦袋不知怎麼的，瞬間完全放空，只能像國小生說外文一樣，對師傅吐出一段莫名其妙、像初學者打招呼的用語。

「你才回去幾個月，這種生疏的外文和文法是怎麼回事？」

老師傅用帶有腔調的外語對著蘇于晏問。蘇于晏雖然都聽得懂，但此刻嘴巴卻緊張的說不出話。而在這幾秒的尷尬後，老師傅的視訊鏡頭旁傳來了一個女聲，用外文替師傅解釋：「他就是這樣，一緊張就說不出話來。」

「緊張？打工時在這裡纏著我問東問西時，這混小子可不是這樣。哼怎麼？原來你這聒噪的小子也懂緊張啊。」

「應該是怕被師傅你罵吧？」隨著說話聲，艾可也入鏡在影片中。

「欸，你們怎麼這樣？很久沒說外文，要重新說外文，而且是面對師傅，我當然會緊張啊。」蘇于晏這時才流利的說出一段話，似乎青梅足馬艾可的出現讓他緊張感下降不少。

看到影片中艾可搖搖頭，露出真是一點長進也沒有的表情，這讓蘇于晏有點不爽。但艾可像是早預料到他會緊張一樣，出現在螢幕裡，讓他不用一個人面對師傅，這點也的確讓他鬆了口氣。

「事情，艾可有先跟我提過……」老師傅說：「雖然我不知道你們怎麼知道的，但的確就像你們說的那樣，我過去曾經長時間在一間米其林餐廳當甜點師，主要負責的就是麵包、甜品這個項目……但你說的熊貓人麵包……我沒聽過。」

儘管熊貓人麵包坊在國外比賽有得過獎，又時常在媒體曝光，但還是在台灣比較有名，在國外並沒有什麼知名度，在蘇于晏回國之前，蘇于晏和艾可也是在那時才知道熊貓人在國外開了第一家分店。

視訊裡的老師傅表示，他們那邊除了大城市有幾個較知名的麵包連鎖店外，通常都是地方性質的麵包店，有固定的顧客光顧，像他們這種專為一間餐廳製作麵包的師傅其實非常稀少，況且各家的食譜基本上都是師傅自己的專業，鮮少外流給其他人知道。

「我離開那間餐廳有好一段時間了，麵包口味應該也已經不同了。」老師傅這樣說，這也就表示熊貓人麵包工作坊……

「並不會花心思收購那間米其林店。」聽到蘇于晏的消息，在他宿舍公用的客廳裡頭，坐在落地窗邊座位的芸樺這樣說。她淺嚐了一口咖啡說：「藍山？」

「是，不過只是市面即溶咖啡，藍山風味。」經紀人陳妥興喝了一口也說。

「很抱歉，我買不起純正藍山咖啡豆。」蘇于晏蓋起咖啡粉的蓋子，看著不請自來的兩人說：「話說，為什麼又要在我住的地方開會？」

跟老師傅通完話的幾天後，蘇于晏將消息轉給芸樺。

而在今天下午面試完回家，就看見芸樺和他的經紀人大辣辣就坐在交誼廳的沙發上，讓他著實嚇了一大跳！為什麼沒有鑰匙的他們，可以這樣直接闖入屋內？

「畢竟在你這邊談事情很隱密、又沒其他人住。況且，我也跟房東太太租了其中一間雅房。」芸樺說，話說得像是順便在夜市買了什麼小吃一樣輕描淡寫，讓蘇于晏傻眼，而一旁的經紀人陳妥興則補充說：「正確來講是用我的名義租的。」

這下可以知道，為什麼這兩個人可以隨便出入蘇于晏的租屋處。

「這件小事先不談，既然麵包食譜是跟著你認識的老師傅走，而不是那間米其林餐廳的話，那熊貓人就不可能會花錢收購那間店，甚至那位老師傅很難證明這麵包的作法是他發明的。」芸樺一邊說，一邊拿起一塊最近蘇于晏拍影片中教過如何製作的小糕點，一口放進嘴裡，嗯了一聲，表示有點偏甜。

「怎麼會！我這邊有老師傅跟我說的食譜，要證據的話有筆記，我朋友都可以幫老師傅證明。」蘇于晏說。

「在法律上，食譜這東西法律只保護『食譜表達的方式』，也就是說要實際出冊成書的食譜，當兩邊編排和拍出的照片以及文字解說的相識度達到七、八成，才構成所謂的料理抄襲。」陳妥興邊說邊替自己再倒了杯咖啡。

「因為料理這件事在法律上被認為是思想的一環，並不受著作權的保護，也就沒有抄襲的問題。所以熊貓人不管怎樣都不會因為它的麵包跟你師傅『類似』而受到法律懲罰。」芸樺補充說，並將蘇于晏做的小點心都吃完後問：「那麼老師傅怎麼說？」

「他說他不在意，不管熊貓人是不是有抄襲這件事情。」蘇于晏說。

「如果連被抄襲的當事人都不在意，我們也沒辦法，頂多就是當小道消息操作，讓人留下懸念。」芸樺說。

「但是老師傅似乎對熊貓人麵包坊那位創辦人有印象……」

蘇于晏想了一下，那天老師傅在艾可的協助下，用中文查詢了熊貓人的資料。當老師傅看見熊貓人那位創辦人傅亞銻時，喃喃自語的說：「好像在哪見過？」思考了一陣子後老師傅才想起這位亞裔麵包師傅說了聲：「喔，我想起來了，是麥克。太久沒見，沒想到樣子還是沒變，果然東方人都不太會老。」

「麥克？」芸樺問。

「老師傅說他還在米其林店裡時，曾經有個亞洲人在那短暫工作，當過他的副廚，雖然他自吹是什麼麵包師傅，但端出的卻是很普通的東西，不太適合搬上一間高級餐廳的檯面上。」

雖然技術不行，但麥克在社交上的能力卻很不錯，那時候常跟一幫廚師和學徒一起到市區的高級酒吧或夜店消費，我也跟他去過幾次，幾乎都是他買單，看起來是有錢人家的小孩。如果以當時作為助手、副廚的他，會知道我麵包的作法似乎也沒有那麼不合理了，只是通常廚師業界並不認可這種事。

老廚師說，在他們國內的高級餐廳有個潛規矩，當廚師發明出自己獨特的料理風味與配方後，就有著不成文的排他性，哪怕是職位或名氣更高的廚師，都會避開與發明者有高度重複和相似度太高的創作，哪怕是同一個廚房工作的人，也會避開使用同樣的配方……

講到這裡，蘇于晏跟芸樺突然腦裡有了同樣的想法，互看對方，異口同聲說：「桂圓！」

老師傅的麵包烘培並沒有加入這種水果餡料，而熊貓人創辦人傅亞銻則將這種成分加入食譜裡，儼然變成更親民可以單吃的麵包。也就是說，熊貓人的創辦人麵包師傅亞銻，從製作時就有技巧性地規避完全抄襲的可能。

「以既定印象的食物加以改良，本來就是現今美食的樣貌。電影《食神》在料理比賽也說過：所謂的美食還不是你做什麼他就做什麼。如果真要說抄襲，世上許許多多的餐廳、小吃的智慧財產權訴訟會沒完沒了。」

「就連實際的藝術創作，如遊走法律邊緣漫畫動畫二次創作、網路迷因、影片題材內容等，都是難以被界定的一環。更不用說食物這種東西，就算兩家店吵自己才是珍珠奶茶的起源，也都只是各說各話。」

經紀人陳妥興說了實在話，如果連圖像、文字創作都難以界定抄襲，那麼食物這種東西就更難說是誰先開始。蘇于晏這下也懂了，為什麼製作麵包的老師傅不是那麼在意熊貓人跟他的麵包配方相似這點，只是當發現事實後，還是有種不是很舒服的感覺？

「你有什麼話想說？」芸樺觀察到蘇于晏那微妙的表情問。蘇于晏搔搔自己的脖子，看著自己上次烤好的小點心，雖然這部點心製作影片一樣觀看次數不好，也只有少部分的人給予好評，但畢竟是自己創作出來的，如果有人惡搞，或是將他當成自己的東西，怎麼想都會不舒服吧？

既然熊貓人的招牌麵包有很高機率是老師傅花費心力想出來的，是能配得上米其林餐廳的麵包，卻直接整盤被端走，連說都沒說一聲，不必自己耗費精力，只要撿現成的這件事……

「把別人的成果當成自己的，真的讓人很不舒服。」蘇于晏說。

「我想也是，如果我頻道的獨家報導被人整碗端走，我也會很不爽。」芸樺說，一邊將喝完的咖啡杯放到水槽。

「果然只有找出熊貓人麵包不是純天然的證據，才可以……啊、啊！」蘇于晏一個激動，不小心把茶杯裡的藍山咖啡給灑出來，還濺到經紀人陳妥興的衣服上，陳妥興那戴有色眼鏡的眼睛不經意的看了他一眼，完全就像黑道份子一樣，嚇得蘇于晏連忙說：「對、對不起，我不是故意的！」

「芸樺，妳打算怎麼做？」

「怎麼做？我覺得老師傅這樣的消息不錯，只要有更多資料，這禮拜就可以做成專題，幹麼要放棄？」

「嗯？」

蘇于晏疑惑的嗯了聲，芸樺露出一抹微妙的微笑，翹腳坐在客廳的沙發椅上說：「從收購的角度來報導會比較有新聞性，這種有憑有據的小道消息，再配合上最近熊貓人在國外的討論度，想必很有話題性吧？標題就下：

爆！熊貓人招牌麵包非原創！挪用國外師傅創作的米其林麵包？」

「只要搭配一些資料，食譜手稿還有時間點的對照，就可以引起一些討論聲浪。但前提是，蘇于晏……」芸樺笑笑的靠近蘇于晏說：「我需要你說服那位老師傅。」

讓他願意配合我們，還有提供我們需要的資料。

「但是老師傅說他不在意這件事。」蘇于晏表示，卻看見芸樺搖搖頭說：「通常越是在意的事情，許多人都會裝作越不在意。不然你覺得為什麼你們上次通電話……老師傅會願意透露那麼多細節給你？他大可直接結束這個話題，跟你話家常，這樣的人往往只需要一點。」

「一點？」蘇于晏看到芸樺手指比得一。

「願意站在他那邊幫他討回公告，哪怕只是一點點也好……」

他都會願意給你想要的資訊。

「可以。」麵包老師傅說：「這工作的地方就是我老家，我可以提供給你一些當年的資料，小子。」

真的……答應了。蘇于晏沒想到真如芸樺所說的，老師傅願意提供當年他在米其林餐廳工作發想出麵包的資料，還有他當年跟熊貓人創辦人一起工作的合照，還有一些較私密的訊息。

「那天雖然我嘴上說不在意，但想了一下，果然還是很不爽這種不說一聲，就把別人心血拿走這種事。」老師傅說，看了手機視訊另一頭的蘇于晏問：「所以小子，你在你們國家是做偵探嗎？」

偵、偵、偵探？

「喔不是，我不是什麼偵探，我只只、只是想……想要……」

「不管怎樣，別輸了，小子！」

蘇于晏驚慌地想解釋他並不是什麼偵探，這時麵包老師傅對他說了這句話：「不管怎樣不要輸了小子，你知道我為什麼會願給你這個麵包食譜嗎？」

這個麵包的作法並不困難，只是在搭配份量的拿捏上需要一些技巧。在高級餐廳裡的人們往往慕名而來的是餐廳的名氣，不是菜餚，雖然偶爾會遇到能了解麵包美味的老饕、名人，但也有一些自以為是的人。

就算回到老家製作出這種麵包，也往往會落得很普通，但即使有很多討論為什麼可以大賣、為什麼那麼貴的評價，卻沒有人在乎為什麼這個麵包值這個價？或是廚師對麵包費了多少心？最後淪為民宿餐廳主菜的配菜，單點太貴而大家不肯買單的東西。

「讓我沒想到的是，一個從台灣來打工渡假的人，會對這塊麵包如此痴迷。」

老師傅想起蘇于晏在廚房，靠著每天摸索，一點一滴的找尋麵包的模樣，雖然失敗過好幾次，但還是每天堅持用賺來的錢，一次又一次的嘗試去找尋原創的味道，這點很像過去為了讓自己創作的麵包配上米其林餐廳這個名號，而不斷摸索的那個年輕的自己。

「其實你最後根本不需要我的配方，你就已經找到屬於自己的味道了。」老師傅說：「藝術最先開始是模仿，而模仿之後要如何做出自己的風格，這才是藝術家。做麵包也是一樣。」

我做的麵包，有我自己的風格？

晚上看著頻道裡網友給的留言，果然只有 Swen（芸樺）在影片下給了好評，留下：很可愛又好吃的小甜點，推薦搭配咖啡。整個留言串下來，幾乎都是說甜點普通，甚至有負面的言論，還有只想看可愛女孩做甜點誰想看男人做……等等，讓人火大並且與麵包完全沒關係的留言。

當于晏將老師傅願意配合的資料傳給芸樺後，芸樺只是笑笑的說交給她處理。之後連續好幾天，蘇于晏就再也沒有直播主芸樺的消息。而他也終於在一家中小企業找到了業務性質工作。

「你好，我是世紀通電信行。」頂著中午烈陽下的高溫，穿著公司制服的蘇于晏在公寓外頭按了門鈴，很有朝氣地向顧客打招呼。只見開門的是一個只穿吊嘎四角褲的中年大叔，開口第一句就是：「怎麼那麼久才來？」

「老闆抱歉，我很快幫你檢查。」蘇于晏陪笑的說。

蘇于晏找了一個專門幫顧客檢測和維修公司產品的工作，雖然上班時間很自由可以到處跑，但實際上每天的單幾乎排到晚上，下班後都得超時工作，還沒有加班費。蘇于晏拿著工具跟著顧客到產品所在處，開始例行檢查。

「老闆你這機台已經很老了，用幾年了啊？」蘇于晏問。

「哪有很老！我最近才買的。」

「可是我看你這個產品少說也用了快五、六年了耶，不然不可能壞的那麼徹底，可能要整個換新。我們產品保固只有三年，你這樣修不划算啦，建議直接買新的比較省錢。」蘇于晏說，心理原以為是美意幫對方省錢。

沒想到中年男子卻氣噗噗的說：「買新的？！這那麼貴的機器，一個要好幾萬耶，你是不是不會修？我報修就是要你們修好它！你不會修來做什麼？你不會修做什麼維修技師，隨便看看就叫人買新的！錢那麼好賺？！」于晏的好意反而害他被罵到臭頭。

「唉……」蘇于晏嘆了口氣，修完後報價的錢又被中年男子嫌貴，覺得他在坑錢亂算，叫他買新的又被嫌不會修。真的是遇到奧客錢難賺。

工作到超時的于晏，買了便利商店的便當和肥宅快樂水，現在只想躺在沙發吃飯配廢片看，動都不想動。等等！自己的頻道快要到更新的時候了，嗚，工作太累的于晏最近幾乎沒有什麼想做麵包的心思，滑著手機看見不上不下的訂閱數和觀看次數，哀怨感又更重了。

好想耍廢一次，不要固定更新，他心裡這樣想。

但還是開始找麵包的相關資料。

畢竟蘇于晏也很了解自己，如果開始耍廢，自己一定會從幾個禮拜更新、變成月更、雙月更、最後久而久之就乾脆不更新。自己從小就是這樣，一但廢就廢到徹底的小廢物。

「啊，最近好像很流行舒芙蕾，我看很多百貨公司甜點櫃都有這東西。要不來做這個？而且自製果醬也不難，蘋果醬、藍莓……，等等！藍莓很貴吧？沒有也可以，葡萄好像也可行。」

「想到要做新的麵包了？」

「嗯，舒芙蕾不錯……啊啊啊！痛。」

躺在沙發上的蘇于晏抬頭看到穿著大白色T衫，衣服呈現半透明的芸樺，整張臉還有水氣跟熱氣，一時間臉紅得大叫一聲，人滾到沙發下。芸樺看到他這滑稽的模樣說：「很沒禮貌耶，就算我是素顏也不至於嚇成這樣吧？」

「不是這個問題，你為什麼要穿那種半透明的衣服？」蘇于晏說。

「半透明？喔！有什麼不好？很方便啊，而且我裡面又不是沒穿。」芸樺聽了說，拉起自己的大件衣服，下面的確還有一件半短褲，上身裡頭也有著寬鬆的無袖內衣。

看到蘇于晏從地板爬起來，重新在沙發坐好打算吃便當，芸樺趴在沙發後背說：「該不會是看我穿這樣在想色色的事情吧？」

「沒有，我一整天工作累都累死了，才沒時間想那種事情。同居之後發生色色的情節，這只會出現在動漫或色情片裡頭。而且你最近都沒聯絡，一出現就穿那樣是要嚇死誰？」蘇于晏邊說，邊吃著他的微波食品。

看到蘇于晏人這麼淡定，芸樺靠近問：「你是不是忘了什麼事？」

「什麼？」蘇于晏問，嘴被飯塞得鼓鼓的。

「今天是我頻道的上片日，這次更新的影片是關於你提供的資料做成熊貓人麵包坊的追蹤報導。我以為你有追蹤頻道一定知道，看來……是沒有。」

芸樺說，打開蘇于晏放在桌上的筆電，按下她頻道最新的影片欄。蘇于晏這才想起來，自己好像並沒有特別追蹤芸樺的頻道，順手就要去按，手卻被芸樺給拉住了。

「這樣也很好，畢竟和我扯上太多關係對你沒有好處。」芸樺說。

「什麼意思？」蘇于晏聽到這話問，但芸樺沒回答只是忽悠過去：「好了，既然你還沒看過，就當配飯的影片看一下吧？我可先說，這次的影片……」

收穫還不錯。

芸樺笑，擦著頭髮走回浴室裡。

【根據我們得到的資料顯示，熊貓人麵包坊的招牌麵包跟外國的一間米其林餐廳所端出來的麵包，幾乎是一模一樣的作法。我們連絡上當地那位負責甜點麵包的廚師，從他的敘述中得知，過去熊貓人的創辦人曾經跟他一起工作過，甚至是他的副手，這些照片和資料也都可以間接證明，熊貓人麵包坊的創辦人曾經在這邊學習的事實……】

影片裡的芸樺不管是說話的口條，還是影片剪輯的流暢度，都有如專業新聞專題一樣出色，只差沒有搬到電視上而已，這就是一檔專業的新聞節目。在影片裡的她妝容相當厚重，就像是故意要呈現女主播的氣質一樣，跟私下淡妝的芸樺比起來，蘇于晏似乎比較習慣跟他開會，或是擔任咖啡廳臥底的芸樺。

「不過這部影片觀看流量不算高吧？」蘇于晏看了看觀看次數。

以直播主芸樺的訂閱數和名氣，這次熊貓人的觀看數量很明顯只是普通，甚至偏中下，為什麼芸樺會說收穫還不錯？蘇于晏心想，一邊放下吃飯的筷子，滑動游標看了下面的留言，的確有人對於熊貓人麵包的事情有點驚訝，也有力挺芸樺的粉絲說「終於有人說出真相」、「台灣就是愛抄襲國外」、「商人無恥」……等。

但是其中按讚最多的反而是在說關於料理抄襲這件事。

說出來的言論就如同那次，芸樺、蘇于晏還有經紀人陳妥興所表示的：

料理本身沒有著作權，在法律層面不構成違法。

下方也有不少人持這樣的觀點，似乎也有人覺得熊貓人麵包坊抄襲的指控是小題大作、沒有題材只好蹭熱度。留言板變成了支持芸樺繼續查證，和認為芸樺故意抹黑熊貓人兩派，並且各自在留言板互相開戰，甚至演變成相互的人身攻擊。

「即使現在網路發達，很多人還是沒有在網路說出口就要負責任的觀念。」蘇于晏轉頭看向換上運動裝的芸樺，她從冰箱拿了優格坐在旁邊說：「因為隔著一個螢幕，不是當著那人的面罵，甚至看不到人，就覺得可以肆無忌憚的批評，以為自己很真，但殊不知就只是亂罵一個自己從不認識的人而已。」

「妳不出來說幾句？像是叫他們不要人身攻擊之類的……」

「為什麼？越罵才越有流量啊，像這樣有爭議的事物，通常才越容易被看見。有些網紅很知道操作這點，往往會操作自己的人設，例如常罵髒話看似流氓的健身房老闆、脫口秀故意說自己很色的女主持人，還有科普知識都是抄襲別人的網紅……這種都很正常，是網路常態。」社群網路就是靠這樣真真假假的事情堆疊在一起，才會讓人膠著在這上面。

「雖然妳說得很不錯，但是這次影片明顯比你以前的流量都少很多。」

蘇于晏看了看表示，芸樺則是回答他的疑惑：「表面看起來的確流量少，但是實際上我想吸引『某一群人』觀看這部影片。」

某一群人？蘇于晏不懂，芸樺問：「蘇于晏你大學畢業時寫過論文嗎？」

「嗯，我寫過。」蘇于晏說。

「那你應該知道，在初期接觸論文的學生都應該會要了解『質性研究』、『量化研究』兩種論文呈現的差異。」

如果要用白話一點的方式解釋，量化研究通常多以數量和一般人的數據為主，可以讓人了解這事情的數量比和統計出來的量，以顯現出較為實際的差異性，最常見的通常就是問卷調查和實驗結果分析。而質性研究往往是了解事物的本質與前因後果，需要對這事情有深入了解的專業人士才能看見事物的本質，常見如訪談學者、深入當地調查等，都是質性研究的一環。

這兩種不同的研究方式都大大影響一篇論文的「信度」、「效度」。專家所敘述的可能是事件可信的觀點，但一般多數普通人所呈現的數字是對方法有效的。兩者中總會導向於其中一方，而做到完美平衡信度效度都很高的論文，幾乎可以說是相當困難，且通常不是單篇論文可以達到的功力。

「所以如果今天我的影片是一篇論文的話，你認為我論文主要是想要朝向什麼方向發酵？」芸樺問。

蘇于晏聽後思考了一下，又重新將影片回放一次。

影片裡蘇于晏看見芸樺說出了許多麵包老師傅的資訊，像是做麵包的啟發，怎麼進入那間米其林餐廳為其特製出專屬的麵包、甜點，甚至最後研發出被熊貓人抄襲的經典麵包，在影片末尾不斷強調這樣直接拿取別人創作以及食譜的發明，是不可取的。

再看過一次思考過後，蘇于晏似乎可以了解芸樺這麼做的原因。

「妳是要吸引那些跟麵包領域有相關的人，關注這部影片。」

「沒錯。」芸樺說：「像你在乎這件事是因為你本身有在製作麵包的緣故，而我則是因為從以前就對熊貓人麵包坊抱持懷疑的態度。因為這點我們兩個會關注這次的事情，但是其他人呢？」

如果今天這個人對於麵包並沒有多大興趣，就只是聽聽，甚至不點開影片，這就是一般群眾的不確定性，而量化研究本來就無法針對群眾去做篩選，不知道群眾本身是否客觀或對議題有專業知識。但如果是質性，也就是瞄準的客群本來就是有一定專業性的人，這事情是否就好辦不少？

讓在乎事件的麵包專家們來發酵整個熊貓人抄襲事件，這可比法律制裁更有用處。聽完芸樺說明，蘇于晏清楚知道她想要做什麼了，說：「所以這部影片你打算讓同樣以麵包為業的人去撻伐熊貓人。」

「沒錯，這就是一個圈子中的同儕壓力。」芸樺說。

一個直播主或頻道的力量、受眾都是有限的，那麼這樣的事件就要針對其他關注這個議題有興趣的人去做推廣，讓他們也有「怎麼可以這樣」、「太不道德了」、「我們圈內的大事」這種印象，一個個去轉發、評論。

「雖然我不懂做麵包，但站在一位創作者的觀點，直播主跟廚師都是一樣的，對於他人的抄襲和剽竊自己的創意和成果，是相當羞恥的事情。這樣即便一般人不在意，但在業界，熊貓人就要面對來自同樣圈內人對於名譽問題的質疑。」

而現在應該已經開始了！

芸樺說著，將手機拿給于晏看，在社群媒體上一位有著幾十萬粉絲的台灣麵包師傅已經跳出來開始轉發芸樺的影片，並敘述他對熊貓人抄襲國外老師傅麵包食譜的看法，過不久，蘇于晏追蹤的擁有十幾萬粉絲的女性 Youtuber 麵包師傅，也拍片來講述這件事情。

很快地，事情發酵不到一天，烘培界、料理界、廚師們都對這件事情開始轉發、敘述還有討論。並且有人一個一個比對熊貓人麵包坊麵包跟哪一家或哪個麵包師傅的創作很像，或是開始敘述創辦人的生平。

幾天後，就連不是做麵包的直播主，也開始拍關於熊貓人的影片，甚至拍吃播、短影片的網紅都有意無意帶到關於熊貓人抄襲的議題。

「真的很厲害。」在騎車到下一個客服目的地，趁著午休正在吃飯的于晏不得不佩服芸樺操作網路風向的手法。雖然佩服，但蘇于晏也看到了一些支持熊貓人麵包坊的粉絲，在網路上跟這些麵包師傅和其他網民吵成一片。

反觀他自己的麵包頻道，好不容易擠出時間拍了用市售巧克力泡芙來製作的巧克力脆皮麵包新作品，網民似乎不怎麼買單，還是老樣子進行開酸。但比起現在其他頻道戰火一片，反而顯得相當祥和，讓蘇于晏都搞不懂自己該高興還是難過。

「我覺得你這次有點偷懶喔。」一口吃下于晏做出來的巧克力麵包，芸樺說。

「賣相不好，但是成品還不錯吃。」經紀人也表示。

「我每天工作結束都快九點了，能擠出時間拍片已經不錯了。」

這天又累的跟狗一樣的蘇于晏，攤在桌上喃喃地說：「沒想到會燒到連政論節目名嘴都在討論，有夠扯的。」

「這些人最喜歡收割網路上的資料。應該說，不是這些名嘴而是製作人跟電視台的企劃愛跟風，名嘴他們拿到什麼就會天花亂墜的講什麼，所以也不用太意外。」經紀人陳妥興說，話剛說完，他又接續著說：「倒是今天熊貓人官方發出了聲明。」

「對對對！我就是要問這個。」蘇于晏聽到陳妥興這麼說，立刻打開自己截的圖說：「感謝各方人士對熊貓人麵包坊的支持，關於最近網路上關於招牌麵包抄襲外國師傅原創作品的謠言並不屬實，我方法務將收集證據，對於一些故意針對熊貓人工作坊抹黑的人士保留法律追訴權……」

唸完一整串，蘇于晏看著眼前兩人露出擔心的眼神問：「怎麼辦？你們會不會被告啊？他說會寄存證信函。」

「早就收到了。」經紀人陳妥興拿了出來，隨手丟在桌上。

「寄這種東西只是嚇唬那些網紅而已，存證信函本來就沒有什麼效力，它如果真的想告，早就直接法庭見，哪會這麼簡單就了事。」芸樺說，看了看有點擔心的蘇于晏，露出笑臉揮揮手表示：「你放心啦，我接到的存證信函就跟你做失敗的麵包一樣多。不過……」

「再刺激他們可就不好說了。」芸樺表示，伸了懶腰從沙發爬起來：「所以就先暫時收手吧，畢竟這只是先發酵議題。桂圓香精恐怕才是可以扳倒他們的主軸，但是調查不太順利。」

「不是知道公司網路賣場嗎？」蘇于晏問。

「賣方跟原廠有時候是兩回事，而且可以看出這些販賣的都是零售賣家。」陳妥興說：「看來要追查到製造廠，可能還得從熊貓人麵包創辦人傅亞錦那邊著手。」

「總之現在就等議題發酵結束，沒有新的料之前我們不能隨便出擊。不過這次可以說是大獲全勝。至少幾乎所有烘培界有名的麵包師傅都站在我們這邊，甚至鄉民還做了不少梗圖。也就表示熊貓人的形象……有點翻轉了。」芸樺說。

在查到新的證據之前，就先放著吧。不過呢……

「如果你做麵包時又發現了什麼，可要先跟我說喔。」芸樺對著蘇于晏說。

蘇于晏看見芸樺的笑臉，都不知道這個微笑是好看還是可怕，但看來他們的合作應該結束了，自己大概要回歸正常的社會人生活。蘇于晏這樣想，但轉念想到一個個被奧客罵跟酸他的場景，突然就有種不想上班的衝動。

每當想到這裡，蘇于晏就很想做麵包。不管是搗麵粉、打蛋做慕斯或是烤箱傳出麵包剛出爐的香氣，這是唯一可以讓他擺脫現實社畜生活，放鬆自我的手段。尤其在麵包出爐那一刻成形的模樣，不管看幾次都讓人好舒壓。

「舒壓的方式有唱歌、運動、甚至手工藝，我還是第一次看到有人把做麵包當作舒壓的一環。」芸樺一邊說，一邊也聞到了麵包的香氣。

「畢竟我也只會做這個。」蘇于晏說著，順手將熱騰騰的麵包做些簡單擺盤後，淋上巧克力遞給芸樺和陳妥興，表示：「雖然是用失敗品改良，但是配上巧克力應該可以當點心。」

麵包巧克力一口酥，整個麵包有著濃郁黑巧克力的味道，不甜也不太膩。吃下去的芸樺和經紀人陳妥興互看一眼，紛紛表示這好像遠比拍片的那巧克力麵包要好吃許多。

「既然都吃了麵包，就告訴你個好消息吧。」芸樺對蘇于晏說。

協助拍片的費用已經入帳了喔，你可以確認一下。

聽到芸樺這麼說，蘇于晏打開手機的網路銀行確認帳戶，看見有一筆比他月薪多出兩、三倍多的錢入帳，讓他有點意外。他重新整理帳戶好多次，確認自己沒有看錯。這個價錢是正常的嗎？蘇于晏抱著這個疑問問向芸樺，芸樺說：「放心，我可不是隨便開價的，依據這次的情報和整體操作擴散程度，你的協助的確值得這個價。」

「當然，如果你願意，不只這一次，我們也很希望你未來跟我們長期配合。」芸樺說：「就像合約上面寫的那樣，我們不會強迫，但是希望你接下來針對這個案子就盡力完成它。當然，報酬就像你看到的，絕對是合理並且雙方都滿意的。」

你覺得呢？芸樺問蘇于晏，身上穿的又是那大件有點透明讓身材若隱若現的白色T衫。

手機接通，傳來一個老男人的聲音。蘇于晏聽到後開口說：「抱歉主管，我想自己可能不太適合這份工作。我……就做到今天。」

蘇于晏辭掉了自己第一份工作。

「妳認為那個叫蘇于晏的有好好看過合約嗎？」在租屋樓下經紀人抽著菸問。芸樺沒有多想說：「大概沒有吧？現在年輕人很少會仔細看合約的。」

「我想也是。」經紀人陳妥興呼出口煙說：「雖然我知道妳很看好他，但我還是勸妳別要求太高，不要太苛刻，不要又把狀況搞到我得讓那人出面收拾。」

「這是經紀人的警告嗎？」芸樺說。

「是我個人對妳的建議。」陳妥興說，將菸屁股丟到地上用腳踩熄，看了芸樺一眼，接著往停車場的方向走。看著經紀人的背影，芸樺小聲的說：「我會參考的，但是首先……」

該做的事情還是得做。

「呼，辭職了。」蘇于晏掛上電話，結束他這一個禮拜多的短命工作。

打工渡假的錢加上這次熊貓人所賺到的錢，算了算，應該可以撐好幾個月，那麼現在讓自己休息一下應該不會怎樣吧？應該啦……

蘇于晏，你就是這樣才會一直不長進！

腦袋裡突然傳來自己青梅竹馬艾可的聲音，蘇于晏感覺到自己好像就是因為這種懶散的個性，所以老是惹遇遭人生氣。話說回來，雖然這次協助直播主芸樺工作賺了不少錢，但好像是因為自己擅長跟麵包有關的事情才能賺那麼多，而且其中還少不了艾可跟老師傅的幫忙。這樣的話，如果其他案件並不需要他的話不就……沒有收入？！

「啊，我決定事情前真的應該多考慮一下的。」蘇于晏感覺以前艾可說得沒錯，自己的確應該好好反省不用腦子的後果。

「現在開始想其實也不遲。」

「芸樺？」蘇于晏聽到聲音，看向門邊，芸樺人就站在玄關處說：「喔，我還以為你又會被嚇到。」

「你都在這租房子了，隨時出現在這邊都是正常的啦，再被嚇到就是我的問題。」蘇于晏說，看了芸樺問：「所以你怎麼突然又折回來？不是說妳公司還有其他工作。」

「嗯，是還有工作沒錯。不過，我問你蘇于晏……」

你想不想參觀一下我的公司？

第六章　為麵包店張嘴的男人

「這次處理的……算是勉強。」

在大樓下的便利商店，穿著簡易正裝的男子正在等店員做他的咖啡，旁邊本來在滑手機的男子聽到他這樣說，將手機收起來問：「義哥，你在說什麼？」

「前些時候老闆要我們處理的那個案子，目前網路上還算過得去。不過，下次小偉你不需要給客戶這麼多的意見。」見義哥這樣說，一旁的小偉皺眉頭表示：「可是義哥，我給的意見都很正確，第一時間道歉，拿出誠意來並且釋出優惠，通常消費者是最買單的，不然就是完全忽略這種模糊指控，不作回應。」

「我知道，但你不用說那麼多。」義哥表示，隨後說：「我們這種公關顧問是給予那些老闆建議，並瞭解事情的前因後果，而不是為他們下指導棋。」

「但我給的方法是對的，以消費者的立場來說……」

「我沒說你錯，只是要你別說。」義哥打斷小偉的話，隨手拿起店員做好的咖啡喝了一口說：「老闆通常不希望被一個小員工指導，尤其又是我們這種第三方的顧問公司。」

說完義哥走出便利商店，小偉見狀也跟了上去。

「但，他請我們來不就是為了在這時候可以做出正確的危機處理嗎？所以義哥我才會在跟那麵包店老闆見面時，說出可以第一時間讓網路輿論降溫的想法。並且連稿子我都擬好了，只要假裝放低姿態，那些網民多少都可以被說服，示弱、給甜頭，台灣人那麼健忘，只要幾個月，這事情就過了。」

「小偉，你想得很好，且沒錯……」義哥從口袋拿出煙，走到大樓大廈旁吸菸處，拿起兩根菸，將其中一根遞給小偉。小偉先是愣了一下，說了聲謝謝，拿起菸，義哥替他點火，兩束煙在角落緩緩飄起。

「但老闆這位子的人啊，通常很難拉下臉去道歉。就算只是作秀的聲明，他們也不願意做，你這樣做有用沒有錯，但是『不好看』。」

「不好看？可是聲明裡沒有半句貶低熊貓人麵包店的話……」

「那個不好看，是指讓老闆不好看，你要有臺階給老闆下。」義哥說，拍拍小偉的肩膀，將菸拿在手上說：「公關顧問首要任務，第一是安撫老闆、第二才是對消費者交代。說到底，公關這一行只是將一間公司的危機下降其百分比，而不是要反轉整場災難，你要知道的是，通常引發這些災難的當事人……」

都認為自己沒有錯。

「所以不要給他們太多意見，聽他們抱怨、順從他、引導那些老闆慢慢放下身為資方的高姿態，才是我們公關顧問的工作，這是我的建議。」義哥說完熄掉煙，喝了口咖啡說：「自從那個便利商店的妹妹離職後，新來的店員泡的咖啡就不怎麼好喝了。」

「義哥，你只是單純喜歡年輕女生幫你泡咖啡。」小偉說。

「哪個男人不喜歡年輕妹妹幫自己泡咖啡？」義哥說。

「現在這種話只能放心裡，說出來會被女生當噁男。」小偉說，他把手機上面的報表秀給義哥看說：「不過根據數據，關於熊貓人抄襲的關鍵詞和網路討論聲量，已經比一開始大幅下降，除了一些烹飪相關的人士還在討論外，明顯已經被一些明星性騷擾事件給蓋過去了。」

「如果接下來兩、三天沒有什麼大消息，我想就差不多了。只是我很好奇，這次放出事件的源頭，那個叫《芸樺來爆料》的自媒體。」

義哥邊說邊將小偉手機那報告截取的圖片放大，芸樺的臉就這樣佔滿整個手機螢幕。任職於公關顧問公司多年的義哥，對於這些自媒體的爆料通常不太感興趣，畢盡他自己與這些公司老闆、出資者、企業交手多年，來來去去，多少知道那些不能搬上檯面的消息，所以通常對一些自媒體的捕風捉影嗤之以鼻。

但，這個叫芸樺的女生不一樣，她的消息靈通，準確率幾乎達八成，甚至更高。

她倒底是怎麼弄到這些連自己都不知道的爆料？

「小偉，我有件事情想借你網路公關團隊的職務之便幫我調查。」義哥說：「但這件事不要讓上頭知道，只是單純因為我很好奇芸樺這個網紅的底細。」

「義哥，你這樣是公器私用，會被年輕人幹醮哦。」小偉嘴上那樣說，但緊接著他抖抖煙灰說：「查到那個叫芸樺的資料後，接著要做什麼？」

「做什麼？我還沒想到這點。只是我覺得……」

應該是時候讓爆料者自己也被攤在爆料裡頭。

「蠻意外的……」

于晏看著眼前這間辦公室喃喃自語。與其說是辦公室，整體而言，更像是一個青年旅社的交誼廳，只是多了很多辦公用品、印表機、投影機，還有保險櫃、公文架，意外的小而巧。跟于晏原本預想會看到的大規模辦公室不一樣。他還以為像芸樺這樣網路有聲量的自媒體，辦公室一定也很有規模。

「我還以為會看到像電視劇那種記者辦公的場景。」于晏說。

「每個第一次來的人都這樣說。但是比起那種辦公室，你不覺得這種居家式的空間比較舒適嗎？」芸樺說。

于晏在芸樺辦公室左顧右盼，卻沒看到多少員工。一旁的經紀人陳妥興似乎看出他的問題，回答道：「基本上沒有規定員工一定要進辦公室，而且我們委外、合作的寫手案子比較多，除了開會也不會看到人。反而帶像你這種初次合作的對象到公司來……比較反常。」

「是、是這樣嗎？」蘇于晏沒有想到自己才是那個特例。

「那為什麼突然要我來參觀公司……等等！為什麼要鎖門！」

蘇于晏才剛疑惑地問，就聽到經紀人陳妥興將公司的門關上，門自動上鎖發出清脆的鎖扣聲，讓于晏嚇了一跳。芸樺見狀只是淡淡的說：「那是自動門鎖，你只要過去按鈕就會解除了，不要緊張，我只是有新的事情想委託你而已。」

委託我？

于晏一臉問號，只見芸樺轉進一旁的房間裡，陳妥興也彷彿沒事地坐回自己的辦公桌前，完全忽略他繼續處理著自己的工作。于晏往芸樺進門的房間走去，要進門時，突然看到一個女生抱著筆電走出來，兩人對望「啊！」了聲。蘇于晏無意間看見女生手上的筆電螢幕畫面，那是之前在咖啡店時，芸樺用他當掩護，偷拍名嘴與未成年少女援助交際的畫面。

他記得這個名嘴最近好像要出來選議員還是什麼的，看來芸樺可能是想抓住這時機點爆料？

抱著電腦的女生對于晏點了點頭，快速地走掉。蘇于晏進到房間裡時，不時回頭望著剛跑出去的那女孩，在房裡聽到芸樺的聲音說：「哪位是我們的網路小編巧閔，你網路上看到的那些影片、文案，都是她剪輯和後製出來的。」

蘇于晏聽到聲音回頭，這房間是間小巧的會議室，芸樺就坐在其中一個位子上。芸樺打開她的辦公電腦說：「把門關上，我想跟你談件事。」

于晏看見芸樺說話的眼神有點神秘，但還是坐了下來。只見芸樺將電腦螢幕轉過來面對他說：「我想請你調查這件事。」

蘇于晏看了螢幕，是一篇網路報導，寫著：棒球選手因經濟問題，捲入假球簽賭案。網路新聞上刊登了七張小有名氣的台灣職業棒球選手照片，並且有著詳細的報導。

在職棒總冠軍賽上被發現，有球員接受地下賭盤組頭收買，配合打假球的簽賭案。地下賭盤莊家暱稱菜頭的主謀，涉嫌透過選手家人和現役棒球選手聯絡，以獎金、性招待等各種利益收買球員，藉此操控比賽輸贏獲利。涉案職棒球員遍佈多個職業棒球隊，其中許多著名的選手和教練都遭到約談。目前已有教練坦承犯案，並協助警方供出涉案球員。

「這個我有聽過，但是……」蘇于晏看著螢幕上的報紙年份說：「這好像已經是去年的消息了，而且今年初也都已經結束調查，這七名球員也都已經承認犯案了。難道是有哪個犯案的球員被漏掉了？」

「我要你幫忙調查的事情剛好相反，蘇于晏。」芸樺說：「這裡面七個球員有一個是被冤枉的，而且可能是替人頂下了這項罪名。」

「咦！是誰？」

「我不知道。」

蘇于晏問，芸樺快速回答後，兩人都沈默了幾秒，蘇于晏忍不住說：「這不合理吧，妳說有球員被冤枉，但是妳卻不知道。這樣很奇怪吧！」

「因為爆料人士並不願意透露球員的名字。」芸樺說。

從芸樺的話中得知，最近他們調查這位爆料人，似乎也是職業棒球的業內人士，而他們也已經有鎖定的目標對象，但可能需要蘇于晏去跟他接觸比較方便。

芸樺將自己團隊鎖定到的人的一些相關資料顯示給蘇于晏看，是一位二軍棒球員，看起來相當年輕，資料上還有很多其他生活照和資訊。蘇于晏看了電腦上面這些資料問：「為什麼我去會比較方便？」

芸樺笑笑的說：「因為你是男生，這件事男生去做會容易很多。」

「等等，我不懂，這跟我是男生有什麼關係？」蘇于晏表示自己不能理解芸樺所說的每句話。爆料的人不願意透露球員、業內人士還有自己是男生，這些連起來的話，會需要他去做是因為……

「你要我混到職業棒球隊裡？」畢竟那種都是男性的場合，就算是芸樺也不好混入。蘇于晏這樣想，但芸樺卻只是笑著跟他搖搖頭說：「的確這種直接深入職棒球隊找到人是一種方式，但風險太大，更何況蘇于晏，你對棒球不熟吧？」

「嗯，我是不懂。」

蘇于晏承認，自己雖然會看這種運動賽事，但也不算非常熱衷。如果不是直接混進球隊裡，那麼為何說自己一個男生去會比較方便？蘇于晏看向微笑的芸樺，她似乎沒有打算再給他更多線索。于晏仔細看了看這個爆料的二軍球員，並沒有什麼特殊的地方，照片也是很普通的生活照，有與朋友出遊、跟狗玩的照片，還有一些在球隊訓練的照片等。

蘇于晏快速翻閱後，想了想又往回看，最後將目光停在一張二軍球員在酒吧的自拍照上，他看了照片中的酒吧背景，接著又繼續看向其他照片，最後他想到剛剛芸樺說過的話，得到結論說：「這個球員是 GAY？」

「嗯，我們在同志交友平台找到他的資料，只能說他掩飾的很好，這些照片都只放在交友平台上。」芸樺說：「所以我才會說你去做會比我方便很多。」

「可、可是妳的經紀人去也可以吧？」蘇于晏說。

「他去的話，我覺得給人感覺太像討債或圍事的。而且你想想，他那個風格擺在同志酒吧裡，有點格格不入。」

蘇于晏想到經紀人陳妥興那板著一張臉，穿著黑西裝在都是花花綠綠吊嘎短褲的同志酒吧裡，那畫面的確是有點突兀，就算拿下墨鏡，也沒人敢跟他搭話。蘇于晏可以理解為何芸樺會這樣說，但是這不就表示……

「你是要我到同志酒吧裡跟這爆料人搭話？」

「你真的越來越聰明了。」芸樺笑著說。

「我不要，我又不是GAY。」蘇于晏一臉抗拒，他有想過跟芸樺合作有可能會要到各種地方找人、找線索，但是到男同志夜店裡是他想都沒想過的，為什麼自己接案的第一個任務就是這種啊！

「就算去同志酒吧，也不代表你就是同志。」芸樺說：「況且我只需要你幫我確認到底這七個涉案球員，哪一個是被人冤枉的，我才能做後續的查證。而且說到底，你現在可沒有辦法拒絕喔，蘇于晏。」

「嗯？」蘇于晏看見芸樺笑笑的起身，彎腰在他耳邊說：「你還記得自己簽約了嗎？」

…………

幹！

與芸樺簽下工作合作契約的蘇于晏，這下不得不履行他的業務工作。看來社會真是處處險惡，自媒體上芸樺那張清秀漂亮又帶有知性的臉是那麼可人，沒想到竟然是那麼會算計的女人，自己就這樣犯蠢的上鉤了。芸樺離開會議室後，蘇于晏坐在座位上仰望著天花板，直到有另外一個人進到會議室裡來。

原來是剛剛跟他擦身而過的小編巧閔。看到蘇于晏的樣子，剛坐下的巧閔不知為何第一句話就跟他說：「歡迎來到現實社會。」

「妳是來挖苦我的嗎？」蘇于晏說，小編巧閔只是看著電腦說：「我沒有別的意思，你也不是第一個在這會議室露出這種表情的人。過去很多跟芸樺簽約的畢業新鮮人也都露出過這種表情，我看多了，所以只想問……你們這群男生簽約前都不看合約嗎？」

「妳這就叫挖苦。」蘇于晏說。

「反正，我只是來交代芸樺要給你的資料。我這邊調查了這位二軍球員出沒同志夜店可能的時間，還有他對男生的喜好、興趣、愛好跟角色，我待會兒會把簡報傳到你的信箱裡。有別的問題嗎？」

「那個『角色』是什麼？」蘇于晏問。

「那位二軍球員是一號。」小編巧閔一邊說一邊看著蘇于晏補充道：「我說的不是球員編號，我說的是他在同性戀上床的位置，而一號就是……」

上人的那一方。

「等一下！你是說同志的一號、零號嗎！」蘇于晏驚慌地意會過來。

「為了讓那位球員對你有好感，我已經用你的資料在同志交友平台註冊，並且已經跟他聊天聊了一段時間，請你繼續跟他聊下去，然後回覆方式可以參考我給你的資料和聊天記錄。」說完巧閔就將一支智慧型手機推向蘇于晏。

「請你要好好扮演一個讓他想上你的角色，還有記得要問到七位球員中被冤枉那人的資訊，以上。」

小編巧閔說完蓋上電腦，面無表情地站起來，在離開會議室前停下來，轉頭對臉色難看的蘇于晏說：「最後芸樺要我給你一個忠告……」
只要抱著平常心去聊天就好了。
「不然你越裝反而越假。」巧閔說完後扭頭就走。
從會議室出來的巧閔，看著在外頭等她的芸樺，表示：「你真的覺得他可以？我在網路扮演了很多人，但是看起來這球員很小心不讓自己身份曝光。好不容易有點起色……我可不想毀在一個自己不認識的人身上。」說完，小編巧閔回到座位收拾背包準備下班。
「果然還是那麼有話直說，跟網路上留言的態度完全判若兩人。」芸樺邊說，邊看著她頻道和粉絲團那小編熱情且溫暖的留言，甚至還模仿她的口吻，誰都沒想到，現實裡她會是一個那麼有個性的女孩。
「她過去是在那間有名的公關顧問公司裡任職，面對這種虛構出來的網路生態大概已經無感了。不過我也跟巧閔一樣，很懷疑那個蘇于晏的能力。」
「妳真的覺得他可以？」經紀人陳妥興又再一次問芸樺。
他可以。
聽芸樺再一次這樣說，經紀人陳妥興不知道她是哪來的自信。但沒差，陳妥興只要把人看好就行了了，這是他的工作，其他的事情他沒有義務也沒有權力管。
扮演男同志嗎，我一點自信也沒有。只喜歡女生的直男蘇于晏，其實一直以來沒關心過這件事，就連過去台灣在同志婚姻吵得沸沸揚揚的時候，他也只抱著「這有什麼好吵，想結婚就去結婚啊」的態度，完全沒興趣。
「啊啊啊討厭死了啦，哈哈哈哈！」
看著網路上知名的男同性戀 Youtuber 那誇張的演出，蘇于晏再次確認自己絕對做不來，自己沒辦法像那些同志一樣放飛自我，再說，自己還要扮演被幹的那一方，總不能要自己化妝穿裙子吧？就算這樣有用，蘇于晏也無法允許自己變成這種模樣，這可有關他那直男的尊嚴。

沒想到第一次的任務就遇到難題，蘇于晏嘆氣地想說做個麵包轉換心情好了，這種時候就想吃一些鹹的，而簡單又好做的香蔥麵包似乎是好選擇，其配料不管是火腿、香腸或培根，都是賣場隨手可得的食材。

邊做麵包的同時，筆記型電腦還不時傳來各種同志的大笑聲，讓蘇于晏不時轉頭看，如果單看這些同性戀那麼開心，還真沒想過，竟然在現實社會中愛上同性會被歧視。于晏雖然沒有同志朋友，但以前學生時代，班上總會有幾個很明顯一看就看得出來是同志的人，也有一些是多年以後才輾轉知道他是同志的同學。

這樣一想，網路影片上那麼誇張的同志，似乎也不能代表全部的同志。

如果是這樣的話，他不需要那樣浮誇的表演是不是也可以？

蘇于晏這麼想，也想到那句小編巧閔轉達芸樺的話：「你越裝反而越假。」是不是自己保持原狀反而最好？蘇于晏思考著，一邊將香蔥麵包送進烤爐裡，就看見剛剛自己看的同志頻道影片播完，不料自己換到下一部影片，同樣也是一些浮誇的訪談影片，好像是訪問一名為了宣傳節目而造型誇張的變裝皇后。

「很多人以為變裝皇后就是男同志，其實不一定耶。在國外有些變裝皇后也是直男扮的，有些也有老婆跟孩子，那只是一個工作。想想看，要是沒有表演我還穿成這樣出門，夭壽喔！是要嚇死人喔！？」

變裝皇后戲謔地說，旁邊兩個常常表現很浮誇的男同志主持人也說：「對，其實也有人看到我們的風格，就以為同性戀都是這樣。跟你們講，NO、NO、NO。我們會這樣其實也是因為我們的觀眾愛看。」

「對，如果不這樣做怎麼會有效果？就跟電視節目表演一樣。」

「當然有時候，看到帥哥也會差一點……真情流露。」

「欸！」影片裡的三個人聽到立刻笑成一團。看著影片的蘇于晏摸摸下巴，然後看看手機裡那些巧閔傳給他的資料。他讀了一下這名二軍球員的資料，用電腦搜尋了些關於男同志的資訊，就這樣時間一分一秒過去，後面的烤箱散發出麵包的香氣，叮的一聲，香蔥麵包烤得相當完美，火腿跟培根油滋滋，蔥味夾雜麵包香一起散發出來，讓人食指大動。

「喔燙，嗯，這次做得很好吃。幹，應該要拍下來，浪費了。」蘇于晏邊吃邊說，一手拿著麵包，一手打著鍵盤，繼續查詢資料。他發現自己並沒有對同性戀開始感興趣，而是對於去年七名球員打假球的資料，還有匿名的二軍球員突然爆料，指出其中一個球員是被逼迫承認，這讓人覺得事有蹊蹺。

為什麼這個球員會被逼著承認自己打假球？是家人被威脅，還是其他原因讓他不得不那麼做？蘇于晏思考著原因，第一個想到的是新聞標題說的「錢」，但仔細一看，感覺應該不會七個人都為了錢。但如果不是為了錢，那會是為了什麼？

從假球案到被冤枉的球員，一直到二軍球員的同志身份，蘇于晏想了想，想到一個最合理的解釋，會承認打假球的那七名職業球員中，會不會有人其實是同性戀？為了愛情包庇某人，自己挺身而出頂罪？

他覺得自己這樣的推斷似乎合理，但要貼近真相，應該還需要更多資訊，而此刻蘇于晏感覺自己內心裡有一種慾望正在蠢蠢欲動……

好想知道真相，想知道自己的推論是不是正確的？假球案被冤枉的球員到底是哪一個？這種感覺，與自己當時發現老師傅的配方與熊貓人麵包坊經典麵包有著相似之處，也就是心裡那種，一次又一次想還原經典桂圓麵包，驗證出自己內心的答案能得到呼應之後讓人興奮的衝動……。

「真相到底是什麼，現在已經不攻自破了。」

名嘴買春未成年少女案，已經錄製完成，接下來就是將自己編輯完的初剪檔案與聲音檔都交給巧閔，再進行後製和再編輯就完成了。芸樺拿下假髮，卸下較濃的妝容，感嘆地覺得有時候各種真相都攤在陽光下，總讓人難以接受，而這次大概也一樣吧？畢竟未成年性交易這種牽扯到權勢性交、孩童侵犯的案子，都是能驚動社會的議題，但自己可能又要站上風口浪尖。

「不過，反正不管怎麼樣誇張的罪行，只要會操作輿論，都可以把黑的說成白的。」芸樺喃喃自語，在住家寢室的全身鏡前脫下衣服，一絲不掛地走進浴室，打開蓮蓬頭洗澡。

她摸了摸自己的胸口，將水關上，看著洗手台起霧鏡子裡朦朧的自己，拿起浴巾將頭髮擦乾。其實這次關於球員被冤枉打假球的議題，就算沒有蘇于晏的加入，自己大概也可以想辦法找到真相，只不過有點礙於現狀不太好公開露面罷了。

「好像又有人開始在調查妳的事情。」經紀人陳妥興說。

雖然從做頻道開始就有不少人調查過她，「直播主芸樺是誰？」、「關於《芸樺來爆料》你不知道的料」、「最神秘的時事直播主芸樺」等等這些網路影片、貼文和討論串層出不窮，甚至在某些論壇裡已經是月經文的狀況，每次都會再被網民們詢問一次，而它們大都是一些瞎扯蛋和無中生有的假消息，但芸樺倒覺得，就讓這些人相信這些未經事實查證的消息，反而能讓真相距離他們越來越遠。有時候甚至自己也會主動放出一些假消息，來讓事情更加混淆。

但這次從經紀人陳妥興口中說出的「調查」，和那網路上鄉民隨意的猜測頗為不同，代表有些真的受過訓練和做這行的人開始盯上她。有可能是徵信社、警方單位、或是私人調查公司。

「如果用以往經驗來評估的話，警方或政府調查的可能性不大，徵信社部分我覺得也不用太擔心，比較有可能的，或許是一些曾經被你爆料過的企業或公司，想知道你到底是何方神聖，這點我覺得比較合理，尤其是因為你而增加作業量的公關部門委託，或第三方公關顧問公司。」根據小編巧閔的說法，經紀人陳妥興再補上一句：「還有那些合作契約的人，也不得不防範。」

「如果所有人都要防範，那我的頻道就不用做了。」芸樺說。

「既然如此，減少公開露面總是可以的。」芸樺說，看了眼經紀人陳妥興表示：「這樣也可以減少你和『那個人』的麻煩。」

「……如果妳有這種自覺當然很好，但我並不是非要強迫妳……」

「蘇于晏。」

芸樺打斷陳妥興的話，說出蘇于晏的名字。

「就暫時由他代替我去調查如何？」芸樺說，換來一陣寧靜。

原本看著電腦螢幕的巧閔也撇了一眼過去。

「其實這剛好。」芸樺說：「畢竟我也想知道，除了熊貓人麵包以外，如果由他自己推斷，會得出怎樣的結論？我有點好奇。蘇于晏他可以接近真相到什麼程度？會不會超出我的預料之外？」

陰天，在同樣都是辦公大樓、高樓大廈林立的園區，男人照樣到便利商店買咖啡，一邊喝著咖啡邊來到吸煙區，拿起菸時，打火機卻一直點不起火，碎碎念地抱怨到底是怎麼搞的？最後，一支手將已點燃火的打火機推到了男人的香菸頭。

男人點燃煙頭後，吸了口煙，呼出煙氣說：「真是幫了大忙。」

「義哥總是喜歡在這個時間來抽菸。」小偉說，也替自己點了根菸。

「畢竟除了午休可以輕鬆抽以外，剩下的時間都沒有這種閒情。下班回去還會被老婆、小孩佔據，連跟外遇對象開房間的時間都沒有。」義哥說。

「這種話如果公開到網路上，義哥立刻就會變成被全網女性唾棄的渣男。」小偉說，也呼出口煙，說：「上次說的事情似乎比我想像中更難辦。」

「你是指直播主的事，還是那位想選立委的名嘴跟未成年的桃色交易，說出他只是犯了全天下男人都會犯的錯，儼然變成大型公關危機那件事？」

「都很難辦，但基本上我們單位也只是支援網路輿論。不過看起來，上頭也不想管，畢竟就像義哥說的，我們只是區區領薪水的公關顧問公司員工。」

「沒想到你這傢伙還挺受教的嘛。那麼，難辦的事情是什麼？」

「有關那位直播主芸樺……網路上幾乎完全沒有她的個人資料。」

「不可能。」

面對小偉的回答，義哥立馬否定說：「就算再怎麼懂得保護自己隱私的人，在這網路時代，沒有人的資料是不會被外洩的，只有還沒找到跟需要花錢找到，不存在完全沒有這件事。」

「……雖然我很想說：就真的沒有！但是以資歷來說，應該不適合這樣跟你說話。」小偉邊說邊抓抓頭說：「這下可難辦了，也許我們該有個更準確且有效的方式去查芸樺這個人。」

「說到底小偉……你是要我給你更多的權限吧？」義哥看了小偉一眼，小偉則將眼神移開看向遠方抽菸，像在表示：這話是你說的，我可沒這樣想。

「這也不是不可以。」義哥說：「但這樣你跟我就是共謀了，沒關係嗎？」

「我很樂意。」小偉說：「因為我也很想知道，這個芸樺到底是什麼人物。」

第七章　兩好三壞

夜晚，在燈紅酒綠的巷弄間，四周都是小招牌林立的店家，有的還是複合式一層層不同屬性的酒吧，讓人覺得玲琅滿目。帶著鴨舌帽的蘇于晏像是進了大觀園一樣，瞠目結舌的看著他還未涉獵的世界。

「真沒想到……會在這麼近的地方。」

搭車不到半小時距離，蘇于晏雖然多少聽過有這種都是夜生活、酒吧林立的地方，但實際上還是第一次來。這裡四周有好多穿著西裝的上班族，說著中文、英文、日語、韓語……，有時候還會聽到無法辨認的語言。女性穿著也有些大膽，不管是身材或是妝容，還有……

蘇于晏看著一位從店家走出來，穿著亮麗緊身連身裙的女生，用嘴叼起菸，熟練地用打火機點起菸頭，撇過他一眼，完全不在意地邊呼出煙，走到店家旁的暗巷口，一邊打著電話喃喃說：「轉臺、二號店那邊，日本客人在等。」

感覺很豪邁。看著手機地址的蘇于晏偷偷瞄了一眼，雖然知道這邊是制服店、公關店與酒吧混合的場所，不過也還真是第一次知道這裡有同志酒吧。但撇開這些特殊的店家不談，蘇于晏看向四周：賣宵夜的店家、開很晚的飲料店、咖啡廳晚上轉變成文青酒吧，好像也並非都只有聲色場所。

所以有著一兩間同志酒吧，也算是正常的事，對吧？

照著小編巧閔給的資料，蘇于晏來到一個看起來還滿高級的酒吧……酒吧旁邊有個地下室。地下室的樓梯看起來很老舊，旁邊也只有微弱的黃光，無論怎麼看都是很不妙的風格。樓梯旁確實掛著店家的名稱，也寫上歡迎光臨的各國字樣，再加上小巧的彩虹旗貼紙，這讓蘇于晏肯定應該就是這間酒吧。

「呼～」蘇于晏深呼吸一口氣，並照著調查資料尋找那名與職棒簽賭案有關係的二軍球員，他今天很有可能就出現在這裡，而自己能做的就是盡量從他那邊知道更多訊息，好將當時打假球七名職業球員其中一位被冤枉的球員給找出來。但這同時也證實了這名球員的同志身份。

就算是不了解同性戀的大直男蘇于晏也知道，同性戀通常都會隱藏，不想讓人知道自己是同志，像這種等於要他人出櫃的狀況，恐怕很有難度。僅憑于晏自己的腦袋可能無法分辨，需要專業人士幫忙。

所以他準備了備案！

蘇于晏拿出隱藏好的小型錄音器，因為他早就想到可能會有這種狀況，自己如果分辨不出來同志術語或話中有話的情況，至少帶回去給老練的時事直播主芸樺來分析，肯定能從這些蛛絲馬跡推斷出什麼。

對於自己擁有這種隨機應變的能力感到驕傲的蘇于晏，很自豪地推開地下同志酒吧的大門……

「客人您好，今天我們店的主題是毛巾日，全身上下只能圍毛巾喔。」

「咦？」

一進門，蘇于晏就看到眼前有一堆赤裸的男人肉體在迷幻的燈光下走動，全身上下只圍著一條毛巾在腰上，接著映入眼簾的是霓虹光的亮麗看板，看板上寫著「慶祝彩虹週，泡泡浴毛巾日趴！」的字樣。要進去店家消費就得先脫光，蘇于晏發愣看著胸肌是他兩倍大、留著小鬍子和小平頭的店員，笑容滿面地對他說：「如果是第一次，穿著內褲也是可以的。我們那裡有置物櫃……」

就這樣，蘇于晏的同志酒吧初體驗，最先嚐到的就是被扒光衣服。沒辦法的他只好把竊聽器掛在自己的四角褲裡，就這樣硬著頭皮上場。酒吧裡正播放著有些節奏感的輕音樂，一群人隨著音樂起舞，看起來是混合舞廳元素的夜店風格。在沒有女人的店裡，看著一堆壯碩的男體腰間只圍著毛巾在舞池熱舞，著實讓人覺得新鮮。只是相較於其他顧客的開心和投入，身為直男的于晏卻是一點也興奮不起來。

突然，一名喝醉的男人在舞池熱舞的同時還使出一個大跳躍，整個下體瞬間高畫質無延遲地暴露在蘇于晏眼前，蘇于晏這才想到那毛巾下面可能不是每個人都好好穿著內褲。他心想：此地不可久留，果然還是得趕快執行任務離開，回到安全的地球表面為宜。

蘇于晏在人群裡東張西望，最後在吧台角落，終於看到那位二軍棒球員，但他似乎正在跟旁邊的人交談，從臉色上看起來心情好像很不好。怎麼辦？要過去嗎？蘇于晏拿著啤酒杯緩緩地移動，心裡卻很猶豫，不知道自己要怎麼開口搭話？現在搭話合適嗎？正這樣想的時候，蘇于晏突然感覺到有隻手掐了他的屁股，讓他整個人嚇到彈起來，手中的啤酒差點灑到其他人而被翻了白眼。

靠，自己的屁股好像被誰捏了一下。蘇于晏摸了摸自己的屁股，回頭只看到舞群卻找不到兇手。還好那人只有偷襲屁股而不是前面，不然自己偷錄音的事情就會被揭穿……等等！偷摸前面，自己卻沒找到人才是最可怕的吧！

蘇于晏摀好自己的下體，注意四周往前走，只聽到傳來一句：「就說沒有意願，拜託你不要再來煩我好不好？」

尋著聲音，蘇于晏往旁一瞧，只見自己的目標那個職棒二軍男子，一口氣乾下整杯酒後，放下酒杯離開吧台。球員穿過蘇于晏身邊，看了他一眼，蘇于晏與他對望，雖然于晏是一名直男，但是眼前這名職棒球員的二軍，不論髮型、臉蛋和身材都很上相，比起球員更像是藝人或模特兒。

蘇于晏下意識地抓住那二軍球員的手，球員吃了一驚問：「你幹嘛？」隨即認出來蘇于晏的臉說：「你是那交友平台上的……」

只是看到目標情急之下拉住人的蘇于晏，一時間不知道該怎麼回答，之前自行演練的打招呼方式或是網上同志拉近距離的教學，在這一刻全部忘光光，只能吐出一句：「你是那個職棒球隊的⋯⋯嗚、嗚！」

像是聽到關鍵句，蘇于晏才吐出職棒兩字，那人立刻緊張地摀住于晏的嘴，把他拉近問：「你跟那個找我拍寫真集的人是同夥嗎？」

蘇于晏搖搖頭，那人看著他又問：「那你怎麼知道我打棒球？我們聊天沒有聊過這個吧。」蘇于晏聽了想說話，示意那名二軍球員鬆手，手一鬆開，他呼了口氣說：「我、我我有事⋯⋯有事情想問⋯⋯你，所以才⋯⋯才來。」

「先回答我的問題。」那二軍球員說。

此刻音樂突然從剛才的輕舞曲轉成重節拍的電音，四周許多人聽到音樂，都歡呼蜂擁到舞池。突然間多出了許多人將酒吧擠得水泄不通，蘇于晏和那名二軍球員都下意識拉住自己的毛巾深怕被人潮擠掉。這時，那球員用眼神跟他示意了一個無人且燈光昏暗的角落，說：「到那邊說話。」

這角落有點昏暗，但又不到看不見人的程度。蘇于晏完全不了解為什麼一間店裡會有這種奇妙的小角落，旁邊還有個毛玻璃小門，脫口問：「這是幹嘛用的？」

「還能怎麼用，當然是打砲用。」

「打打打、打砲！是那種打砲嗎？」

二軍球員說完，蘇于晏突然有點嚇到，職棒球員聽到，有點輕蔑地笑了聲說：「這種地下小店很正常，不然你覺得怎麼會辦這種毛巾趴，還有一堆性暗示的海報，甚至提供免費保險套？」

二軍球員說完，將角落旁箱子裡的保險套丟給蘇于晏，蘇于晏接住，只看到保險套包裝上寫著「讓愛滋遠離你，做愛時請戴套」的宣傳字眼。于晏一個慌張把保險套弄掉在地上，就看到眼前二軍拉開毛巾準備重新綁好遮住那宏偉的下體。于晏緊張地整個人往後貼著牆面結巴的說：「我我我、我沒有那個意思！」

「放心，我也沒有。」二軍把毛巾綁好後說：「你不是我的菜，在交友平台上我就已經說過了，而且對直男假扮同志交友，我一向沒什麼好感。」

「呼……」聽到這話，蘇于晏安心了不少，卻感覺不對的反問說：「你知道我不是GAY？」

「從交友的照片和現在你穿的那麼沒品味的條紋四角褲來看，你就算不是異男，也是個沒品味的GAY。」二軍球員不留情地說，然後單刀直入問：「你怎麼知道我是職棒球員？而且看起來，你似乎還知道我的本名？」

「這個……是因為一些事情才知道的，主要是因為假球案，所以有事情想問……你……」蘇于晏說，不小心把要追查假球的事情透露出來。二軍球員本來要拿起菸來抽的手，在聽到假球案關鍵字時停了一下，之後繼續他抽菸的動作說：「看來你似乎也是知情的人，但很抱歉，那件事情我沒有更多消息可以給你。」

「但、但是，你知道吧，那個被冤枉的人……」蘇于晏問：「那個被冤枉打假球的人跟你們同志群體有關係。」

「…………這個我當然知道。」二軍球員聽了蘇于晏的話說，且說話的口氣明顯變得冷淡，說：「有些事情留在我們同志圈內知道就好，局外人沒必要知道那麼多。」

「是因為那是不好的事嗎？」蘇于晏問，並直視二軍球員的眼神繼續說：「還是因為那個涉案的球員跟你有一些關係，你才這樣說。」

「那些都不關你的事。我只能跟你說，我認識的學長他不是會打假球的人。還有你似乎誤會了一件事情，我跟那位涉案的學長並沒有什麼關係，也不是同個圈子的人，他……」

並不是同性戀。

二軍球員說完後，將菸踩熄轉身要離開，蘇于晏最後問：「雖然你說不關我的事，但你傳訊息給人說有人被冤枉，不就是希望這案子的真相被人所知道，替那球員、你的學長翻案嗎？」

「……我只是說出我知道事實，剩下的跟我沒關係。」

一直到最後，蘇于晏都沒從這位二軍球員口中聽到更多消息。幾天後，幾個人在芸樺的工作室裡，聽蘇于晏那天偷錄的錄音檔，因為雜音很大，不得不請小編巧閔幫忙處理一下音軌，蘇于晏也趁機跟她抱怨說：「什麼交友打好關係，根本完全被人看破了啊。」

「這就怪了，我的偽裝應該是很成功的。」巧閔說。

「不過還真的沒有錄到什麼關鍵的線索，果然臨時上陣是不可行的。」經紀人陳妥興打量一下蘇于晏那身材：「是不是因為這人太沒料的關係？」

「我這是標準身材！」蘇于晏不服氣的說。

「也許也不算沒有進展。」聽著音訊檔案的芸樺說：「至少我們可以確認幾件事情……」

一、這個被冤枉涉案打假球的球員並不是同性戀。

二、他有可能是爆料者二軍球員的某個學長。

三、基於一些原因這個二軍同性戀學弟不想透露更多事情給我們或是蘇于晏。

芸樺分析後攤開舊報紙，七名球員的照片在報紙上，芸樺根據那二軍球員所歸屬或經歷的職棒球隊，在其中三名球員的照片上打了叉，然後又在其中一名外籍球員照片上打上叉，最後只剩下三名球員。

「再從這個二軍球員現在加入新球隊不久，應該還沒跟隊上的成員熟悉，那就有可能是之前所屬舊球隊時期發生的事情，畢竟當時大家應該都在討論那些球隊的名人棒球員，這樣的話，就只剩下這兩個人。」

在最後一位應該無關的球員照片上劃上叉後，眾人跟著芸樺看向報紙，留下最後的兩個球員的大張照片，一位是當年最被看好，球速厲害的職棒左投手，另一個是連續多次打出逆轉勝的大滿貫全壘打王。到底哪一個球員才是被冤枉的？如今還需要更多證據才能繼續追查下去。所謂的證據要能夠取得的最直接方式，可能還是得靠著接觸同性戀社群才能獲得。根據芸樺的推斷，蘇于晏皺眉頭表示：「不會又要再去一次同性戀酒吧？」

「這個倒不必，但可能要用別種方式跟這些人接觸。所以……」芸樺說，拍拍蘇于晏的肩膀，小編巧閔將公司手機交給蘇于晏說：「我幫你註冊好各個同志社群和他們常用的論壇與群組，請你好好跟這些人聊天，找到有用的消息。」

「喔……」蘇于晏看到群組裡面滿滿的男人肉色，只覺得一點動力也沒有，只有好想做麵包來逃避現實的想法。

「話說這麵包皮雖然不錯，但是裡面的紅豆餡有點太……」

「好甜。」、「太甜了」，完全就是要讓人蛀牙的等級。」

「吵死了，這種日式紅豆酥本來就是要配濃茶吃，所以才會做得那麼甜。」

連帶來的麵包也被批得體無完膚。

光是男同志交友的回覆就讓蘇于晏一個頭兩個大，現在又多了社群，好多發文他都要看，甚至需要透過積極回覆，讓對方感覺自己很有興趣、很活躍。

公關公司的小帳號就是這樣養起來的，小編巧閔表示，所有的公關公司都有養幫自己發聲的帳號，他們有自己的人物設定、對什麼感興趣、討厭什麼，幕後操作的人必須按照這些人物設定來讓別人以為他是一個真人。這樣久了以後，一旦需要他們去實行公關滅火或是推廣商品活動，才會有真實感。

「現在只是要你扮演一個同性戀，已經算好了，很多工作人員可是一人分飾多角，扮演著各式各樣不同的角色。」巧閔說。

厭女發言的中年男子、身材豐滿但討厭所有男人的女孩、恐同的中年高級男性主管、喜歡諷刺別人開地獄玩笑的年輕大學生等，各種不同的設定反覆交錯發言，甚至自己跟自己對罵上演混戰，善用各式手機、不同地方的ＩＰ……，這種不是激烈手段，而是網路常態。一般在網路上是否可以看出來，該帳號是不是假帳號或網軍？

「除非深挖其中，或發言太膚淺的帳號，不然通常是看不出來的。」芸樺一邊說，一邊滑著自己頻道下方怒罵她與支持她各式各樣的言論說：「但是只要讓人看見或掀起討論，有時候就已經算是成功將這事情植入對方的腦袋裡了。再來……」

「再來？」蘇于晏說。

「再來只要等對方將自己放入那個框框中，接著一股腦地接收他只想要的、他所認為的單一資訊。一個不用花錢的天然網軍或助攻帳號就這麼誕生了。說穿了，這就是公關和媒體的推波助瀾，很可怕也很可笑。」

看似有話語權，卻又被握有權力的公關、自媒體主導的網路生態啊，聽起來真恐怖。

邊揉麵團邊看同志社群訊息的蘇于晏這樣想，如今自己不僅要努力扮演好芸樺要他扮演的角色，試著加入她挑選有可能找到線索的群組中，還得應付一些私訊想跟他聊天的同性戀。

蘇于晏看了小編巧閔替他準備好的照片和影片，心中感嘆巧閔把他的臉蛋和身材修飾得也完美了吧，讓蘇于晏跟這群想追求他的同性戀聊天時產生了罪惡感。但說起來，除了這些事情讓他苦惱外，其實剩下也沒有什麼太多特別的地方。

認真說起來，男同性戀社群只是一群男生的交流會，通常只是在打屁聊天而已，有時候會說一些色色的話或一些情色片訊息，雖然很常讓在外頭的蘇于晏突然嚇到，趕緊注意周遭有沒有人看到自己的手機畫面外，說實在也沒什麼特別的。

這樣繼續臥底在群組裡真的有用嗎？蘇于晏想。幾天後的晚上，蘇于晏在檢視自己那些群組時，突然發現他們不約而同都在聊一個話題，是關於一位小有名氣的男藝人性愛影片被流出的事件，引來不少同志討論。

男生流出的性愛影片有什麼好討論的？

蘇于晏不經意的想著這件事，接著注意到下面有一些人很熱絡的討論求影片的話題，在好奇心驅使下，他也用搜尋引擎搜尋了一下這名藝人的資料，果然並沒有任何消息，就算打上關鍵字，也只是連結到一些詐騙色情網站。果然男生性愛影片流出，比起女生根本沒有什麼關注度，即便是藝人。

蘇于晏這樣想的同時，一邊將揉好的麵團放好，突然腦袋有了一個想法，用手機在社群上打下：感覺不紅，找了影片都沒找到。

不知道是不是巧閔幫他營造的那些性感身材照片奏效，蘇于晏久久才發言的形象引起蠻多人想跟他在群組裡聊天，許多人七嘴八舌的回應他，有贊同他想法，也有反駁說他也算紅的吧，也些人說那藝人在女生圈子裡比較紅，同志圈還好，甚至有些人說同志圈比較喜歡肌肉大塊的藝人或運動員性愛影片吧。

「運動員性愛影片」見到這些敘述，蘇于晏突然有了想法，但是這個想法有些讓他細思極恐，但這很有可能是那名二軍球員不願意告訴他的真相。

「被偷拍的性愛影片？」

這天在蘇于晏租屋處，芸樺聽到蘇于晏的推論，坐在沙發沉思了一下說：「的確，我沒有考慮過有可能是這方面的事情。畢竟假球案跟被偷拍下性愛影片這兩件事情本身就很難連在一起。」

「這只是我的猜想，有沒有可能是那位棒球員被人拍下不雅的影片，接著因為這中間爆發打假球的案件，所以兇手直接以這作為威脅將這名球員推上火線。」蘇于晏說，芸樺聽了以後想了想……

如果以作為同性戀二軍球員的學弟知情，且不想透露，再加上只會在同性戀群體有討論度的流出影片，如果並非只是普通的性愛影片，而是比打假球更具殺傷力，是廣大知名度球員的性愛影片的話，那麼這個假設就很有可能成立。

「也許可以朝這個方向查下去，那麼蘇于晏就請你……」

「等一下！我拒絕！」芸樺話還沒說完，蘇于晏就一臉恐懼的搶話說：「絕對、一定不要！讓我去找那些棒球員的性愛影片。我絕對不要再看到男人的裸體了！」

因為要隨時隨地追蹤同志論壇的動態訊息，幾乎每天都被一堆男體轟炸的直男蘇于晏，臉上展露出惶恐的表情。這讓芸樺不小心笑出聲說：「我是要請你繼續在同性戀社群裡看看有沒其他資訊，影片的事我有更適合的人選……」

「更合適的人選？」蘇于晏疑惑。

「我很樂意接下這份工作。」接到這份額外的工作需求，在辦公室的小編巧閔推了推眼鏡，不但不覺得麻煩，而是眼神閃爍的說：「通常這種工作都是查一些有錢的老男人出軌，或是年輕女生影片流出的證據，看到都煩死了。」

小編巧閔邊說邊快速的用蘇于晏看不懂的程式和操作方式，瀏覽了許多情色網站、同志論壇、社群等影片紀錄。這種程度根本不是一個網路小編會有的工作水平。蘇于晏看了看旁邊的芸樺，芸樺一看他的臉就知道他想問什麼，說：「畢竟這工作是要核對各種爆料，怎麼可能會找一般的小編。」

「那樣的技術根本就是駭客吧！」蘇于晏指著巧閔正在做的事。

「你想太多。」巧閔表示：「駭客可不會像我這樣找網頁上片面的資料殘渣，而是直接入侵伺服器。我充其量只是用了不太正當的軟體，才能挖到一些歷史紀錄資料。」

幾個小時後，巧閔停下了敲打電腦的手，說：「找到了！」

巧閔將滑鼠移動到一個用亂碼編輯而成的檔案夾，裡面有個文本檔案，先將檔案傳輸出來後再透過軟體運算，最終得到了一個影片檔。蘇于晏和芸樺湊近電腦螢幕，三人盯著電腦上的影片，按下播放鍵……

「你聽說了嗎，前年鬧很大的職棒假球案，有個球員是被人威脅頂罪的。」

「喔喔有聽說，你是不是看最近那 Youtuber 說的，她真的很猛耶，錄影檔、流出影片都弄得到。聽說那個球員是害怕跟網友網路性愛的影片流出，傷及家庭，所以才會選擇頂罪的。說起來也是很可憐，他之前形象一直都很好的說。」

「有家庭、形象很好又紅的球員，我好像知道你在說誰。」

「噓，你知道就好，不要到處說，教練不太喜歡我們談那些運動之外的八卦。」

「抱歉，借過。」二軍球員對著正在更衣間裡碎嘴的兩位同事說，兩個球員立刻嚇到趕緊穿好衣服離開。

這位二軍棒球員因為表現良好，所以幾個月後，很有可能將替代一線離開的球員，成為球隊正式一軍。最近幾天，他也看了那部很紅，並且在敘述前幾年簽賭案的影片，二軍棒球員心想，明明自己沒透露太多，沒有想到這些人會順藤摸瓜的找到資料，而且相當靠近真相。

相較於打假球，自己球隊的那位前輩更在乎的是家庭、老婆孩子。他現在也已經改名字，退出了球壇。而二軍棒球員之所以這麼做，也只是想幫曾經對他很好、給予幫助的前輩，讓真相浮出水面，無論其他人是信還是不信。

儘管只犯了一次錯，因為心癢難耐和網友玩了視訊性愛，卻意外成了把柄。二軍球員猜想，在這起假球簽賭案中，涉案人員肯定也跟前輩的視訊被騙有關，可能是這簽賭案騙局中的一環。

「不得不說，你們真有一套。連我所屬的球隊都知道。」

二軍球員看到在訓練場外站在門口的蘇于晏說。

「其實我也只是在工作而已。」

蘇于晏抓抓頭，二軍球員打開背包，把一份牛皮紙文件塞進他懷裡，說：這是他們想要的東西。蘇于晏不懂他的意思，想開口問時，這位二軍球員卻頭也不回的走了，任憑他怎麼叫，都沒有再回頭搭理。

「什麼意思？」蘇于晏不懂，只看了看這牛皮紙袋。

好奇的將牛皮紙袋內的東西拿出來看……

「那個、那個！我拿到這個很驚人的東西！」

蘇于晏幾乎是用跑的，搭了電梯直奔芸樺的工作室，等感應的門鎖開了以後，一推開門，就聞到一陣刺鼻的燒焦味，突然聽到疑似爆炸的聲音，這一切來得又急又突然，讓蘇于晏整個人措手不及。

「我只是想把你給我的麵包加熱，不知道為什麼放進微波爐內就燒起來了？」

「餐包、豆沙包…這種東西本來就不能微波太久。而且為什麼妳要把火力開到最大？如果麵包或包子加熱時間太長，就會蒸發裡面所有的水分，最後就會燒焦變黑，產生火花後就會像煤炭一樣燒起來。」蘇于晏邊說，也跟著一起收拾出事的現場。沒想到芸樺看似能幹，卻不會用微波爐這種一般日常生活的電器用品。

那台微波爐看來連同餐包是完全報銷了。而一旁芸樺卻在旁邊聽著他說，才露出恍然大悟的表情說：「原來如此，我還以為火力越大麵包就熱得越快。」

「我阻止過妳了。」經紀人陳妥興說，臉上不帶任何表情，看來這種事情並不是第一次發生。並且一起收拾殘局說：「以後妳要動廚房，就請這傢伙幫你，請不要自己動手。我可不想再買一台微波爐。」

「我以為操作起來應該沒那麼難。」

「為了大家的安全，請妳不要再做了。」經紀人陳妥興認真說道。

「好喔。那就麻煩你了，于晏。」芸樺嘴上這麼說，臉上卻不見反省的模樣，反而是對蘇于晏笑。

「喔、喔嗯？等等！為什麼我還要負責加熱食物？這應該不在工作合約上吧。」蘇于晏先是點頭，才突然覺得不太對，事情朝向奇怪的方向發展，抗議的說。

「反正你做失敗的麵包也是要找人幫忙吃掉。說起來，最近你做的麵包都很普通？」經紀人陳妥興不假思索的說，就瞬間像箭一樣刺進蘇于晏的心。

「雖然我覺得還不錯吃就是了。」芸樺說，比起網民留言的酸言酸語，芸樺這句話對蘇于晏來說就像是女神的救贖。

「不過這個時間點，你來找我，就表示拿到東西了？」芸樺說，似乎知道蘇于晏來找自己的目的。

蘇于晏這才想起來，立馬把剛剛二軍球員給他的牛皮紙袋資料拿出來給芸樺。這舉動讓經紀人陳妥興有些不滿。

「沒人跟你說，不能私自查看公司的信件嗎。」陳妥興想要繼續唸，卻被芸樺揮手止住。

芸樺看了一下牛皮紙袋內的資料，露出滿意的表情對蘇于晏說：「既然你直接把資料給我，那就表示你已經看過這裡面的資料了。你有什麼想法嗎？」

「什麼想法？我以為我們只是單純的要查假球案，找出真相，幫球員平反。但是這上面的所有資料，都跟假球案沒有關係吧，而且有點……」

那位二軍球員牛皮紙袋裡裝的資料，是關於假球案背後主謀的一些訊息。簡單來說，透過職棒二軍球員跟那位打假球職棒球員的交情，藉機獲得當時與他交涉接觸人員的資料，再透過二軍球員委託徵信調查的方式，間接獲得這位暱稱為『菜頭』的主謀各種資料，而無需直接接觸當事人。

這位叫『菜頭』的主謀看來跟黑白兩道都有關係，尤其是在建地方面，與台灣、中國兩岸商業往來之間關係不淺。職棒假球案看來也只是其中一個賭盤，其他還有各種不同的案底，但因為政商關係，警方似乎也拿他沒辦法。

「簡單來說，如果不是透過我們這種自媒體，而是第三者要自行去收集的資料，其收集的事由跟我的目的也不一樣，這樣也就可以避免一些不必要的風險。就像是有個直男誤闖同志夜店還間接認識了一位同志一樣，這種事情說出來，也沒有人會相信。」

芸樺說，蘇于晏聽了才恍然大悟，原來從頭到尾那個二軍球員都是知情的，與他的各種見面場景、對話、無意間的透露，這都是為了營造出一種「不相干」的自然感，藉由他這個什麼都不知道的人，讓整個事件更加真實與無關，簡直是一舉兩得。

雖然早就知道自己是被利用來做事，但這種什麼都不知道，直到最後才發現事情的來龍去脈，總讓人覺得不舒服。

「我想你應該還記得熊貓人麵包的事情，畢竟那件事情是你查出來的。現在多虧你幫忙調查假球案，這才能有不錯發展，而且看起來事件遠比我……」

想像的更大。

蘇于晏聽到芸樺說，雖然不太懂是什麼意思，但芸樺表示要他再仔細看一下上面的資料，她用紅筆在菜頭所經手的商業項目上畫了條紅線，蘇于晏看見那條被畫紅線上的商業別寫著：中國大陸食品進口商，後面是產品別與各種從中國進口的產品。看到這裡，蘇于晏瞬間就想到自己在還原熊貓人麵包時，從網上購進的桂圓食品添加劑。

「你的意思是，熊貓人麵包裡面的食品添加劑，可能是由這家與「菜頭」有關的中國公司引進來的？」蘇于晏問。

「這是一種猜測，但是你看這些產品中，的確有食品添加劑這項目，而看起來跟你購買的那項產品，基本上是一模一樣的。」芸樺說，蘇于晏看見報告資料別上的圖片，的確是他買的那款桂圓風味添加劑。

「你還記得我之前提過，只要幾滴就可調出風味的中國海克斯科技。如果可以證明，熊貓人麵包有跟菜頭的公司購買這些從中國來的添加劑，並用這些來偽裝生產出號稱「天然成分」招牌麵包的話……」

「就可以證明熊貓人所說的天然麵包是造假。」蘇于晏接著話說，整個人都興奮起來，沒有想到，這看似不相關的事件，竟然彼此在一些點上被牽線在一起。

雖然找到了切入點，但蘇于晏隨即注意到一點，問：「可是我們要怎麼知道，熊貓人麵包店真的有使用這個叫菜頭的人公司所進的食品添加劑呢？」

「這個就是接下來的調查重點。」芸樺說：「好在，這個菜頭的公司似乎有各式各樣的投資者，直接問黑道人士是找死的行為，但如果從一些投資者下手，應該可以問出東西。」

芸樺說，蘇于晏看到那張笑臉，有種不好的預感。

「不會又要我到奇怪的地方去吧？」

蘇于晏想起，前些日子自己一個異性戀男子，因為工作不得不進入男同志夜店。對此他開始感到有點害怕，況且這次去的地方會比同志夜店更讓他難以接受。芸樺說：「放心，這次安排你去的地方很普通。」

「我完全不相信妳口中的『普通』。」蘇于晏看著芸樺，越是合作，他越是覺得自己正在被這個直播主帶往未知的深淵裡。但不知為何，他對這種探索未知的狀況又有點興奮，就像是探險一般。

「不用緊張，這次我也會跟著你一起。」

「欸？真的嗎！」

一旁的經紀人陳妥興說自己會同行，聽到這點，蘇于晏意外的轉頭看向他。但是，是什麼狀況有需要芸樺的經紀人陳妥興一起出面，該不會是……

「經紀人都出馬了，該不會是要我當網紅吧？」蘇于晏開玩笑的說，然後就看到芸樺跟陳妥興露出一臉驚訝的表情，陳妥興摸摸下巴說：「我同意妳之前說的，妳這人的第六感有時候還挺準的。」

「我不是說過了嗎？他很有用的。」芸樺說。

咦？

等等！

等等等等、等一下！剛剛蘇于晏只是隨口說說，卻看見他們兩人那種表情，看起來似乎沒把自己的話當成玩笑話。該不會真的是要他這種，只會做上不了檯面的麵包、網路上又沒聲量、沒身材沒臉蛋的人當網紅吧？這不是認真的吧！

「先跟你說，他們兩個是認真的。」

這時一旁的電腦突然發出聲響，嚇了蘇于晏一跳，抬頭一看，就看見電腦螢幕中出現工作室小編巧閔的臉，似乎從剛剛這個視訊就一直開著，只是蘇于晏一直沒有注意到。

「既然你注意到了，我就將資料先傳給你看，你也比較好做一點心理準備。」

巧閔剛說完，幾秒後，蘇于晏的手機傳來震動，收到一封附加有加密檔案的信件。蘇于晏拿起手機點開資料，看見標題幾個大字：「群星達人秀？」

群星達人秀，是一檔網路和電視同步直播的選秀節目，製作單位會邀請網路上各種有聲勢的網紅，或是已經小有知名度的歌手和演藝人員，將他們匯集在一起參與競爭。除了新秀外，也有很多過氣的老藝人想靠著這節目再次走紅。這是一檔風靡兩岸的全方位節目，自然投資人也不少，舉凡台灣、中國的老闆、企業主，也有很多名人、政客參與這項大型節目的投資。熊貓人麵包店創辦人傅亞銻和那個黑白兩道通吃的菜頭，也都是其中的投資者之一。

「我好歹也在這業界打滾多年，要把你介紹進去並不是難事。」經紀人陳妥興說，拉了拉自己的西裝領帶。

「記得，你的目標是，從節目中發現熊貓人和菜頭公司的董事之間的牽連，或找出知道內情的人。雖然有點風險，但我的經紀人陳妥興會幫你。不要看他像混混，如果要面對那些討人厭的高官，他人還算是挺圓滑的。」芸樺說，帶著有色眼鏡的陳妥興看了她一眼。

定案後大家決定散會。但蘇于晏則在大家散去前喊了聲，等一下！逐一把每個人拉回來，他一臉凝重的表示：「不要說得那麼簡單！我完全不會唱歌、表演，連跳舞也不會，怎麼可能參加這種選秀節目。」

「恩？沒有人要你去選秀啊。」芸樺聽見蘇于晏的話，疑惑的說。

「欸？」蘇于晏也疑惑了一下，並跟芸樺對望。

回到租屋處的房間，蘇于晏趴在自己的床上，經過好幾天工作的緊繃，好不容易有空檔，整個人這才放鬆了下來。關於要以網紅的身份到群星達人秀這件事，最後果然不是要他上台演出，而是以另一種形式的加入。

「我們是你要以網紅麵包師傅的名義，讓你去為選手提供客製麵包。」

畢竟，這個節目聚集了老中青三代藝人，和各種網紅、想靠表演出名的人，對於伙食的挑惕和各種不同飲食習慣，往往讓製作單位傷透腦筋，所以如果可以根據在場人士的要求，做出對應的餐點，將可以減少不少主辦與來賓的衝突。

而經紀人陳妥興就打算以新簽約網紅甜點麵包師的名義，把蘇于晏送進去，提供這些表演者下午茶和宵夜的餐點。

聽到自己不用唱歌跳舞，蘇于晏鬆了口氣。但是想到要一邊做麵包，一邊打聽有用的情報，雖然「臥底」聽起來是很酷啦，但他也不免擔心起自己那憋腳的演技，在那都是演藝人員的場合，真的沒問題嗎？

手機響起，蘇于晏看了看時間，已經是晚上十點多了。

這麼晚誰會打電話給他？蘇于晏沒看來電人是誰便接起電話，才剛喂一聲，電話另一頭立刻傳出相當生氣的髒話問候聲。

「我已經到桃園機場了！你這傢伙說要來接機，接到死去哪裡了！蘇于晏！」電話另一頭傳來女生的吼叫聲，把原本懶洋洋趴在床上的蘇于晏給嚇到猛得彈起來，穿衣、穿褲，隨手拿著背包就趕緊出門。

該死！自己有太多事情要煩惱，反而把最重要的事情忘記了！

趕緊搭上計程車到機場捷運，硬是跑向快要開車的捷運裡，在關門的最後一刻衝進車廂，蘇于晏整個人氣喘吁吁。

今天是之前與自己一起打工渡假，從小一起長大的青梅竹馬艾可搭機回國的日子。

原本自己說好要去接機的，結果完全把這件事情給忘得一乾二淨。

最後，蘇于晏遲到了一個多小時才到機場，好不容易才找到坐在機場椅子上想把他殺死的艾可。理虧的他，只好以宵夜和車費來換取讓艾可消氣的機會。

「算了啦，你這個人就是這麼兩光。」從小到大相處了那麼久，艾可也不是不了解蘇于晏個性，但這回艾可竟然沒有放在心上，反而是揩油的在計程車上對于晏說：「但宵夜我還是要吃，好久沒回來，我超想念台灣的夜市，鹽酥雞、地瓜球、還有永和豆漿。」

「你怎麼突然決定要回台灣？在那邊不是有著唱歌的工作嗎？」蘇于晏問，只見艾可露出笑臉，一臉驕傲的跟他說：「有人邀請我回來台灣，要我以國外小有名氣的酒吧駐唱歌手的身份，參加節目錄製。」

「哇啊，那麼酷喔。」聽到艾可說，蘇于晏一臉驚艷。

沒有想到，從以前就喜歡自彈自唱的艾可，真的逐漸朝自己的夢想前進。

「是哪一檔節目啊，我沒有在看台灣電視節目，所以不太知道。」蘇于晏問，只見艾可表示她也不太清楚那個節目，是在接到邀請後才搜尋了一些影片看，只知道是一個很有規模的節目。

「群星達人秀，你聽過嗎？」

艾可問他，蘇于晏聽到節目名稱後，愣在計程車上。不一會而，就聽見計程車上突然其來的跳錶聲，又多加了五塊錢。

第八章　假文青的內餡交易

假日午後，小巷弄間的咖啡廳是一個人不多又隱密的地方，店外玻璃窗邊還有野貓在地上打盹，背著側背包的巧閔穿的像日系文青女孩一樣，推開了咖啡廳的店門，清脆的風鈴聲叮噹響，店內唯一的員工想走過來幫忙帶位，巧閔直接舉起手拒絕，左顧右盼，發現店內最裡頭有個過去熟悉的身影。而那人似乎也看見她，舉手跟她打了招呼。

「沒想到你竟然可以找到這種店。」巧閔對那人說。店內播著爵士音樂，一個個座位空間都有植物和屏風隔絕，營造出小包廂的氣氛。

「我對找到人煙稀少的店家可是很有自信的。雖然這也表示，這類店家通常都很容易倒閉。除非老闆是開興趣的，就像這家店一樣。」跟巧閔約見面的人說。

「說開興趣的，通常就只是在騙自己。」巧閔拿起店內的菜單說，眼神輕輕掃過眼前的男人說：「你突然連絡上我，應該不會只是單純的前同事敘舊吧？」

「當然不是。啊，這次消費，還麻煩請學姊盡量點貴一點的，我會跟義哥和公司請……」

「請給我巨無霸草莓聖代，草莓還要加量。」

不等那人說完，巧閔直接就跟店員點餐，絲毫沒有在客氣。巧閔翹起腿來，雙手交錯放在腹前，人微微靠著沙發後面的抱枕說：「所以，小偉你找我有什麼事情？」

「這個嘛，其實我最近稍微查了一下學姊離職後的去向。」

「小編巧閔」過去曾經任職於台灣頂尖的公關顧問公司，這間顧問公司不管是在公開記者會、網路社群風向或危機處理，都圈內都是挺有知名度的，尤其是在處理企業公關危機這點上算是蠻有口碑的。而眼前這一身西裝打扮叫小偉的，、正是巧閔的前同事，也是過去公關公司的後輩。

「喔！沒想到，公司竟然調查我？」巧閔覺得很有意思問：「所以查到什麼？我有不堪入目的東西嗎？」

「學姊似乎很熱衷於二次元男男戀情節和觀賞同志情色片，這類的會員和商家網上消費金額和次數都異常的高。像學姊這種人，是不是就是人稱的『腐女』？」小偉說。

「不，我只是單純好色而已。」巧閔推了眼鏡說：「但今天應該不是要來說我的性癖好。」巧閔不當一回事，想直接進入正題。

「小偉，你想從我這裡知道某人的消息，沒錯吧？」巧閔說。

小偉聽到自己過去的學姊這樣說，立刻將桌上的筆電蓋起，手肘撐在桌上，兩手的手指交錯，對巧閔說：「既然學姊知道，我就直接問了，妳……」

妳現在正在替那個叫芸樺的直播主工作，對吧？

這話說完的瞬間，巧閔和小偉兩人都沉默不語。過了好幾秒鐘，服務生送來了一個用玻璃啤酒杯裝的巨大草莓聖代，這才打破了長時間的沉默。

「你們在調查芸樺。」巧閔說。

「嗯。」小偉點頭，接著說：「這跟公司沒有關係，是我個人的調查。畢竟上次熊貓人麵包店的案子，突然的公關事故讓我們的網路部門有點傷腦筋，而且那種風向手法一看就知道是學姊的作風。」

先給一點甜頭，當對方快陷進去後，再放出更多消息，打得對方人員措手不及，但同時又留了後路，可以讓彼此各退一步。

小偉說出這些話引起巧閔的注意，她順著話接下去說：「公關公司就像是不打架的黑道一樣，用一張嘴讓彼此之間……」

「以和為貴。」兩人異口同聲的說。

「小偉……」巧閔用手拿起草莓，一口吃下，嘴邊留有果肉的紅汁說：「是義哥叫你查的吧？」

剛剛那段公關與黑道的理論，正是這位愛說教、一身老人味的大叔「義哥」最愛拿來碎嘴的事情。巧閔吃著聖代問：「堂堂一個國際大公司的公關事務處長義哥，怎麼突然關心起台灣小直播主，該不會是煞到人家了吧？」

「老實說，我對於女性的胸部很有要求，最好是在A罩杯接近B之間，那雙手可以掌握的觸感，老實說這手感是最好的，現在直播大奶妹的胸部都有點過大。」

才剛提到義哥，義哥就出現在兩人的座位旁。

聽完義哥胸部論的巧閔，瞬間有種回到過去在公司工作的情景，她不假思索的直接把杯中的冰水往義哥身上潑去。面對這麼突然的攻擊，義哥閃避不及直接被洗臉。

「抱歉，忘記跟妳說，其實義哥有跟我表示他會晚到。」小偉表示。

「沒關係，這個人有沒有在，都不損他噁心的程度。」巧閔也表示。

「用談論女性胸部的方式開場也NG是嗎？」被潑了一臉水的義哥用紙巾擦臉，將濕掉的襯衫扣子解開，完全沒把剛剛潑水的事放在心上，硬是將屁股擠進小偉那邊的座位，一坐下就跟對面的巧閔說：

「一些噓寒問暖的話，我想，小偉已經說過了，我就直接問你吧，身為公司裡最資深，也是最厲害的前網路公關部門主管巧閔。」

芸樺是個怎樣的女人？

「她的胸部有D罩杯。」巧閔回答。

「竟然只有D嗎？我還以為有E罩杯等級。」義哥露出驚訝的表情，而小偉則是默默地敲打他的手機鍵盤，完全不想加入這低俗的話題。

「既然你們可以查到我在替芸樺工作，就應該知道我不可能透露雇主的資訊給你們。這種基本常識，只要有腦袋的人都知道。」巧閔說。義哥聽了卻露出吃驚的臉表示：「你誤會了，我們只是來跟離職的妳敘敘舊，順便關心一下前同事的近況，怎麼可能要跟妳打聽業主的事情。」

「妳這樣很冤枉我。」義哥露出那種只會引起人想要揍他，完全不是被誤會時會出現的無辜表情。一起共事好幾年的巧閔怎麼會不知道這人的行徑。

「不過……如果是同事剛好在入職前就有調查過她的雇主，而我們也只是剛好不小心在之前就知道這個狀況，對吧？」義哥突然來的這句，讓巧閔愣了一下，像是被說中了什麼。

在相處的這幾年，不只有巧閔熟悉義哥做事方式，義哥也同樣不斷觀察周遭來來去去的人，畢竟觀察老闆、各界風向、任何風吹草動就是他的工作內容之一，即便是他人微小的日常習慣，只要能抓住其中一點，再進一步推估行事模式，就更加可以估算該如何與之應對。義哥那雙眼盯著巧閔，並以慵懶的姿態拿起咖啡喝。

「義哥，那是我的咖啡。」小偉表示，阻止義哥跟自己的間接親吻。

「妳不可能沒有查過吧？」義哥看著巧閔說：「你那麼謹慎，不可能沒有調查過那個女人。應該說，巧閔……妳肯定不會相信世界上有一個人是絕對正面形象、正義的化身。我們幹公關顧問這行那麼久都知道，就算裡子再怎麼爛，只要那張臉是漂亮的。」就可以繼續騙下去。

「我認為這是兩回事，我不告訴你們資料，跟我是否調查過是不一樣的。」

「我們只是關心離職的前同事，怎麼會是跟妳要資料呢？不過妳真的查過對吧？用妳最常用的手段挖掘關於這個打假直播主芸樺……是個怎麼樣的人。」

不是因為安心、或是被什麼驅使，而是單純的好奇。

就像明明知道不對，卻又想偷窺女生隱私的悶騷男一樣。

「唉。」巧閔點的聖代要見底了，小偉在內心表示驚訝，沒想到個頭小的前輩一個人竟然吃得完超大份草莓聖代。巧閔舔了舔奶油說：「過去和你們共事過的我，感覺你們應該還沒淪落到要我一個離職員工提供資料的地步。話說小偉，還有義哥，你們兩個……」巧閔丟下湯匙，湯匙碰撞玻璃杯發出清脆的聲響，說：「你們只是想從我這邊的資料核實，評估正確性。」

「老實說，即便我有一些沒給出的資料，你們內心都有底。這次見面也只是想看看我這位離職員工是敵是友？是否會阻礙到你們進行下一步。」

聽到這番話的小偉，眼神從手機螢幕移開，瞄了眼義哥。

義哥面對巧閔，這位過去公關部每每創造業績的處長跟電腦資訊部門的前主管。小偉心想，啊！果然不管是巧閔學姊還是義哥，都讓他私下不想再多靠近，果然還是在公司當好同事就好。

「所以我才說是敘敘舊。而且這只是我的猜測，妳的加入或我的調查，這些如果都只是那個女人想到的一部分，妳覺得這有沒有可能？」

「這個不好說。」巧閔表示，伸手拿了咖啡喝。

「都說了，那是我的咖啡。」小偉說，但沒有阻止巧閔。

「但如你所說，我的確也對你們查到什麼有興趣。」巧閔說，看了眼義哥。

「看來妳離職後的生活是不需要我多擔心了。」義哥笑著說。

「恩恩，不用你費心，只是最近認識了有意思的人，也許有機會介紹給你們知道。」

「真不錯，我好久沒交新朋友了。」

「蘇于晏，一個專門做麵包的直播主。最近會出現在群星達人秀節目。」

「他做的麵包還不錯吃。」巧閔補上這句。

「下次有時間介紹給我認識。」義哥笑著說，起身拍拍小偉的肩膀說：「那就不打擾你們同部門繼續敘舊啦，年輕人談情說愛老人家就要退場，哈哈。」

說完，義哥就要踏出店門，但隨即被店家叫住說：「對不起先生，我們的低消是一杯咖啡喔。」義哥聽到後，笑笑的走去櫃檯外帶咖啡。

「我有一個疑問，小偉。」巧閔喝著咖啡說：「義哥這個對女生性騷擾、政治不正確的人設，他還要玩多久？」

「誰知道。還有學姊……那是我的咖啡。」小偉說，最後留給他的只剩一杯空空如也的咖啡杯。

※※※

「哇，這地方很不錯耶。本來從外頭看我還以為會有點破舊，但裡面完全不是這樣。」

「不錯吧。」蘇于晏說。

已經回台有些時候的艾可，突然心血來潮想要來看看蘇于晏租屋的地方。艾可看了蘇于晏住處那乾淨的廚房和交誼廳，比她想像的要大上許多，甚至還有曬衣的陽台，但陽台顯然就比較老舊。但這樣看起來不錯的空間立刻引起艾可的好奇，便問：「這裡的租金不便宜吧？」

「比起以前學生時代住得時候還要貴。」

「貴多少？」

「欸……大概是……」蘇于晏比劃了一下手指，立刻嚇到艾可，忍不住說：「這麼貴你租得起嗎！」

「還可以啦，畢竟現在有工作，薪資也算是不錯。而且你看，這個廚房無論做什麼麵包都可以做出來，拍片的時候也不會吵到別人。而且現在只有我一個人住這裡，我可以霸佔那麼大的空間，這不是很棒嗎？」

「蘇于晏。」不管蘇于晏一個人拼命講，這時艾可露出認真的表情看著他的眼睛說：「你是不是從打工渡假回來後，就沒有再回家看看。」

「……之後有時間我會回去。」一瞬間蘇于晏把臉撇過去，似乎沒有很想談這件事。艾可嘆氣說：「現在如果不忙，就回去家裡看看吧？你媽媽可能還以為你還在國外，至少報個平安，說你已經回國了。」

「那個，我有可能也要去。」蘇于晏突然牛頭不對馬嘴的說了這句。

「蘇于晏，我在跟你講認真的，你不要扯開話題。」

「我可能會跟妳一起去那個節目，群星達人秀。」蘇于晏繼續說。

「我就說你不要……嗯？你說什麼？」艾可本來想繼續聊，但突然聽到蘇于晏嘴吐出群星達人秀這節目，心緒也被帶了過去，只見蘇于晏搔搔頭，從冰箱拿出之前做好的糕點說：「我工作的地方告訴我說，可能要安排我去群星達人秀，將以新人麵包直播主的身份幫那些藝人做麵包。」

蘇于晏在電鍋裡加了水，將糕點放在盤子上用熱氣蒸。蘇于晏繼續說：「所以到時候，我可能可以在現場看你表演，而且你有可能吃到我做的麵包。有趣吧，沒想到我這種不紅的直播主，還有機會跟名人一起工作。喂、喂！幹、幹嘛？」

話說到一半，艾可走近蘇于晏，雙手用力的拍拍蘇于晏的手臂，露出開心的表情說：「這不是很好嗎！如果你做的麵包被一些綜藝大哥或明星喜歡的話，說不定會投資你，這樣不管是你的頻道或是做的麵包，就可以被更多人看見，被更多人吃到。這樣超棒的！」

「妳幹嘛那麼激動啦？這樣我很害羞耶。」蘇于晏第一次看見艾可靠他那麼近，整張臉快貼近自己，瞬間整個臉紅了起來。最後蘇于晏以麵包蒸好了為理由推開艾可，整張臉紅通通的，並放上他製作的糕點，水果發糕。

把水果加入麵粉裡，並將果醬與果肉混入裡頭，冰過以後蒸，就有種綿密又酸甜的口感，顏色也有紅、黃、綠等各式各樣不同的樣貌。搭配一杯紅茶，就很完美。

艾可咬了一口，的確不同於傳統的發糕，水果風味嚐起來有些西式糕點的感覺，但又相當有彈性不會太軟，口感讓人意外。艾可看著蘇于晏吃了一口自己做的糕點，點了點頭，看來他這次對自己研發的東西也很滿意，但還是碎碎念的說著，水果的口感有些吃不出來、發糕有點過硬、果醬有點死甜、需要更多台灣水果本身的酸。

雖然嘴上老說是做興趣，但其實很認真嘛。艾可一直以來都知道蘇于晏其實內心喜歡烘培，只是嘴上不想真的承認。這讓她又想到蘇于晏不回老家的事情，為了不讓自己又嘆氣，艾可又吃了一口發糕，也許還需要再給他一點時間吧？

讓蘇于晏好好的想清楚，把事情想開。

「晚上要不要一起吃飯？」艾可說：「而且在機場你還欠我一頓宵夜。」

「就只有吃妳會記得最清楚。不是要上節目嗎？如果吃太胖不要又怪到我這邊。」蘇于晏邊說邊用手機把剛剛試吃的感想打下來。

「不管，我就是想吃。」艾可說，蘇于晏看著她，說：「只能選夜市。」

艾可點頭同意，蘇于晏拿起兩頂安全帽，艾可坐上蘇于晏的機車後座。台灣的晚上，盡是霓虹閃爍的馬路，與國外灰暗的夜晚截然不同，這裡有一閃一閃不熄滅且照亮道路的光。

※※※

在車子裡的經紀人陳妥興搖下車窗抽菸，車子沒有發動，整輛車彷彿被嵌入巷子盡頭的停車格裡，四周一片漆黑，似乎是在偷偷地等待著什麼人經過。很快的，陳妥興就看見目標從大廳門口出來，搭上一台計程車。陳妥興看見車子揚長而去，立刻扔掉菸，轉動車鑰匙，將它給發動起來。

陳妥興下了車，關上門，直接往對街建築的大廳入口走去。隨即就看見自動門打開，直播主芸樺走下樓，看見陳妥興在門外頭，沒多做動作就繼續往下走去，走過陳妥興，而陳妥興則是順勢跟在她身邊，兩人並肩。

「你怎麼知道我在這？」芸樺說。

「因為我說的話總有人不聽。」陳妥興說。

「拿封信會有什麼危險，你太小題大作。」

「跑到離妳住處好幾公里遠的地方拿信，是不是也太小題大作。」

陳妥興問芸樺，芸樺露出意味深長的表情，兩人一起走過斑馬線，很自動的來到經紀人陳妥興開的轎車旁，陳妥興主動打開車門，芸樺順勢就坐進去。待陳妥興上車發動引擎後，芸樺將她懷裡那封牛皮信封袋裡的東西遞給他。陳妥興看了看資料，文件最後附有一張光碟。

這年頭還能看到光碟片實在令人好奇，陳妥興拿出光碟，看了看自己車上沒有可以播放光碟的器具，心裡想著，這年頭的車大家都是用藍芽或網路連動，誰還用錄音帶跟光碟片。但芸樺像是早就料到這點一樣，把CD隨身聽放到陳妥興腿上。

陳妥興看了看，就把光碟片放進隨身聽裡，將有線耳機的一邊放進耳中，而芸樺則是主動拿起另一邊。音樂前奏響起，是一段好聽的音樂，而且很讓人熟悉。但很怪異的是，兩首音樂的歌聲似乎是一男一女不同人唱的，不僅唱腔不同連語系都不一樣。陳妥興聽著這旋律，一邊看了文件上的資料，有兩張關於音波比對和樂譜的內容，儘管上面寫著不同歌名，但旋律聽起來幾乎一模一樣。

「聽起來很像吧？」芸樺說：「但如果只用『聽起來很像』這種話討論，在法律上是無法指控抄襲的。在台灣的著作權法中並沒有「抄襲」這兩個字，而是侵害著作的重製權和改作權，但在音樂創作的相關法律中，並不是兩首歌或樂曲旋律、節奏、音調相近，就是違法。」

「所以妳才請人弄了這個？」陳妥興彈了彈這兩張報告。這是用知名音樂平台的抄襲偵測系統，透過上傳的兩首歌曲和譜曲去進行比對，比對後，系統會繪製出兩首歌音波和各種元素的數據，進而比對出是否一致。

但是除此之外，似乎還有些別的……

「一般來說，判斷兩個作品間是否存在抄襲時，大家都會去比較他們的相似程度，但實際上，許多人忽略了法律上「實質近似」的重要性，這是抄襲鑑定的一環。另外，還有一個裁定是否抄襲的重要關鍵，這跟歌曲像不像同等重要。」芸樺說。

那就是抄襲的人有沒有「接觸」過這個作品、接觸的層面有多少，這也是定義當事人是否抄襲的判斷依據。

「所以除了光碟，這個……。」陳妥興拿起牛皮紙袋內的小巧的隨身碟說：「這就是妳所謂的接觸的證據？剛剛那個人是負責跑腿，將這些東西送過來的人，但我應該有說，要妳暫時不要自己去處理案子，這東西讓那個傢伙去做不是也可以嗎？」

陳妥興說，芸樺聽笑道，卻沒有正面回覆問題。

「當時大家一直覺得這歌手原創的歌曲跟某個日本遊戲相當類似，不僅聽起來很像，連節奏都幾乎一模一樣，引起了一些騷動。但只要這位歌手表示自己沒有接觸過這個音樂，一切就不構成抄襲。」

「雖然這名歌手當時因為群眾壓力，暫別歌壇。但這次的選秀節目，他受邀當了其中一位評審。」芸樺說：「如果這時候有更直接的證據出現，不知道會不會喚起一些健忘人的記憶。」

「總而言之，妳想趁著選秀炒作話題。」陳妥興說。

「其實我只是要他好好把當時的債還完。」芸樺說：「如果要逃就不要怕人追，千萬別想靠任何手段解決或是淡化問題，不然這事情就會跟著他一輩子。畢竟公眾人物就是靠民眾吃飯，被自媒體挖出過去也是風險之一。」

「因為一時抄襲，就被記一輩子，這代價有點太大。」陳妥興邊說邊將資料放回牛皮紙袋還給芸樺，發動引擎，準備開車把芸樺送回去。

「我只是陳述事實，是否會被記一輩子。就要看那些網民是否想要記一輩子，反正，大概有許多網友是等著看熱鬧，或是在影片下方留下不負責任批判性的留言罷了。這些都是可想而知的，畢竟我也接過很多這種留言跟騷擾，這就是公眾人物。不管是網紅、還是藝人。」

「把什麼都推給觀眾也不好，芸樺。而且我有種感覺，妳是不是又想搞事？」經紀人陳妥興說，眼神瞄了一眼正在看著窗外景色的芸樺。

「你有聽過蝴蝶效應嗎？」芸樺看著窗外說，這時窗戶上開始出現雨珠落下的水痕，沒多久，一陣又急又大的陣雨就傾盆而下，還傳出陣陣的雷鳴聲。

「一隻蝴蝶拍動翅膀就會影響遠方的海面，掀起暴風雨。從蝴蝶飛舞拍動翅膀到暴風雨形成，這中間的任何事情，恐怕都息息相關。我只是想要知道每個細節的關鍵，成為把它們串起來的接線員。」

大雨嘩啦嘩啦地打在車上，雨刷拼命的擺動，在駕駛座位前只能勉強露出可以看見前頭的小窗口。每部車都減緩了速度，陳妥興也是，在被雨水弄暈的紅燈畫面前停下車子，看著那混成一團的倒數紅綠燈秒數。

「一個不起眼的小事情，也會造成很大的影響；看來毫無關係的事，也有可能有相互因果關聯。但是什麼樣的人事物才是毫無關係？如果什麼事情都推估到原點，那麼就只是單純的滑坡。我想妳應該懂這個道理吧？」

陳妥興說，在綠燈出現時，緩緩踩了油門。

「先是員工、再來是隨扈、成了男友隨後又變成前男友、然後當了經紀人。這是不是也是一種蝴蝶效應？」芸樺問，而經紀人陳妥興並沒有回話。

雨漸漸變小，車也開到了芸樺的住處，芸樺下車時陳妥興搖下了車窗，芸樺頭也不回的說：「謝謝你載我，明天上班不要遲到。」便直接進了高級公寓的住所。

這是不是也是一種蝴蝶效應呢？

開車回到自己公寓的陳妥興，將車停好在地下室，順著微弱一閃一閃的燈光，來到電梯前，電梯緩緩上升，在他住處的樓層打開，走到自己的房門前推開，房裡像是一個樣品屋，什麼也沒有，除了一張床、一部電腦和同樣款式的襯衫衣褲。

「那不是蝴蝶效應。」陳妥興說。

我們只是在藕斷絲連。

第九章　變調的選秀節目

歌唱甄選會第一天，會場外頭熙熙攘攘的參賽者，號碼牌一路發到上百號。雖然說已經事先進行過網路選拔，但台灣好久沒有這種大型選秀綜藝節目，意外的大家都還滿熱衷的。

這也讓負責節目藝人和演出者小餐點的蘇于晏，在第一天就忙得不可開交。說起來，一般這種大型的比賽都會叫外食吧，為什麼製作單位堅持要準備一個大型的中央廚房單位？這點蘇于晏完全搞不懂。

「大財團就是這樣。」跟蘇于晏一組，同樣負責甜點、麵包的麵包師傅說，他熟練的捲起制式的笑臉說：「在我的國家也有這種喜歡現點現做的財團聚會，但是這麼多人，我還是第一次見呢。」

這個麵包師傅是一個法國直播主，蘇于晏有訂閱他的頻道，幾天前還以為自己看錯，沒想到是本人，而且說得一口流利的中文。

「只是單純想凸顯自己的獨特感吧？這種集團的有錢人我過去見多了，鐵定又是什麼食物就是要現場製作才不會流失美味，那種自以為老饕的美食家的傑作。但說穿了，等級就是還不如美食節目主持人，主持人會說的詞彙還比那些人多。」旁邊穿同樣制服的女廚師吐槽說，但是工作的手卻也沒慢下來，反而熟練地將麵團裡的餡料包覆起來。

這一位女性甜點師也是百萬直播主，似乎還是出版過暢銷甜點書的加拿大華裔，說起來話得理不饒人，只是語氣中透露著濃厚的中國北方腔。

其他廚師的背景也都不俗，蘇于晏萬萬沒想到，自己只是一個根本紅不起來、業餘麵包製作的興趣愛好者，還必須夾雜在這些高手之間。製作的量和勞累度堪比料理節目《地獄廚房》。這次別說收集情報了，蘇于晏感覺自己連出廚房都不太可能。更不用說有機會跟那些投資這檔節目的明星、老闆有接觸。

但是說來也真的厲害。蘇于晏一直以為台灣電視節目越來越窮，已經不如網路素人團隊的自製節目，沒有想到現在還有人願意辦這種超大型選秀，如果熊貓人麵包坊的老闆、簽賭案的菜頭都有投資的話，背後是不是還有許多龐大的資本在主導整個節目？但蘇于晏此刻沒有辦法仔細釐清這些，現在更重要的是，麵包才剛出爐不到幾分鐘就被拿光，又要再重頭來過一次。

雖然與自己不相干，蘇于晏加入節目廚房團隊前，跟艾可吃飯時，兩人曾經在新聞上看見跟群星達人秀有關的社會新聞報導。綜藝節目若出現在台灣新聞中，除非是廣告，否則通常不會是好消息。果然，節目邀請的一位創作歌手兼作曲人，過去曾經身陷抄襲日本動畫歌曲的傳聞，最近經日本音樂公司曲風比對，以及該創作歌手的網路資料中找到大量動畫歌曲相關樂譜，其中也包含這間公司多部的曲譜作品，所以抄襲定讞。

雖然新聞中有將揭露的直播主做變聲處理，也讓畫面變得模糊。但蘇于晏一看就知道是芸樺。經過幾次調查跟處理事情的方式，蘇于晏總覺得芸樺這個女人讓他有一種說不上來的距離感，而且不管是麵包製作方式的瓢竊、棒球員簽賭案或是名嘴的未成年性交易等，事情發展似乎都在她的主導之中。

到底為什麼芸樺總對於曝光這些其他自媒體不能觸及的地方那麼有自信呢？

被利誘簽約的蘇于晏其實也有所懷疑。

「真是個不錯的公關宣傳。」義哥吃著小店面的台式乾拌麵，看著店家高掛在上頭的電視，播著節目作曲人過去涉嫌抄襲案件定讞的消息，忍不住喃喃的說。

「以網路討論度的聲量而言的確不錯，而且快速發出聲明切割這點，公關團隊的確處理的快，同時永不合作的聲明也很狠。還表示接下來要嚴格審視製作單位各個邀請的評審名單，雖然只是做做樣子而已，但公布的名單表面上還是很有誠意。感覺就像是……義哥你會做的事。」

聽見吃著鍋貼配豆漿的小偉說，義哥卻完全裝傻說：「啊呀，畢竟公關公司做的事情不就跟游泳跑步一樣嗎？他做什麼、我們就做什麼。」

「不過義哥，接下來要怎麼做？」小偉問。

「這個嘛……利用一個過氣歌手炒新聞的確宣傳效果有限，雖然這個案件可以大概炒作一下，但主要還是想在節目開播前製造一些熱度。處理後續問題可能會有點麻煩，就算發聲明，總還是會有人不相信，但裝無辜就要裝的徹底一點，讓火燒到隔壁棟就可以。」義哥說，然後看著店外的大太陽說：「真想跟穿很露的酒促小姐點一手啤酒。」

「學長，我們不是在快炒店，而且現在才中午。」小偉看著手機連頭都不抬就吐槽說。

「連問都沒問就截取我頻道的畫面啊，果然很像台灣新聞台會做的事。」芸樺看了新聞說：「真不錯，利用他人的軼聞炒新聞，接著貼出聲明，發布公關新聞到各個電視台，再把鍋甩到我頭上，讓歌手的支持者跟我們頻道的粉絲互罵，大概也有買洗版的水軍來加油添醋吧，最後將風向導向演藝圈與自媒體的辯論。真是出色的炎上行銷。」

「所以妳打算怎麼做？」陳妥興說：「多的是方法，再把風向轉回去節目上。」

「就這樣放著吧。畢竟這件事情理虧的是對方，不是我們。況且之後就會有許多蹭流量的頻道，藉機讓他們好好的把事情梳理一遍。」芸樺不以為意，只跟經紀人陳妥興說：「現在更重要的是關於另一件事。」

有關於「蘇于晏」這個素人的大事。

「我沒看錯吧？」蘇于晏不自覺得把話說出口。

好不容易找到空檔休息，蘇于晏咬著麵包躲在樓梯間，真不愧是法國甜點網紅，做出來的麵包爆幹好吃。蘇于晏很喜歡這種堅果做出來的糕點。在台灣幾乎沒有見過，聽說是這位法國的甜點直播主特地去義大利取經，並且再加入法國風味的成果，外表看起來粗獷，卻有著內斂的口感，這讓蘇于晏一口接一口的品嚐著。

蘇于晏正在滑手機，沒想到收到的是公司寄來的頻道通知：恭喜他的訂閱數突破十萬人。而且竟然還有廣告商寄來合作邀約信，讓他這個本來訂閱數不到一萬人的小直播主瞬間懷疑是不是詐騙？看到自己的頻道觀看數和訂閱數都大幅成長的蘇于晏，瞬間覺得不可思議。

難不成真的如之前芸樺說的，自己的頻道受到她的幫助有了起色。不僅觀看數都有破萬，就連留言也開始多了很多正面的評論、贊同的聲音還有支持他的言論，一瞬間讓蘇于晏有點飄飄然。

「要推薦你，總得讓你的頻道訂閱人數好看一點，不然很沒說服力。」

「欸……也是啦……」

今天穿著一樣像黑道人士的陳妥興，抽著菸說。雖然早就料到可能是這種原因，自己的頻道才可以成長到十萬訂閱，但實際聽到還真五味雜陳。蘇于晏這樣想，但隨即就看見陳妥興吃下他在會場做的麵包，大口咬下的吃相，意外的讓麵包看起來很美味。

陳妥興說：「你不要以為這一切都只是行銷操作。現在這時代如果不做一點商業操作是不可能的，藝術、產品就連理念都可以做行銷操作了，但這些操作是留給準備好的人。你做的麵包雖然我不懂，但這是可以上得了檯面的，所以這波操作也只是剛好而已。單有才華的人無法存活，如果只是硬推人上檯面則很快就會破局，任何可以成局的事，都是需要天時地利人和的。況且……」

有誰不喜歡素人變成巨星的故事。

「喔喔，沒想到你會講這種話。」蘇于晏聽到陳妥興對他說的一席話，倍感意外，他本來還以為這位經紀人是個很嚴肅、難以溝通的人，沒想到竟然還會鼓勵他這個年輕人。

「事情查得怎麼樣？」在說完剛剛那席話後，經紀人陳妥興話鋒一轉問起于晏。

但這些日子蘇于晏幾乎整天只待在廚房忙著做麵包，根本沒空去打聽消息。只能抓著頭對陳妥興傻笑，陳妥興看到那一臉傻樣，嘆了口氣，走向前靠近蘇于晏，將臉上的墨鏡微微滑落，露出那像惡人的眼神說：「我這邊可是費力把你行銷起來，你不要讓我失望，蘇于晏。不然我會很難交代。你懂吧？」

「恩、恩了了了、了解。」蘇于晏冒汗的說。

幹，有夠可怕的啦！

隔天工作時，蘇于晏想起昨日陳妥興的表情還免不了冒冷汗。隨著初選結束，節目參賽人數減少到只剩下百人，雖然一樣忙碌，但很顯然有著一支厲害而經驗老道的團隊成員扶持，蘇于晏也在這次工作中學到很多寶貴經驗。意外的，雖然有一些人嘴巴上得理不饒人，但實際相處後人都很好，也都會分享自己對烘培的所見所聞，在休息偷閒或吃飯時間形成一個交流的小圈圈。

「蘇，你真的見過他本人，還有聯絡方式！喔天啊！你不知道他在烘培圈很有名嗎？喔我的天啊，我也很想從他口中聽到他的食譜。」

「雖然你年紀輕，但運氣很好誒！我在加拿大時有聽說過，他跟那間米其林餐廳大吵一架之後，就再也沒有消息了，沒想到還能在台灣聽到他之後的事，這可能是這趟工作最有價值的事情。」

法國糕點師和那位加拿大華裔聽到蘇于晏打工渡假的經歷後，意外的讓蘇于晏知道，自己遇見的那位渡假餐廳的老師傅恐怕不是什麼簡單的角色。但不知為何他在台灣完全沒聽說過這老先生的事情，看來在台灣真的很容易跟國外消息脫節。

相反的，不管是法國或加拿大，還是其他在台灣的外國人烘培師，似乎都沒有聽過在台灣很紅的熊貓人麵包。明明當時熊貓人麵包在台灣是被視為台灣之光的品牌，尤其創辦人還得過國際麵包大賽。

「在我們國家，麵包大賽就是新手想成名的快速途徑，但這並不正統。」法國烘培師說：「我不喜歡那種大賽，畢竟每個人的口味本來就不一樣，相反的，麵包師傅應該要在傳統風味上努力鞏固自己的老顧客，並且研發出屬於自己的味道，讓人覺得美味。而不是去爭奪名次的高下。」

「這點我認同，但是如果我是一個想快速在大眾媒體成名的人，我可能也會選擇這種方法。」其中一位亞裔的麵包師傅說。

「可是如果熊貓人麵包是真的偷了，或模仿那位老師傅的麵包作法，這點是沒有問題的嗎？」蘇于晏問。那位亞裔的麵包師傅說：「是不道德沒錯，但這沒有問題，因為有許多當紅的人或東西最初也是從抄襲和模仿開始。我可以理解你說的那個叫什麼熊貓人麵包店麵包師的心機，這點見仁見智。」

「現在麵包師傅說自己是純粹做麵包，其實都是自欺欺人。」又一位麵包師傅發言，說：「誰不想紅？甚至也都有想過自己的麵包大賣或是更有名。但小朋友你還年輕，見識還太淺薄，想要越界或走險的人多的是，你今後還會看到更多。」

在倫開的時間結束後，蘇于晏接到艾可傳來簡訊，她順利晉級到節目前50名，現在只要通過最後一輪考核，她就可以以前20名的參賽者身份出現在電視和網路直播上。到時候才正是挑戰的開始。

雖然蘇于晏不是很懂音樂，但他完全相信艾可可以晉級。

在艾可回台後沒隔幾天，他臨時起意想聽看看艾可自彈自唱，艾可雖然一開始說不要，感覺在認識的人面前、這種私下的場合唱歌有點害躁，但是拗不過蘇于晏的要求，她還是小小的唱了一段，艾可的歌聲讓蘇于晏這門外漢也很驚艷，沒想過自己的青梅竹馬有這般好歌喉。

今天依舊是一個毫無情報收穫的一天。

蘇于晏嘆氣，雖然艾可晉級的消息、與各個烹飪前輩聊天愉快、自己頻道成長都是好事。但自己被安排進來，似乎只是為了調查熊貓人麵包與中國食品添加劑公司之間的秘密交易而來。別說是獲得消息了，現在連什麼人會有這些情報他都不知道。

這天晚上蘇于晏猛然從睡夢中驚醒，看著手機時間還在凌晨時分，他鬆了口氣又躺回床上，看著天花板。他做了一個惡夢，夢裡他無法完成這次的任務，芸樺對他露出失望的表情說：「我以為你會跟其他人不一樣，看來是我誤會了。」

芸樺的經紀人陳妥興把他整個人抓起來，並且要他賠償毀約的天價數字，他說他沒有錢可以賠，最後聽到陳妥興對他說：「那只好把你身上的器官賣掉，好賠償我們的損失。」

夢到這邊他就被嚇醒了，幾分鐘後，蘇于晏冷靜下來仔細思索，就算自己真的任務失敗，他們應該也不至於要自己賣身體。壓力太大做了怪夢，蘇于晏起身走到外面共用區找水喝，邊走邊滑手機，滑到一封奇怪的信。

信的標題寫著：這邊有你要找的東西，蘇于晏先生。

「廣告信嗎？」蘇于晏想，但是寄件者好像不是什麼品牌，也不在垃圾信箱中。

真讓人好奇，蘇于晏點開了信，讀了內容……

隔天一早，雖然這天蘇于晏提早到達工作的地方，，但現場已經有不少工作人員開始準備節目的舞台、燈光，一群人忙進忙出，搬運的貨車、設置舞台的工班和許多工作人員都在準備演出的架設。甚至連一些直播連線車也都在旁準備。可以說是蘇于晏沒見過的大陣仗，彷彿置身在一個大樓崛起的施工現場。

「終於決定好要表演的小丑了，馬戲團帳篷也要架設好了，可以開始表演怪誕秀了。啊呵，一大早就這樣吵還真不嫌麻煩，你說對不對？」

太專注看這些工班作業，蘇于晏沒有注意到自己身旁多站了一個人。那人襯衫沒塞好，西裝外套也有點皺，一頭亂髮，西裝褲還和上身不成一套，這樣一個人對蘇于晏搭話，臉上還露出中年大叔友好的笑臉說：「我還以為會是有些工作經驗的人，沒想到是個挺年輕的小朋友。」

「那個……你是誰？」蘇于晏看著這打量自己的中年大叔，心裡感覺有點怪。

「你應該有收到我寄給你的電子郵件。」中年大叔說：「你出現在這裡就表示，你應該也同意我信上的交易吧？這點我很高興，蘇于晏先生。」

「所以你是那寄信的人？」蘇于晏看著眼前的中年男子。

那男人打了呵欠，很明顯沒睡飽，對著蘇于晏說：「這解釋起來有點麻煩，但是寄信給你的人是我的下屬小偉，他臨時跟我說你有回信給他，要我親自過來見你，確實，提出交易的是我，親自來也比較有誠意一些。」

有誠意？看著這人的穿著。蘇于晏有點好奇他的講法。

「你可以叫我義哥，很多人都是這樣叫我的。」義哥看了看蘇于晏，露出笑容。

那個笑容讓蘇于晏很熟悉，簡直跟芸樺想要他做事情時的笑容一模一樣。

「我這個人啊，除了工作面對那些大老闆外，很懶得對一般人說話繞來繞去的。我就開門見山的講吧。我知道你在替那位叫芸樺的直播主辦事，而你們也在追查熊貓人麵包店的事情。」義哥邊說邊點起菸，還拿了一根給于晏，但于晏搖了搖頭，表示自己不抽煙。

義哥邊抽菸繼續說：「很不巧，公司最近把這案子丟給我，所以我們這邊如果繼續讓你們追查下去，兩邊都會搞得很難看。所以我有個想法，不如我給你你想要東西，你跟我談談這個叫芸樺的是個怎樣的女人。」

「那、那個我……」

「先說她的罩杯我已經知道了。」

「什麼？」義哥沒來由的這句話讓蘇于晏一臉疑問。

「總之，你領錢做事，我也只是來工作而已，既然如此，就別為難彼此了吧。把工作做好，交差了事，不傷害彼此。只是小小的一點輿論就可以變成網路八卦，這樣的交易還不錯吧？畢竟你會來……」

「不就表示，你目前還沒有找到什麼有用的情報回去報告？對不對？蘇于晏小弟弟。我如果站在你的角度也是很為難，但同時我這邊也很麻煩，這樣下去兩邊都沒有利益。」義哥說的每一句話似乎都直撲蘇于晏的想法。

的確目前已經待了一些時間，但是蘇于晏什麼都沒有發現。

就這麼巧，這位叫義哥的人出現在他面前，還提出解決方案。

怎麼說呢，如果他是熊貓人麵包店的人，從最一開始提供這些資料給芸樺，陪她一路摸索、調查、推論出更多事件，能一路走到現在，進一步找出這條線種種關係的推手，好像是……他自己？

蘇于晏吞了口水。也就是說，這位叫義哥的人，以為自己只是芸樺下面的工作人員，但殊不知，整起事件他才是將熊貓人推上輿論的那個人，自己還因為一些原因捲入到其中，變成共謀者。

這個義哥雖然一臉笑笑，但蘇于晏完全不覺得他很友善，甚至他心裡有一種想法，打從看到信，接著現在見到這個人，突然有種自己被發現才是一切事件的開端，這恐怕不是情報交易這麼簡單而已。

「如何，你考慮得怎樣？」義哥問，此時，蘇于晏腦袋完全陷入在思索各種自己會不會完蛋的事情上。現在他才認知到什麼叫作「上了賊船」。難怪那時候身為小編的巧閔會用那種挖苦的語氣對他說話，看來自己也不是捲入其中的第一人。然而自己卻是遲鈍到等麻煩找上來了，才看清楚知道到底出了什麼事。

「你該不會需要晚一點才能回覆我吧？我可沒要求什麼大情報，只是要你談談芸樺這個人，例如她平常工作對你怎麼樣、有沒有壓榨你或是平常喜歡做什麼？聊什麼？就這些小事。」義哥邊說邊搔搔自己的臉。

「那、那個我只知道她很喜歡我做的麵包。」蘇于晏說。

「恩恩，還有呢？」義哥見蘇于晏終於開口，顯得比剛剛開心很多。

「還有她以前會在我的影片下方留言，說我做的麵包看起來很好吃。」蘇于晏又說。

「還有呢，我想聽到麵包以外的事。」義哥說，想從蘇于晏口中挖掘出更多事情。

「她那時候常留言的帳號叫做Swen。」蘇于晏說，並且著急的想走掉，表示他得去工作了，不然上班會遲到。

「Swen？」義哥聽到這個帳號名有點疑惑，見蘇于晏想要離開又叫住他，問：「你確定帳號是這個名字？」蘇于晏點了頭想趕緊離開，沒想到義哥卻拉住他笑說：「別那麼急啊，我又不會對你怎樣，畢竟你看我這人這樣也不是什麼當壞人的料，我說過只是讓互相都好工作而已。」

「既然你提供了一些事情，我也給你要的情報如何？」義哥說，蘇于晏這才想起來，他們好像是要互換情報，但此刻他急著想脫身，實在沒有多餘的心力管這個。這時這位叫義哥的人還是說了，他問蘇于晏是不是喜歡烘培。

「恩。」蘇于晏點頭，不懂義哥為什麼要問這個。

義哥說：「如果你能做出熊貓人的招牌麵包，也許就會有人感興趣。」

「恩？」蘇于晏聽到這句話突然眼睛一亮。

對啊，他怎麼沒想到。如果找不到機會，也不確定哪一個人才是自己的目標，那麼自己可以製造機會接觸這人，這麼簡單的事情他竟然之前完全沒有想到。

「謝、謝謝。」蘇于晏說，人快步的離開。

義哥看蘇于晏人走掉，直到看不見人影後，才收起笑臉打了個呵欠。該死，自己起了個大早，卻沒有太多收穫，但是知道這個網路帳號名後倒是可以調查看看，也許會有意想不到的地方。義哥拿起手機撥通電話說：「小偉，你可以出來了。」

偽裝在工作人員裡頭完全無違和感的小偉，收起電腦走了過來。原本義哥打算如果自己無法套出話，就換小偉以不同的方式旁敲側擊，不過，看來這人還需要一些時間琢磨，可能芸樺也沒透露太多情報給他知道。

「如果是剛剛的帳號，我覺得這情報可用處不大。義哥。」小偉說。

「我知道，但還是可以查一下這個帳號是不是跟芸樺有關係。現在呢，我得先釋出一些餌等待小魚來吃，接著讓小魚幫我釣大魚。」

各種情報都可以，知道的越多，公關可以發揮的場域就更廣。義哥完全不擔心情報少，因為比起情報更有趣的是，若要對付芸樺這種什麼都不說的人，最好是要先讓周圍的人對她產生懷疑。而他有預感，這個叫蘇于晏剛出社會的小朋友，會上鉤。

「蘇，你今天很心不在焉。」

「啊？喔喔。」

法國甜點師突然跟他搭話，讓原本恍神的蘇于晏回神，話說，沒想到這個外國人連一些艱深的中文都會，讓蘇于晏有點意外，但是早上的事情卻讓于晏今天一整天失誤頻出。還好這些老手都不算太苛刻，只是出錯還是難免會被較急躁的人碎嘴幾句。

早上時雖然有隨口丟出一些事情好讓自己脫身，但感覺那位義哥不會隨便就此罷休。那人的確給了一個很好的建議，但是要重現熊貓人的麵包似乎也不是那麼容易。至少在這群經驗都比他豐富的烘焙師裡，蘇于晏沒有決定權。

為了轉換心情，讓自己不要再出錯，蘇于晏打算搬廢棄品到錄影大樓外的垃圾場，戴起手套、推著裝垃圾的板車，將垃圾運送過去，迎面而來的是穿著時尚的幾名男女，看起來應該是節目的參賽者，他們邊走邊聊，從蘇于晏身邊走過。

「你聽說了嗎？那個從國外回來的。」

「聽說她可能已經是內定會進前十的人。」

「真的假的，很不要臉耶。不會是有靠山吧？」

「誰知道，就說這種選秀節目容易造假。」

蘇于晏聽到一群男女正在說著內定的八卦。好像只要有這樣的選秀節目，就一定會伴隨著內定的假說，像是某個中國轉身選秀節目被人爆料，如果想要被評審轉身選中要多少價位，還有女歌手不服抗議主辦單位的影片在網路流出。

雖然蘇于晏不懂比賽，但是如果自己努力大半天，結果一切都只是被人用來旁襯，那麼大概會很失望吧？不知道那個被傳內定的人是不是真的很有實力，話說回來，如果知道自己是內定保證晉級人選，還被其他人揭穿，那內定的人又該……

「你不是跟我說你來這邊是做麵包嗎？怎麼跑來當清潔工了？」

蘇于晏思緒被打斷，轉頭就看到喝著鋁箔包裝飲料的艾可跟他打招呼，眼前的艾可雖然服裝還是一樣，但臉上卻被化了妝、做了頭髮，跟平常比起來簡直是判若兩人，讓蘇于晏看傻眼，張口說：「妳還化濃妝喔？」

「白痴，這是化妝師畫的，舞台上燈光比較亮，如果妝不畫濃一點整張臉會全都是白的。我也不想這樣，超不自在的。」艾可說，突然想到什麼又補充一句：「啊，你可別說看到我喝東西，他們那些人怕我們弄壞妝髮，連水都不准我們喝，怕口紅掉色。」

「你們不能吃東西喔。」蘇于晏問，艾可點頭。

「奇怪？我們每天做的那麼多甜點、小麵包是被誰吃掉了？」蘇于晏好奇，他一直以為是做給觀眾和參賽者吃。只看艾可指了指拍攝舞台的二樓，說：「上面那裡可以看到整個會場，有可以清楚看見參賽者的每一個經紀人、電影公司、唱片公司、模特兒、網紅等等，還有各種企業的大老闆、主管，你們的東西大概就是為他們做的吧？畢竟我們能不能晉級都不知道，但是那些投資的大老闆，可比我們參賽者重要多。」

怎麼好像反了？

觀眾來看表演，不是應該要讓參賽者保持在最好的狀態才對嗎？

蘇于晏心裡想，但是面對艾可沒有說出來。

「好了，我得去會場待著，不然等一下被發現我偷溜出來。雖然除了我之外，好像有不少人也這樣。」艾可說，這讓蘇于晏想起剛剛一群參賽者講得八卦……

從國外回來的女人是內定名單。

蘇于晏看了看伸懶腰的艾可……

應該不會是吧。

「艾可！」

「恩？喔喔、這個是……」

要走的艾可被蘇于晏叫住，轉身接住蘇于晏丟給她的東西，是一條花生巧克力，那原本是蘇于晏嘴饞時用來補充能量用的，艾可接到巧克力一臉驚喜的看向蘇于晏，蘇于晏說：「加油，要晉級。」

「恩，謝謝你的巧克力。」艾可說，露出笑容。

蘇于晏看見艾可轉身前的笑臉，對比今早義哥和之前芸樺的笑容，他覺得……

這才是發自內心的笑，自然又讓人覺得舒服。

第十章　冰火菠蘿油

【我們來看評審給的分數，五分、五分、六分、四分、五分。而隨機抽選的一百位觀眾朋友則給了六十八分。很可惜沒有辦法進到前二十強，淘汰。】

筆電螢幕上傳出聲音，比賽期間，艾可跟所有參賽者一樣，必須住在主辦單位指定的飯店裡，製作單位害怕有節外生枝的事，任何進出會面的人都要報備，也須接受節目組安檢部門的檢查，嚴格程度整個誇張到不行。

艾可也無法透露一些節目的細節，所以儘管蘇于晏明知道節目已經進入到每週都會淘汰一人的前十強淘汰賽，但實際上是一個禮拜拍兩場，幾乎都在趕進度。而現在對外播出的節目內容則還在最初的徵選，似乎有意要播映一整個夏季。

原本以為艾可回國後，終於多了一個人可以抱怨工作，但現在似乎連話都不能說。

蘇于晏在熊貓人與菜頭雙方勾結的情報中，依舊沒有下文，反倒之前突然出現的那位義哥，在這之後就沒出現過了。經紀人陳妥興覺得蘇于晏應該要多走險，找到一些有用的資訊，但是相反的，直播主芸樺卻沒有那樣催促他。

「畢竟這也不是能強求的事情。真的不行的話，我會想辦法。」芸樺說，又露出那神秘的微笑。

從上次跟義哥見面後，蘇于晏漸漸對芸樺這個打假、追查真相的直播主有些不一樣的想法，如：她在這麼小的團隊裡到底怎麼獲取情報？對於一些牽扯到社會案件的消息，一般人都怕惹上黑道、角頭，但她似乎不怎麼擔心這些，就好像是有人可以隨時保護她一樣。

蘇于晏看一旁穿著依舊像是黑社會的陳妥興，立刻將目光轉回到芸樺身上。

雖然說陳妥興這個經紀人的確長得很像黑社會份子，但實際上應該不是。那麼為何芸樺卻總是老神在在，像是知道每個新聞的進度和要切入的角度？說起來他一直很想問：「芸樺，你以前做過徵信社嗎？」

「你從哪得到這種有趣的結論。」芸樺聽到蘇于晏的問題之後反問。但轉頭又導入另一個話題：「是說，我聽到這個選秀節目有趣的消息……」

節目有趣的消息？

蘇于晏聽到芸樺說，腦袋就想到那件事。

「聽說這次的選秀節目有內定名單，是某高層在國外相中了一個女生，她在國外駐唱過一段時間，因為聲音獨特讓高層想栽培她，並捧為公司旗下的歌手。這場選秀節目只是為了正當化和找到其他有用的搖錢樹，才特地搞出來的宣傳會。」

芸樺說，然後看著背對她的蘇于晏喊了聲。

「雖然不是我們主要的目標，但如果能挖到這種資料也不錯。畢竟這可比抄襲日本公司的過氣歌手要有話題。蘇于晏你應該也很想知道吧？」

到底是誰走後門？

碰。

「他沒聽到。」陳妥興看見蘇于晏走出辦公室說。
「真是可惜。我原本還想說，如果他找得出來就給他獎勵。」芸樺說
「我也在現場，交給我查也可以。」陳妥興說。
工作室立刻一片死寂。
「你很想要我的獎勵嗎？」芸樺問，陳妥興沒有回話。
感覺許多事情都撞在一起。這天錄影又有一位參賽者被淘汰，正上演依依不捨的戲碼，蘇于晏感覺最近做麵包的次數似乎少了許多。自己從這邊跟烘焙師傅學習的麵包作法也都應用在他新片的題材上，這使他的頻道逐步邁向30萬追蹤。留言數也從十位數字轉變成百位數。
「這個派皮烤得很漂亮。」
「呃……你說真的？」
面對那位在加拿大出版過甜點書的女華裔烘焙師的稱讚，蘇于晏有點懷疑，小心翼翼的問，讓周遭一些人都笑了出來。華裔烘焙師面紅耳赤的說：「做得好，我也是會稱讚人的，不要以為我很難相處好不好。」
「是是是，我們知道妳要求的會比較高。而且老實講，你不是一直很好奇嗎？關於蘇拿到那位米其林烘焙老師傅食譜這件事。」一旁的烘焙師說，加拿大華裔要他不要多嘴。隨即法國烘焙師也插話說：「這點我也很好奇。」
看到一群人都很好奇，究竟蘇于晏從老師傅那邊得到的食譜是什麼？蘇于晏突然覺得這是好機會，跟一直以來主導的加拿大、法國兩位烘焙甜點麵包的廚師說：「我一直很想在這裡試做老師父教我的麵包，那個……我可以試試嗎？」

鼓起勇氣提出意見的蘇于晏，看見眼前兩位有著不同輪廓和髮色的烘焙師聽了他的話，臉色變得嚴肅，然後跟他說他們討論一下，就背對著蘇于晏用英文相互辯論一番。蘇于晏過去英文成績並不差，但是他也無法追上他們兩人說話的速度。只等著最後他們討論完後，那位加拿大華裔女性轉頭比了個一。

「一次。」她說：「雖然是因為好奇，但我們覺得你應該有能力主導一次，做自己想做的麵包。在廚房，有實力的人不用怕沒機會，獲得機會時就得好好把握。」

「時間就明天吧，剛好明天最後一輪的麵包樣式還沒決定。」法國烘焙師笑笑的說，拍拍蘇于晏的背。

一次，唯一的機會。

蘇于晏額頭滑落汗滴，這也是唯一一次，他可以用麵包吸引熊貓人麵包投資人或相關投資者目光的機會。這次不是芸樺的主意，而是蘇于晏接受那位叫義哥的交換意見，結果會如何，他也不清楚。

「喔，真巧又遇到你。下班啦？欸欸欸，不要裝沒看到。」

蘇于晏收拾完廚房，剛關好門，就看見佯裝成巧遇的義哥，蘇于晏想裝成沒看見他，卻被義哥給攔了下來。蘇于晏為難的說：「靠，我什麼都不知道，不要煩我。」

「我不是來跟你要情報的，畢竟我調查了一下，你好像……」

一點用處也沒有。

義哥隨口說出這句話，讓蘇于晏皺起眉頭，就算是實話也不能說的委婉一點嗎？

「但我這邊有很有趣的事情要跟你分享。」義哥說，但蘇于晏感覺這人一看就不是會分享什麼好事，表示沒興趣的要走掉，不管義哥怎麼攔他都置之不理。義哥看到他這樣子也沒怎麼糾纏，只在蘇于晏要走掉時小聲的，用只有蘇于晏聽得見的聲音對他說：

「那帳號是假的。芸樺並不是那帳號本人。」

這話讓蘇于晏停了下來，雖然沒有轉身，但義哥大概可以想到蘇于晏的表情繼續說：「這也是慣用的手法，先調查出對方在乎什麼，再順勢將話繞過去，不管是真話還是假話，都很有用處。很多人都這樣嘴吧說不在乎網路那些留言，但實際上就是往心裡去。蘇于晏……」

你覺得芸樺為什麼要特地騙你，要你加入她？

這中間是不是有什麼你不知道的事？

你不好奇嗎？蘇于晏。

「幹，跟你沒關係！」蘇于晏一句髒話，甩開義哥後人就往機車停車場走去。聽到身後的義哥還補了一句說，那帳號本人的資料我再給你，但蘇于晏完全沒有停下腳步。義哥看到蘇于晏這樣子，收起微笑說：「真是不喜歡演壞人。」

「我以為你很喜歡這種角色，義哥。」小偉說：「但計劃很順利，不是嗎？」

「雖然很對不起這個年輕人。」義哥搔搔頭，嘆氣說：「但是能用則用，這就是工作。畢竟……要不是工作，誰想當壞人。

「我看兩位倒是很樂在其中。」

小偉跟義哥聽到身後的聲音轉頭，經紀人陳妥興嘴叼了根菸出現在他們眼前。走過來時，手中遞了兩根菸給他們，還幫義哥跟小偉點起菸，三人在角落抽起菸來。陳妥興拿下墨鏡，銳利的目光似乎讓他與和善兩個字完全沾不上邊，果不其然，他以下馬威的口氣說：「你們公關公司頻繁騷擾我家的網紅，這樣會讓我很困擾的，義哥。」

「妥興兄，別這麼說嘛。我只是跟你家的新人聊聊天。」義哥笑著說，完全沒有什麼悔意。一旁的小偉也幫腔，故意說：「既然是你的人，怎麼不把真相告訴他？該不會是故意的吧。」

陳妥興聽到嘖了聲，喃喃的說句真麻煩。心裡想，這兩個公關公司的人馬會出現在這裡，想必跟過去公司掛名小編的巧閔脫不了關係，但應該也不單單是這樣。

畢竟這是台灣久違的大型選秀節目，投資方不少，大企業、中小公司齊聚一堂，會雇用這種在國際中有名望的公關顧問公司肯定是再平常不過，這兩人無論是以什麼名義出現在這邊都不讓人意外。驅趕他們，無論是硬的、軟的都會搞到自己有點難看。

「我還沒介紹給你認識，就自己跑去騷擾人。而且這次還是去騷擾男人，你是不是因為沒有女人想理你，所以認為男人就比較容易上鉤啊。」連環的吐槽接在陳妥興後，是三人想都沒想到的巧閔。

巧閔走過來，瞄了一眼旁邊的陳妥興，然後對眼前兩位前同事說：「如果要追我們家那位麵包師傅，至少也請人喝杯咖啡吧？義哥。」

「妳臨陣倒戈了，巧閔。」義哥聳聳肩說。

「不用故意說那種話，他不會信的。」巧閔說。

陳妥興呼出口菸：「為自身利益考慮，本身就是再正常不過的事情。」

「學姊，我們也是因為工作之故所以在這裡。」

小偉推了眼鏡說：「可以不要讓我加班嗎？」

「公司加班是家常便飯，還請你多擔待。」巧閔說：「我醜話說在前頭，好歹我也是公司前員工，你們會玩出什麼花樣，我大概都可以猜出來。」

「我的花樣，妳說不定會感到驚艷喔。」小偉表示。

「喔，真讓人期待。」巧閔說，然後拿起手機跟兩人表示：「那可能得先處理好這件事情再來談吧。」

巧閔說完隨即按下影片播放鍵。

【插播最新獨家消息，台灣最大型的選秀節目——群星達人秀，有參賽者踢爆指出，知名宗教人士參與其中，試圖向參賽者傳教，也傳出有收買主辦單位人員和評審進入正選名單的事件，已有多位參賽者出面爆料給自媒體。對於相關消息，主辦方目前還無正面回應……】

新聞畫面中，新聞主播正唸著稿，後面還出現節目的各種串場畫面，整個新聞製作看來相當臨時，使用的畫面也打上翻拍自網路媒體，四個人都很了解電視新聞台使用的畫面出處，是誰的自媒體影片。

「唉，一不注意就鬧事。真是麻煩。」義哥按了按頭頸，果然沒多久手機就傳來震動聲，看來是公司高層的電話，義哥完全沒有猶豫，跟小偉說：「該回去加班了。」轉身人就走。

「妳的傑作？」小偉看了巧閔一眼，但也沒多留下，立馬跟上義哥的腳步。

「被擺了一道。這女人故意放出消息，讓我們分心以方便把人給支開，好調查其他的消息，真是一刻都不能大意。」義哥邊走邊說，呼出最後一口煙氣，隨即將菸頭扔掉。

小偉拿下菸，難得久久抽一次菸就出事，果然不該抽的。他對義哥說：「我沒有想過，巧閔前輩會來這招。」

「巧閔？不不不，你搞錯人了。我說的女人是……」義哥開口說出那名字。

好像變天了，晚上先是下起毛毛雨，突然不到幾秒鐘整座城市就被傾盆大雨淹沒，難以看見四周。芸樺從工作室大樓門口出來，就看見撐著傘在雨中等他的蘇于晏，大雨中，雨傘和屋簷被打的噠噠作響，像是聽不到其他聲音。

蘇于晏和芸樺兩人就在雨中和屋簷下對望。

芸樺看了蘇于晏，看見他的眼神還有按捺著心事不發一語的表情，知道肯定有事情發生了。

「今天我們應該沒有會議。」芸樺看著他，撐起自己的傘走向蘇于晏。

「我有事想問妳。」蘇于晏對著朝自己走來的芸樺說。

「也好，我也有事要找你。」芸樺說。

兩人撐著一黑一白的傘在大雨中，一台黃色的計程車緩緩駛過，在兩人身旁停了下來，空車的燈牌滅掉後繼續在雨中行駛，上了高架橋墩。

「這個爆料基本上是空穴來風吧？」陳妥興看著外面下的大雨說：「宗教人士介入演藝圈早就不是什麼新聞了，尤其是新興宗教就更需要一些名人的背書。這種公開場合，宣教也是個人自由。」

「是自由但公開出來不好看。」同樣看著這雷陣雨的巧閔說：「畢竟現在的人也不好騙，比起說服這些新人歌手、藝人加入自己的宗教，還不如扶持自己的人馬進入演藝圈，你不覺得這更方便一些嗎？而且也沒人說必定是信徒，只要利益一致不就行了？」

「感謝神。」陳妥興戲謔的學著某個宗教的祈禱動作。

「先說，這可不是我的主意。」巧閔說，滑著手機。

「你信不信，我沒差。但畢竟都是同一條船上的人，我的目的、你的目的或是芸樺的打算，大家都不明著說，但彼此都猜想得到。」巧閔說：「唯一不知道的，就只有誤上賊船的他，你不覺得不太公平嗎？」

「真怪，妳竟然會要求公平。」陳妥興轉頭看了一眼巧閔。

「很奇怪嗎？如果船上的人沒有公平的拿槳，說不定到時候翻船……」巧閔說：「他會是唯一的救命人也說不定？」

「看來大雨是暫時不會停了。」陳妥興手指上的菸剩下半截，他不打算等雨停，正準備淋雨走人，在進入大雨前，他轉頭對巧閔說：「妳要走的話，我可以送你到最近的車站。」

「不用，我還想在這待一下。」巧閔說。

看著陳妥興快步的走入雨中，不到幾秒背影就被大雨淹沒。巧閔喃喃說：「終於沒有煙味，臭死了。」手抹了抹鼻子。

「沒想到你也會帶女生回自己的住處。」一進到熟悉的地方，芸樺說。

蘇于晏和芸樺一起搭上計程車，一路上兩人沒有對話的返回到蘇于晏租屋處。空蕩的房間、交誼區，依舊沒有新租客。外頭的大雨讓房間變得昏暗，蘇于晏開了燈，又回到像是兩人初次在房間裡的場景。

「我有很多問題。」蘇于晏說：「關於在我頻道留言，那帳號的事情……」

「是假的。那帳號不是我。」芸樺直接承認，坐下沙發翹起腿繼續說：「畢竟當時我需要可以說服你的理由，那帳號是少數會稱讚你，且沒有留下不良紀錄，剛好使用者也是不明的帳號。當作用來說服你的身份，還蠻剛好的。其實我想你早晚會發現這帳號不是我，不過比我預期的還要早。」

「喔。」蘇于晏只回答一個字。

蘇于晏異常的淡定，這出乎芸樺意料之外，本來以為他會像往常一樣，露出驚訝的表情讓自己主導事情的發展，但今天卻有些不同。看來還有其他的事情以及很多問題。芸樺決定換個方式說：「我這邊有關於熊貓人麵包新的進展……」

「熊貓人背後的公關公司，還有這次節目的公關公司，之前菜頭接觸的職棒公關公司，背後都是同一家，對吧。」

這是第一次蘇于晏打斷芸樺，芸樺停頓了一下。看著蘇于晏，接續著說：「看來這些日子你自行做了些調查。這是我們合作過程中好的開始。沒錯，這三家背後確實都是由同一間公關顧問公司操刀，但不同公司跟職業公關合作也不是什麼大事。」

「我知道不是什麼大事。但我其實很常看你的頻道。」

蘇于晏說，但說出這句話的同時芸樺不懂他是什麼意思，蘇于晏繼續說：「雖然我不會去留言，但從開播到現在，妳頻道的所有節目我全部都有看，而且很多都還記得。」

「真不錯，我都不知道你還是我的粉絲。」芸樺笑道，然後問：「所以你想說什麼？」

「就因為我全都看過，所以發現了一件奇怪的現象……」蘇于晏看著芸樺，將他記得的各種她講解過的弊案、時事、爆料都一一說了出來。聽到蘇于晏這些例子，芸樺似乎逐漸知曉蘇于晏發現了什麼。

「這些爆料都和這個公關顧問公司有所關係。如果是這樣的話，雖然這只是我聯想到的，但我想直接當面問妳，芸樺，妳所爆料的這些資料來源……」

該不會都是這公關公司內部人提供？

當蘇于晏問出這句話時，芸樺意外的對他微笑了一下。

這笑容不是過去那別有含意的笑，而是另一種相當冰冷，頗有距離感的笑臉。

「真不錯，是你自己推斷到這一步的嗎？」芸樺問。蘇于晏單純的點點頭，對芸樺說：「我想問你，不管是熊貓人麵包還是其他事，都不是妳真正想關心的對吧？妳真正關心的是關於這間公關顧問公司，或是……」

「關於這間公司的什麼人？」蘇于晏說。

這句話稍稍讓芸樺眉頭皺了一下，但並沒有讓蘇于晏差覺。芸樺很快的調整好情緒，不願讓蘇于晏看見自己稍稍動搖的心境，芸樺順勢接話說：「因為這涉及到我直播和頻道的機密，所以沒辦法跟你說明白。但畢竟我也不是隨便就跟你簽約，大家都在站同一條船上，等事情結束後我再告訴你答案。」

「難道不是因為在同一條船上，所以更應該要先告訴我嗎？」蘇于晏不解。

「最近有人表示，群星達人秀內有官方內定的冠軍。」

芸樺的話讓原本想追問的蘇于晏止住嘴，他吃驚的看著芸樺。芸樺從表情、動作、說話態度，慢慢的將被蘇于晏搶去話語權給一點一點的收回自己身上，慢慢的觀察蘇于晏的表情和現在說話的口氣，她把話接下去，繼續將這話題延續：「熊貓人麵包店似乎也知情這件事，這次的冠軍很可能會成為他們官方代言人，當然我覺得不一定只是我想的這樣，也許主辦方有別的打算也說不一定。」

說著芸樺將資料放在公寓的桌上說：「這些是我得到的資料，既然都把你弄進去了，也許你可以找到更多我不知道的事。」

說完芸樺起身，蘇于晏以為她要離開就趕緊快步走了過來，沒想到，一等他走過去，芸樺便將他拉近說：「有些事情不是不能說，而是說了以後就回不去。」隨後便將蘇于晏推倒在沙發上，不管外頭雨還在下，她人就這樣離開了。

整間公寓只剩下蘇于晏一人，起身後他先是煩躁的抓了抓頭，走到廚房擺出他的工具，試圖用做麵包讓自己冷靜下來，但是絲毫沒有作用，只是浪費食材做出個不像樣的東西。做麵包可以反映出製作者當下的情緒，而現在蘇于晏心裡一團亂，感覺自己好像被人到處牽著鼻子走，完全無法知曉事情的原貌和脈絡。

他情緒低落的把失敗的麵包晾在一旁，看著剛剛芸樺留下的資料袋，蘇于晏把裡面的資料抽出。資料上寫著，群星達人秀節目從籌備初期，就到世界各地物色一些表演者、歌手、在公開場合或網路平台小有名氣要起步的對象。

中國、馬拉西亞、新加坡、韓國、日本、台灣……

「艾可……」蘇于晏看見其中一張資料上，印有著童年玩伴艾可的名字。

會出現在這裡就表示，艾可有可能也是內定的對象名單之一。

假如艾可真的是內定對象，那麼她是知情還是不知情呢？

從麵包開始牽扯出的一系列事件，這些都遠遠超過蘇于晏所能想像到的範圍。不管是直接找上自己的公關公司、熊貓人麵包店事件、還是自媒體的芸樺跟她的團隊，還有回國比賽的艾可。這已經不是要不要繼續找尋真相的問題，而是更多更複雜的人事物全都交織在一塊。

「我該怎麼做？」蘇于晏喃喃自語，卻全然想不透。

他突然走回麵包台上，重新做起麵包，什麼都沒想的他，整個製作麵包的流程意外順暢，完成後，他將這塊成功的麵包擺在剛剛失敗的麵包旁，像是正反兩種教材。在同一個狀況裡，大好大壞，令人捉摸不定。

蘇于晏吃下今天最失敗和最成功的麵包，在這烘培香氣瀰漫的房間內，他開啟了電腦，看著那一疊牛皮紙袋內的資料。突然間開始敲打著鍵盤，他腦袋只有一個想法：他想知道更多資訊。

即便是被動的、被人灌輸，或是全然搞錯方向都沒差。

他，蘇于晏會找到屬於他，並且能說服自己的結論，關於他、芸樺還是艾可。

第十一章　吐司有料無料？

舞台上每個表演者都表演完畢，今天將決定前八強名單。每位表演者都在休息室等待結果。艾可也是，她緊張的搓著手，明明是節目休息時間卻還是緊盯著休息室的電視。其他人雖然沒有像艾可這樣緊盯電視，但艾可還是可以明顯感受到四周瀰漫著緊張的氛圍，所謂的比賽就是這麼一回事。

「今天表現的不太好。」喃喃自語說著自己今天表現不佳的表演舞者。

「感覺在她後面上場很不利……」鋼琴手表示，自己純音樂伴奏比起歌手來說，在大眾面前較為不吃香。

其他像是民俗雜技表演者、饒舌歌手、脫口秀演員等，所謂的達人秀比賽並不像其他單一選秀節目一樣，除了要抓住現場觀眾和評審的心之外，現在他們的表演都會被放到網路和電視上實況投票，可以馬上就看出自己表演的吸睛度。

所謂的明星，有時候不是單單只靠表演的難度而已，而是氣場、一舉一動、笑容與抽象的觀眾緣，透過這些獲取大眾的心。艾可不知道自己是否能取悅廣大的台灣觀眾，畢竟過往在台灣比賽時都是不好的收場，好不容易在國外酒吧、餐廳的駐唱能有些起色和粉絲，自己卻又下定決定回來台灣的舞台。心裡還是十分緊張。

以唱經典英文老歌一路過關斬將的艾可，收穫不少聽歌的粉絲，自己的粉絲團人數也越來越高，雖然節目是將自己打造成從國外歸國的實力派歌手這個人設，但很顯然跟另一個同樣是歸國的女子，兩人的人物設定相當類似，幾乎重疊。

「準備要上台了。」工作人員來休息室跟每個表演者說，要大家到後台做準備。

「不好意思。」另一個女孩不小心撞到艾可，對她禮貌的笑了下，出聲道歉。

「沒關係。」艾可也禮貌的回覆，這個女孩就是同樣是從國外歸國的女子歌手，陳玲雪。

與艾可不同的是，陳玲雪有著一眼就看得出來是混血兒的外貌，說話也帶有外國腔調與口音。整個人的氣質就像是好人家出生的大小姐，並且也跟艾可一樣是自彈自唱。打扮中性的艾可和明顯長裙打扮的陳玲雪，顯然成了異卵雙胞。只是比起艾可只唱經典老歌，陳玲雪演唱的幾乎都是自己填寫的詞曲，每首都近乎職業水準。

比賽結束，又淘汰了兩人，陳玲雪和艾可順利進入前八強行列。

我進到八強了！艾可正好趁著下節目才有的用手機時間傳訊息。看了一下手機的時間，想起這時候說不定同在節目中工作的蘇于晏還在現場，於是繞過去廚房看看他。由於比賽會場是租借五星級飯店，所以有使用到飯店的廚房，來到廚房裡節目使用的場域，艾可卻沒看見蘇于晏的身影。而這偷偷摸摸的模樣，立刻被人給發現。

「嘿！妳是哪位？」一個人用英文在艾可身後問道。

艾可嚇一跳，轉頭發現是個棕色頭髮的外國人，穿著廚師服看起來像是廚房人員，外國廚師用中文說：「這邊不是閒雜人等可以進來的地方。」

「你會說中文？」艾可說，然後就看到這位外國廚師被身後一位女廚師拍了一下說：「她不是閒雜人等，是這次比賽的參賽者。我記得妳叫……艾可？」

「對、對，不好意思。我只是想來找人，你們知道一個在這裡做麵包的烘培師嗎？他是我朋友，雖然人看起來有點呆，但是做起麵包很認真的……」

「人看起來有點呆？」女廚師說，跟外國的廚師互看一眼，兩人問：「你是要找蘇嗎？」

「蘇？」

「他今天被一位工作人員給帶走，說是上面有人要找他。」外國廚師說，指了一個空空的位子，在位子上還放著今天烤好的麵包。那外國廚師拿起麵包笑笑地遞給艾可說：「這是他今天負責的麵包，說實在，很讓人意外。」

「恩，我原本以為只是普通的桂圓麵包，沒想到從麵包的口感到果肉的運用，都是很厲害的水準，以一個沒受過訓練、自學的麵包手來說，很讓人吃驚。」女廚師說，聽到這番話。艾可確定這兩人口中的蘇，的確是蘇于晏沒錯。

她吃了一口麵包，立刻讓她回想到自己跟蘇于晏在國外打工渡假時，于晏一直嘗試要做的就是是那熊貓人招牌麵包……不對，這麵包並沒有熊貓人那種滿溢出來的桂圓味，只是淡淡的桂圓香。不一樣，這不是熊貓人的桂圓麵包，這個桂圓麵包是她青梅竹馬蘇于晏自己做的桂圓麵包。

「他從小到大都一直很喜歡烘培這件事。」艾可說。

兩位麵包師傅點頭，一個麵包師是真心喜歡還是職業所驅使，做了好幾年廚房工作的他們看得出，那位外國人麵包師問艾可：「妳要等他嗎？他可能不會回廚房了。但我會跟他說妳來過，請問妳是……」

「不、不用謝謝，我下次再來。」艾可說，然後快步地走出廚房。

她想起之前蘇于晏跟他說過熊貓人麵包店還原招牌麵包的事。

該不會，蘇于晏是因為這件事情所以……

「中午，這麵包是你做的？」

如果說，運氣也是實力的一部分的話，蘇于晏不知道現在的狀況對自己來說算是好運還是歹運？自己做了與熊貓人麵包店招牌麵包近乎一樣的口味，但不同的是，蘇于晏並未使用桂圓風味的添加劑，而是扎實的處理桂圓，用糖與酒釀漬而成，自己的桂圓麵包雖然沒有濃郁的口感，卻有著水果釀出來的香氣與和諧的口感。

麵包的作法來自於米其林的老師傅，發想來自於熊貓人麵包店，而做出麵包來的卻是蘇于晏自己。這是經歷過無數的模仿、失敗堆疊，蘇于晏最後完成的傑作。

「我本身也是麵包師傅，但同樣也經營多家麵包店。」

蘇于晏看著眼前這穿著西裝的中年人，本人比起電視新聞上看到的更有威嚴。熊貓人麵包店的創辦人同時也是號稱在國外得獎無數的台灣之光麵包師傅，傅亞鍗先生。

照原本的計畫，蘇于晏其實只是想吸引熊貓人麵包的注意力，但是沒有想到，今天吃他麵包的人卻是傅亞鍗本人，一旁還有幾位同樣穿著西裝的中、老人，其中一位就是那牽扯職棒假球案的主謀，菜頭。

「我想，到了這種程度應該就不能用意外來說明。」菜頭的發言帶有一種中國北方腔調，撇了一眼蘇于晏，又轉頭跟其他人說：「說不定還算準我們來的時間，特別來踢館的。」

雖然自己確實有故意的成分在沒錯。但是……

蘇于晏可沒想到，這些相關人士會一次全員到齊。

「我平常很少出現在這種場合，但畢竟這次我們也有跟節目合作推出麵包。」這時熊貓人麵包店的傅亞鍗說話：「雖然我不知道你是怎麼做到的，但很顯然蘇……蘇于晏先生，你是刻意模仿我麵包店的麵包，故意抄襲找碴，往後你如果還是繼續這樣搞，會讓我很為難。」

「我聽國外的烘培師說，就算是很像的麵包，其實也不構成抄襲。」

蘇于晏開口說，這下房間的所有人都看向他，安靜到沒有一點聲響，面對一大群西裝筆挺的人，穿著廚房工作服的蘇于晏顯得有些恐懼，但他還是硬著頭皮把自己要說的話說完：「之前網路有在討論，說熊貓人麵包店不是也參考了米其林師傅的麵包，那個麵包師傅也有出來說明。如果熊貓人麵包店可以這樣做，而我這樣做不行的話……」

這是不是有點雙標？

蘇于晏說完，全場又是一陣鴉雀無聲。蘇于晏看了一下那個叫菜頭的人的眼神，顯然他很不爽蘇于晏剛剛說的話，而熊貓人麵包店的傅亞銻臉色也沒好看到哪裡，他們內心清楚知道，蘇于晏似乎不是他們隨隨便便用三言兩語，就可以輕鬆打發的一般烘培師。

「對長輩說話態度要放尊重一點，小朋友。人都長這麼大了，不需要我教你怎麼講話吧。」那個叫菜頭的人緊盯著蘇于晏說，看起來就像是礙於場合才不能對蘇于晏動手一樣，同時他的手指也不停地搓著。

「只是個年輕人而已，話不用說那麼重。」

傅亞銻說，像是在制止菜頭那威脅的言論。反而是換個柔和的方式對蘇于晏講：「我就這樣問吧，你會做出和熊貓人麵包店同樣的東西，是不是背後有人指使？像是其他麵包店，或什麼人刻意這麼做，想利用這波風向大賺一筆流量。最近自媒體似乎很喜歡針對我們這種店家進行爆料，好衝自己的人氣，不如……」

「跟我們合作，你覺得怎樣？」傅亞銻說。

「欸？合作？」蘇于晏聽到傅亞銻的話，有些意外。

「你們這些年輕人要嘛不就是想紅、想出名，或是用各種手段搏眼球。什麼爆料、驚呆了、業界秘密，這種行銷手法我見多了。我是不知道你想怎麼搞，但我全台有這麼多間店，每家店的員工都有他們的家庭和生活。如果我熊貓人麵包店真的被你們這些人搞倒，請你搞清楚，這背後可是無數個要面臨失業的家庭。」

「這應該不是你想見到的吧？」

這種講話方式怎麼特別熟悉？蘇于晏聽到熊貓人麵包店創辦人傅亞銻的說法，還有那種口氣，就像是他最近才被人給搞得腦袋混亂的這種話術。整段話像是，老早就想好要怎麼對付像他這樣的人所設計出來的應對模式。

「我先猜，你可能在做自媒體的工作，但是我知道那種工作很不穩定。我也是為人父母的人，當然希望自己的孩子有個穩定工作。所以你來我的分店當副店長，薪資、年終都是比照主管級別，我想這種待遇應該是烘培業界少有。」

傅亞銻說著，並配合著手勢，與其說像是跟蘇于晏表示友好，不如說是讓蘇于晏只能選擇這個答案。一旁的其他人也都應和，那位叫菜頭的更是哼的一聲表示蘇于晏賺到了。局勢似乎一面往熊貓人麵包店那邊倒，而似乎也對蘇于晏沒有損失。

但……

蘇于晏就是覺得怪怪的。

這時蘇于晏漸漸回想起來，想起了此刻眼前這位連鎖麵包店創辦者傅亞銻說起話來像誰。這種語帶威脅、夾雜情勒、時軟時硬的口氣，像極那個叫「義哥」的公關公司顧問。在傅亞銻身上，蘇于晏彷彿看見那位義哥說服他的影子。

如果是這樣的話，現在被風向帶著跑的自己。

該如何逆風？

「我可以問個問題嗎？」蘇于晏開口。

傅亞銻和房間的眾人轉頭看向他，蘇于晏面對眾人的目光，想著自己現在該怎麼回應才好。不知為何，他現在腦袋裡想到的全是芸樺的身影，那不管什麼時候都保持優雅，然後緩緩說出可以搞亂對方思緒的話。

只要一句話，就可以將狀況逆轉。

啪噠！

盤子沒拿好摔在地上碎成好幾片，芸樺不小心手滑，似乎還刮到自己的手指，一點血從傷口滑落。芸樺將手指放入口中含住，另一隻手將微波爐打開。麵包的香氣撲鼻而來，意外的是，一個熱的金黃酥脆的麵包，這次竟然沒有失敗？這讓芸樺倍感意外，這還是第一次自己熱食物沒有弄得一團糟。

「總算不是生活白癡，這也是一種進步吧？」芸樺自言自語，吃了口麵包。

熊貓人麵包店只是其中一環，芸樺要的是那背後，更大的那條線。

雖然對不起那做麵包的小直播主蘇于晏，但本來要挖到更大的內幕就該能用則用，當有所犧牲時，就得在必要的時候放手。

「如果我當店長可以不使用食品添加劑嗎？」

蘇于晏壓抑住內心的緊張說出這句話。而這時在場熊貓人中的其中一位，突然臉色不對。蘇于晏看了過去，不知道是不是為了掩飾些什麼，那叫菜頭的人用相當嚴肅的聲音說：「小子，我操，你是真的來亂的是不是？」

菜頭整個人就像是被說中事情，急著撇清狗急跳牆的模樣。

傅亞銻舉起手要菜頭不要說話，擺出看似從容的態度說：「你應該知道，我們熊貓人麵包店標榜的是純天然麵包，不可能使用食品添加劑。」

「不，你們有用。」

聽到話的蘇于晏完全沒有一絲遲疑，直接否定沒有用添加劑的說法。傅亞銻那眼睛正直盯盯的看著他，其他跟熊貓人麵包店相關的人士也都浮現出坐立難安的感覺。此刻，蘇于晏不管自己說的是對是錯，他有自己的底牌，現在此刻他隨時可以亮出來。

這時蘇于晏才發現如今自己與這些人的情境，就像之前他跟芸樺兩人之間的情境一樣，芸樺會怎麼說、會怎麼做，蘇于晏似乎感受到這一步步正引導到自己可以掌握的節奏。

在第一步：讓人驚訝，下一步：讓人自亂陣腳，再來就是……

「我從學生時代就開始嘗試做出你們的麵包，我失敗過無數次，一次次都在想著，怎麼樣才能更貼近熊貓人招牌麵包的味道？直到最後我加入了從中國來的桂圓添加劑，網路上有許多拍攝過關於中國海克思科技的影片，只需要幾滴，就可以讓桂圓味充滿整個麵包。」

這一切都是自己摸索過，才找尋出來的結果，蘇于晏有底氣說，這些話全不是空穴來風，也非子虛烏有。如今，只要有材料他馬上就能複製出來那個招牌麵包的味道，

「再重申一次，熊貓人的麵包是純天然製作。」傅亞銻只是重複。

「純天然麵包不可能有那種味道。」蘇于晏說得肯定。

「我話已經說過，我不想一再重複。」傅亞銻再次重申，但額頭滿是汗。

一旁，一群人竊竊私語，旁邊站著的一些人用對講機，不知道在說著什麼。

蘇于晏環顧全場，深呼吸一口氣，此刻，他站起來對著眼前這些老闆和熊貓人麵包店的合夥人說：「你極力否認的原因，其實並不是純不純天然這件事，而是水更深的事。例如……」

「小朋友，話說過頭就言重了。」

在蘇于晏還沒把自己的懷疑「桂圓風味香料來源可能是非法從中國進口」這句說出來，後面房間的門被打開。一如往常，穿得一身西裝的義哥快步走了進來。蘇于晏看到義哥又露出那熟悉的笑臉，對傅亞銻那群老闆說：「傅老闆還有各位老闆別激動，新鮮人嘛，有話直說，比較不懂人情世故。」

說著說著蘇于晏就感覺有兩隻手重重的擺到自己肩膀上，接著聽見耳邊傳來一個低聲的聲音，嚴肅的跟他說：「小朋友你先道歉，剩下我再解決。現在、立刻不要給我猶豫，馬上說！」

「對不起。」在義哥催促下蘇于晏說出來。

「你看，小朋友只是太衝動一點，接下來讓我處理。不要因為一個麵包師傅弄壞心情嘛。是不是，欸你給我出來！」義哥陪笑的說，轉頭嚴肅的將蘇于晏給拖出房間，快步把門關上輕聲說：「走快點。」

被帶走的蘇于晏，看著義哥，只見義哥滿頭大汗的呼出一句：「你搞什麼東西，你知不知道玩太大就不好辦了。剛剛那裡面有些是中國黑道，說錯話可是會要命的，你懂不懂。」

「我只是講出我知道的。」蘇于晏說。

「那也不需要把底牌都亮出來，這樣可是反而製造把柄在別人的手裡，聽聽老人家的建議。」義哥說，看蘇于晏一臉懷疑，義哥哈哈的拍拍他肩膀說：「放心，這不是工作，只是單純前輩的建議，在這行啊，雖然彼此是敵對關係，但是我也沒有要趕盡殺絕。我可是遵循以和為貴的原則，當然……如果有不錯的情報可以交換，我也很願意。哈哈，開玩笑的。」

「果然。」蘇于晏看著義哥，真不明白這人說話是真誠還是騙局。

「你明知道他們有問題還替他們工作嗎？」蘇于晏說，義哥聽到抓抓頭說：「蘇于晏，不管是黑道或是別的，工作就是工作，有人運氣好，做的工作單純，但也有些不能見人的事情需要有人來做。」

「事情沒有絕對的對或錯，只有你能不能說服所有人，這才是這世界運行的方式。所以……你差不多該把東西交出來了。」義哥微笑的說，伸出手跟蘇于晏討東西，甚至加上一句：「你應該不希望我去搜你身吧？我對搜男人的身體可是一點興趣也沒有。」

早在進入房間前，蘇于晏就有備而來，偷偷在身上藏了針孔。

當然這方式不是蘇于晏的意思，而是幕後那位跟他簽訂合約的人。

「真不錯。」雖然是重新熱過的麵包，吃了一口麵包的芸樺，感覺麵包原本的風味沒有喪失，甚至是這種熱燙的口感讓它更加美味。吃著麵包的芸樺手機突然傳來震動聲，她看了來電人的名字後，微笑的接起電話：「喂，這個計劃很成功。」

蘇于晏把針孔竊聽器交到義哥手上，義哥笑笑的說：「這地方很多角落都有反偷拍跟竊聽器，感謝配合啊，這樣我就不需要把你交給警察。喔，對了，最後再跟你說一句，蘇于晏……」

義哥抬頭，臉過離蘇于晏離很近，一改以往那種假笑，整個人嚴肅的說：「世界上沒有對與錯，只有你選擇站在哪一邊。」說完把針孔跟竊聽器都丟到地上踩爛，拉起蘇于晏的領子說：「你有那種膽跟那些人叫囂，那就稍微動動腦子想，在做事前想一想，大叔我做好人也是因為看不下去有些年輕人太過愚蠢。」

蘇于晏被用力推回去，就看著義哥走開。

在走廊，義哥一離開，轉身就把口袋的竊聽和偷拍針孔拿出來。

剛剛那個踩壞的動作只是一個幌子，這個可是可以作為雙邊把柄的證據，義哥怎麼捨得破壞，當然是留著以防萬一。他走到走廊的盡頭，將東西扔給坐在旁邊休息座椅上的阿偉說：「這東西留著，以後會有用。」

阿偉看了這些竊聽偷拍的小道具，看著義哥說：「義哥你是不是喜歡當反派英雄？像是在電影裡亦正亦邪的那種角色。」

「英雄？哈哈，你動畫看太多了。」義哥笑說：「我只是在做我的工作，讓公司合作的老闆或企業危險下降到最低，但是你知道，往往公司裡最難防的不是外人，而是內鬼。」

「但是內鬼做的像好人，這不也是一種才華？」阿偉說，但義哥笑而不語。

鬧出這種事，這下節目的烘焙組確定是待不下去了，回到麵包台的蘇于晏想。現在，離後續比賽開始前還有一段時間，也還不到備料的尷尬時間點，烘焙區的大家也都不在廚房。蘇于晏看著自己和那跟大夥一起共用做麵包的廚檯，在昏暗的燈光裡，他滑著手機，看著自己的頻道因為各種原因如今也收穫了不少的訂閱，但是這些訂閱裡到底有誰是真的因為麵包才去認識他？還是有別種原因？

而透過外力影響而獲得到的訂閱，這樣的作法是正確的嗎？

自己不太懂。

看到沾滿麵粉的廚檯，蘇于晏想起已經很久沒回去的老家，他的老家在同一個城市，不遠但就是不想回去。說到底，跟其他人一樣，都是和自己家裡有些摩擦，意氣用事離開家，想急著證明什麼。但說起來，蘇于晏老早就覺得自己比起想證明什麼，更多只是賭氣。

拉不下那張臉，這種幼稚的想法才是自己的毛病。

所以才會不管是芸樺也好、義哥也罷，被各種人牽著走。

「我就猜你還會回來這裡。」

「嗯？艾可？」蘇于晏聽到熟悉的聲音，轉頭過去，有幾秒的時間竟然認不出眼前的女生。

此時艾可畫好上台的妝和穿上表演的衣服，整個一改過去那素顏和樸素的妝容。艾可看著蘇于晏說：「我進到八強了，接下來是這次的重頭戲，合作賽，會淘汰兩組人馬，最終賽將有四人會公開直播，將選出一名得到第一屆總冠軍。」

「恭喜。」蘇于晏說，但這語氣，艾可一聽就有事。

「突然這麼沒精神是怎樣，我還以為像你這種笨蛋不會有低潮。」艾可說，但是這話也只是想要緩解氣氛的玩笑話，看見心情全都寫在臉上，自己從小認識到大的蘇于晏這般低潮，她也只能說話緩解一下心情。

「你多久沒回家了？」艾可問。

「這時後問這個，妳很不會看時間耶。」蘇于晏說，露出苦笑。

「你還在氣伯母的事情？氣她在伯父去世後把糕餅店收掉頂給別人做？」艾可說，蘇于晏趴在桌上看著她，露出一個複雜的表情說：「我很早之前就不氣這件事，我知道會這樣做也是逼不得已的，當時的我只是在鬧脾氣。」

「但你還是沒有要回家不是嗎？」艾可說：「我可是都有跟伯母通風報信你的事情，但是我可不要一直做你的傳聲筒。再這樣下去，都快被你媽誤會我們兩個在一起了，我實在不想讓小時候的玩笑話成真。」

「那只有妳家人跟我媽才會當真好不好，別只說我，那妳跟家人說了嗎？」

關於妳性向的事情。

「這種事情對他們那一輩人來說，是很難接受的。」艾可說：「但總有一天，還是會吧，你要回家，而我得說出來自己喜歡女生這件事。」艾可看著蘇于晏，雖然各提各不願意面對的事情，但兩人總是很有默契的在對方不想往下談的對話中停損。

蘇于晏嘆口氣，說：「不說這個，我可能這陣子就要被開除了。」

「咦，這麼突然？」艾可沒想到蘇于晏話題切到工作上，蘇于晏繼續說：「有時後，我就連自己被人賣了都還不知道，如果我可以多花些心思或心機，我當然也想當聰明人。」

「如果有心機，我想那就不是你了。」艾可說。

「我講的這番話，在你聽起來可能不像是在稱讚，但我啊，有時候覺得你這個人只是懶得去思考自己感興趣的事情，但專注下去後，就會是沒日沒夜的不管他人的看法。雖然我不覺得這是好事，但對於我這種創作音樂的人來說，這種直接明瞭的方式，是你的優點也是缺點。畢竟我們都只是普通人，沒辦法兩全其美。」

這一段話，讓蘇于晏聽了整個耳根發紅，不相信這自己親耳聽見，是由認識多年的好友兼青梅竹馬艾可所說出來的話，整個人直盯盯地看著說：「看不出來你會講這種話。」

「什麼啦，我是在關心你耶。算了，總之，一直勇於嘗試即使失敗也會去做的蘇于晏，才是我認識的蘇于晏。好了，我得去參加分組抽籤了，還有，你最近變紅了喔，我有聽到一些人在討論你的麵包頻道，到時候紅了可不要忘記我喔。」

艾可玩笑的說，卻沒看見蘇于晏露出一往打打鬧鬧的笑臉，蘇于晏放下手機對她說：「艾可，我有件事要跟你說……」

「這邊請，她在裡面等你。」經紀人陳妥興把人帶到碰面地點，只見芸樺人就在裡面，穿著正式的服裝說：「從上次之後有一陣子不見了，要不要吃看看這麵包，還挺不錯的。」

「不了，我今天親自過來一趟是要跟妳說，熊貓人麵包那邊的新聞，妳爆到這次就好，剩下的就集中在這次關於選秀會內幕的消息。但這次妳那邊的人有點太過招搖了，給我注意一點。」

芸樺聽到後看了看陳妥興，陳妥興立刻接話：「不好意思那網紅是剛簽約的新人，又只是個做麵包的，所以比較分不清輕重。」

「這是你的問題，說過好幾次了，別把你們的問題變成我的問題。總之我要說的就這些，妳也知道最近董事會派系不穩定，所以別再搞一些有的沒的，給我安份一段時間。」那人說完，連水都不碰起身就要走，陳妥興跟著出門，請大門外臨停的計程車載走那人。

「還是一樣那麼急，說完想說的就要走。」芸樺說。

「但上面都發話了，這下要繼續打熊貓人可能有點不妥。」陳妥興說，但芸樺卻只是微笑的說：「為什麼要停，繼續讓這話題延燒不是挺好的嗎？畢竟挑起問題和爭端就是我們這些自媒體擅長的事。況且讓他去追熊貓人的新聞，不就是為了應對這種狀況，這樣才能繼續下去所有的手段嗎？」

「芸樺，這次弄不好上面可是會有點難看。」陳妥興提醒。

「繼續！最糟的結果我已經想好了。」芸樺說，陳妥興像是想說什麼卻又把話吞回去，點頭說：「那晚一點跟電話那人見面的事會幫妳安排，不過關於蘇于晏……」

「那邊就給你解決吧，蘇于晏到這應該就沒他的事了，操作曝光收穫的那些粉絲，最後就看什麼時間點開始退，然後是時候開始談第二波跟平台方的合作了，畢竟平台的演算持續提高曝光才是重點，創作者頻道就是電視第四台電影頻道上的電影，可有可無，重要的還是平台操作，而不是內容。」

「等到他需要粉絲和流量，就只能不得不再次合作。」芸樺說。

陳妥興聽了不語，只是看著正在敲鍵盤的芸樺，芸樺停下在鍵盤上打字的雙手看他說：「有意見的話就直說。」

「不，我只是思考一下要怎麼做事。」陳妥興說。

「如果那邊爆炸的話，我想蘇于晏應該會派上用場。」芸樺表示。

比賽的收視逐漸上升，可能是配合網路炒作和網紅媒體支援的關係，許多不同類型的頻道直播主都跟風追一波流量，就連遊戲實況主在打遊戲中也多多少少會帶上這話題跟粉絲討論，彩妝頻道分析妝容、時事頻道解說選秀節目的興衰，甚至連財經頻道都跟風表示這檔競賽節目是難得一見，讓台灣電視收視再創高。

「啊呵——」公關顧問公司的義哥打了個大呵欠。阿偉則是吸著提神飲料說：「目前收視率跟操作，每一家投資公司和投資人都還算滿意，只是真意外，這種沒什麼新意的節目竟然會有那麼多人關注。」

「天時地利人和。」打呵欠的義哥說：「有時候什麼都有了就是這樣，說起來最後還是運氣問題，節目紅不紅是運，但參賽者嘛……可就難說了。」

「你、你好。」

「你好。」

這次的抽籤分組，艾可雖然有想過自己這種英文老歌的彈唱歌手，可能會跟較為另類的，例如嘻哈或是舞蹈的人分在一組，增添可看性。但怎麼也沒想到，與自己分在同組的竟然是和自己類型過度重疊的自彈自唱創作歌手，陳玲雪。

同組的選手會被分配在錄影飯店的一個小房間討論創作，艾可跟陳玲雪兩人在這只有自己這一組的小房間裡，以及節目組架設無死角的攝影機前，面對眼前這長年生活在國外的外籍台灣人陳玲雪，這讓艾可有點尷尬的不知要如何開口，也不知如何開始她們的創作。

「這次選秀節目有內定出一個冠軍人選。」

在兩人見面時，蘇于晏這樣對自己說。節目組已經內定了一位從國外歸國的人當作這次的冠軍。聽說這是製作組特別請人去外國找到那個人，跟他談妥比賽資訊後，接著回來安排這次的選秀，準備藉由這次的聲勢，再造一波全民偶像。

雖然不是沒有聽說，艾可想，就像是之前提早被淘汰的選手，有些是已經被經紀公司簽約，所以不符合參賽資格，決定在節目中退場。但這種國外歸國的選手這樣具體的形象，如果不是有人惡意製造指向自己的謠言，不然就真的是另一個歸國的……

「我很喜歡妳唱的那些老歌。」

「謝謝，我也覺得妳每次比賽的原創歌曲很好聽。」

陳玲雪突然開口說話，打斷了艾可的思緒。在比賽中風格較中性卻唱著經典老歌的她，艾可與看起來典雅女孩打扮卻唱著有點批判性原創歌曲的陳玲雪，有著很不一樣的反差感。如果那個內定的歸國歌手不是自己，難道是眼前這位陳玲雪。

艾可想，而陳玲雪這時卻用節目發的筆記本和平板說：「我們要不要討論一下表演的內容？交換一下彼此的意見。」

聽陳玲雪這麼說，艾可眼下雖然覺得陳玲雪有可能是內定人選，但自己還在比賽中，總得先冷靜準備接下來的比賽，好讓自己不被淘汰掉。畢竟現在留下來的人無論是專業度或實力都相當強，而且更私心的講，如果陳玲雪是內定，那與她同組的自己必定會留下來，雖然這不是很光彩的方法。

艾可打算把自己的想法標示在平板上，方便跟陳玲雪交換意見，而這時，她看見陳玲雪將身子靠在她身邊，像是故意要跟她拉進距離一樣，然後在某處畫了一個圈說：「我有點想要這樣做。」

「妳也有聽到那內定的傳聞嗎？」

艾可看見平板上面手寫的字，有點吃驚的看陳玲雪，然後陳玲雪卻繼續說著與平板上不符的內容說：

「我覺得可以在老歌裡面加入一些新創的旋律歌曲，讓我們的特色被看見。」

「恩恩，這很不錯。」艾可附和著說。

「妳也有聽說？」艾可寫到，她在寫這些話的時候，突然理解為何陳玲雪要靠她這麼近，雖然這裡沒有其他工作人員，但四面八方都有攝影機在拍攝她們的一舉一動。

「我很早就知道這件事。」

「妳怎麼知道的？」

艾可跟陳玲雪兩人持續用筆交談，並適時的展現出像在討論的樣子。最後陳玲雪丟出一段文字說：我知道最後內定的冠軍是誰。

「是誰？」艾可問，他很意外陳玲雪竟然連冠軍都知道。

「那我先把這段譜彈出來，妳覺得可以配合什麼老歌？」陳玲雪說，直望著艾可，而艾可聽見陳玲雪的話，看著那眼神不自覺得說了句：「我？」

「對，妳覺得怎麼樣？」陳玲雪問，整個像是話中有話，艾可感覺自己的手被陳玲雪握住，這讓艾可思緒大亂，她不懂陳玲雪是真的這樣認為，還是這是一種比賽選手之間想得勝的爾虞我詐。

關於陳玲雪指出她……艾可，就是「內定冠軍」這件事。

第十二章　馬卡龍與牛粒

「看來這邊沒有監聽，應該可以好好講話。」

在女廁的陳玲雪將每間隔間打開，到處張望，像是在確認廁所是不是沒有問題。艾可看見陳玲雪的動作，感覺她意外的很有經驗，問：「再怎麼樣也不可能放監視器在廁所吧？」

「我在中國三、四線城市比賽時候就有遇過。」聽到話的陳玲雪隨口說，艾可聽了有點吃驚，但隨後就聽出不對的地方：「等等，妳不是在介紹時，說自己是沒有參賽經驗的素人嗎？」

「那當然是假的，是配合公司做的人設。其他滿多人也都有所屬經紀公司，不然就是私底下應該也有經紀公司洽談簽約了。這樣的公開比賽，大都就是給有經驗的人表演的舞台，純素人不能說沒有，只是比較難。」陳玲雪說，就把她那一頭秀髮綁起來，看著艾可笑了聲說：「妳比外表看起來要單純多了，難怪他們選妳。」

「妳說選我是什麼意思？」艾可問。

陳玲雪聽見艾可問，示意她靠過來一點，並將水龍頭的水打開，兩個女孩擠在同一個洗手台的鏡子前，陳玲雪在艾可耳邊說：「妳該不會真以為剛好就那麼巧，剛好我們都是歸國女子，剛好都是在國外酒吧唱歌的歌手回台灣比賽，這種設定本身就是主辦方為了炒作所想出來的。」

「所以妳是說……」艾可問。

「我說他們這次想讓妳贏，簡單說，那個內定冠軍……是妳。」陳玲雪說。

「我是內定冠軍？為什麼？」艾可說：「我只是接受主辦單位的邀請回來比賽，根本跟節目主辦單位沒有任何關係。」

「就是因為沒關係，所以比較好安排。」陳玲雪用手掌接水，沾濕手指假裝用水抹臉說：「妳不要想說，現在的一切都是靠自己的實力得來的，不需要內定這種話。事情不是妳想得那樣單純。」拿起化妝包的陳玲雪假裝補妝繼續說：「世界上沒有那種突然的好運，妳懂我的意思嗎？」

「我懂，但是讓我得冠軍他們可以得到什麼嗎？」艾可不解的是這點，雖然她有點懷疑陳玲雪說她是內定的說法，畢竟從比賽開始到現在，這還是她們兩個第一次單獨聊那麼久，彼此私下也沒有私交，突然就跟她搭話，艾可無法完全相信眼前的陳玲雪。

她也學陳玲雪，將手伸過去沖水邊洗手邊說：「我想不出來主辦單位要內定我是冠軍的原因，這樣可以得到什麼？而且我們今天才剛講到話，妳就這麼放心的直接跟我聊這個嗎？」

「我知道你很難相信，想說這個年代怎麼可能還會有主辦方搞內定這件事。但剛剛錄影時妳很明顯也有聽過這樣的風聲。歸國女子是比賽入圍內定、冠軍內定，那麼我很認真的問妳，艾可。」

陳玲雪拉住她，並看向艾可的眼睛說：「這個消息不管在節目上或是網路上都已經傳播出去了，如果最後妳是冠軍……」

下場會是如何？

「雖然我不想這麼說，但如果走到最難的一步，我恐怕只有退賽了。」

艾可看著陳玲雪，她心情有些搖擺，因為在這比賽前她跟蘇于晏見面時，蘇于晏最後也跟她說了關於「內定冠軍」的傳言。當時艾可只是聽聽，但她沒想過陳玲雪慧斬釘截鐵告訴她，她就是內定冠軍人選。艾可起初認為，這是陳玲雪想要透過言論，是私下逼退她的一種花招，但是當陳玲雪這個不相干的人，和蘇于晏說的內幕消息交織在一塊，艾可猶豫了。

「總之等等就要上場了，我們先把這次的表演顧好。」艾可說，走出了廁所。

陳玲雪原本還想多說什麼，但又將話吞回去，把綁起的頭髮再放下來，走出廁所，然後就看到一位看來就不像節目工作人員，穿著西裝的男性走過來，對她說：「玲雪，妳跟剛剛那選手很好嗎？」

「不甘你的事。」陳玲雪不帶感情的回答，但想了半秒隨後補上句：「分組比賽總要培養一下感情。」陳玲雪想離開時被那人塞了一疊紙，陳玲雪一看是創作的譜曲，立刻將這些又塞回到那男人手上。

「我自己會作曲，不需要公司提供這些。」陳玲雪說。

「老闆表示妳必須用這個，比賽後段比起用即興創作的曲子，我們需要更有保障，又可以說服大眾妳是才女的歌曲。」男人堅持的說，將譜又塞回陳玲雪手裡。丟下一句：有問題去跟老闆講，人就離開了。

陳玲雪看了手上的那些譜，手用力的捏著，將紙捏出條條皺褶。

※※※※

「主辦單位表示，之後你無法繼續節目烘培的職務，但是現在缺人手，所以到比賽結束前你依然可以留在廚房做一些打雜，如果不想去也是可以，只是我要先收回你的節目烘培部門名牌。蘇于晏，我知道你想拿到情報，但用的手法實在太過拙劣。你應該要先觀察目標，拉近和對方的關係，之後再試圖引導對方說出自己想要的情報。我把你弄進去裡面，可不是為了給我添亂。」

在蘇于晏住的公寓，經紀人陳妥興將他衝撞節目投資人之一熊貓人麵包的事情給予善後。而蘇于晏的心思卻不在這裡，他點了點頭，拿著之前芸樺給他的資料，不自覺的開口問陳妥興：「芸樺是怎麼知道這些情報的？」

以評論時事和爆料為主的直播主芸樺，除了有條有理的報導時事內容外，總是會拿到一些其它不知道從哪弄到的第一手資料，有時候一些新聞台還需要拿她的消息去做進一步的報導。自從上次與義哥發生的事以及與芸樺交談後，蘇于晏對於芸樺這個人為何會有那麼多情報產生懷疑，芸樺說過她有許多提供者可以作為來源，但蘇于晏並不覺得這種爆料或簽約的外部人士，會挖掘到多有用的情報。

像他，也只是無意間發現關於熊貓人使用桂圓香精，最多就只能提供這樣的情報而已，那些準確的情報源頭到底在哪裡？

「你管好自己的事情就好。」陳妥興沒有要回答蘇于晏的問題。而是把話轉到了經紀約上：「我們那經紀約到節目播完就會結束，本來就只是為了把你弄進去臨時弄出來的合約，你如果不去了，記得提早跟我說。」

「喔。」蘇于晏喔了聲，就看到陳妥興往公寓外走，離開了他的住處。

不管是芸樺的說詞，還是義哥的說法，蘇于晏感覺自己似乎被兩方夾在中間，此刻各式各樣的事情朝他而來，不管是還未結束的熊貓人麵包店的事情、選秀會內定的事件、芸樺到底是誰？這些混亂的事情讓蘇于晏覺得背後像是有條看不到的線，只要找到這條線，就有機會把這些事情都譜出個合理的解釋，現在只礙於是普通人的他，沒有能將那條線彼此牽起的能力。

如果說還有什麼線索可釐清，就只剩下義哥傳給他的資料，那封證明 Swen 不是芸樺的電子郵件，裡面所有的浮動ＩＰ位置證據和一些使用數據來源，這些都證實 Swen 是一個虛擬人設，這是背後被有心人士操作的假帳號，但並非出於芸樺之手，而是另有人操作，但操作的人是誰？義哥卻沒透漏。

總之就從這裡開始吧。蘇于晏開始透過自己那淺薄的認知，尋找這個每次都在自己頻道留言的Swen是哪位。

幾天過去，蘇于晏沒有查到Swen有關的消息，但在選秀網路直播上看到艾可進入前四強的播出，節目也準備移出原本的舞台，將轉移到更大的攝影棚錄影，估計兩個禮拜後開播，到時候全世界都可以在線上觀看節目的最終決賽。而之前蘇于晏接獲關於內定的事情也將來到高潮。

陳玲雪、艾可這兩位雙雙入圍的歌手，誰是內定冠軍的歸國女子變成了輿論話題，在社群媒體引發兩方擁護者和流量明星的混戰，似乎只要跟上這話題就是流量保證。

Swen不是芸樺，那麼芸樺為何會初次見面就提起Swen讓他放下警惕？

蘇于晏覺得，雖然芸樺承認自己不是帳號Swen的本尊，卻可以了解到Swen的留言對他來說有多麼大的重要性，很明顯芸樺知道Swen是誰。而這個人可能是能讓蘇于晏更貼近真相的重要關鍵。

【你得到了一顆愛心】

就在蘇于晏煩惱時，手機畫面突然跳出訊息，蘇于晏看了一下，原來是之前自己忘記解除安裝的同志交友軟體，說起來自己自從上次勇闖同志夜店後就沒有再使用了，怎麼現在還有人對自己的假身份按愛心？這時準備將手機同志交友APP訊息滑掉的蘇于晏，突然間停下要刪除的動作，重新進入了交友軟體內，然後看了一下關於這個帳號的註冊資訊……

晚上在燈紅酒綠之處，這邊是響起動感音樂的露天酒吧，上頭處處掛著彩虹小旗子，還有許多貼著猛男海報的店家，蘇于晏在裡面一個不起眼的座位上找到那位戴著鴨舌帽和粗框眼鏡的男子，那人不是別人，是之前假球案給予情報的那位棒球二軍。

「我以為我們不會再見面。」二軍棒球員說。

「我也是這樣想，但我有事情想問你。」蘇于晏說，二軍棒球員看著他想了一下，就點了一杯頗貴的調酒，對他說：「這酒你請。想問什麼？」

同志交友軟體中並沒有顯示註冊人太多的資訊，但是有些人會連動到自己私人用的社群帳號。蘇于晏有與這位同志身份的二軍棒球員聊過天，在聊天的過程中，得到了二軍棒球員的社群帳號，在追蹤的好友人員名單裡，找到關於 Swen 的註冊信箱，可以說這位二軍棒球員就算跟 Swen 不熟，也是在網路或私下認識下才會互加好友。

蘇于晏問，但棒球員的回答卻有點讓他失望：「我其實已經忘記這個叫 Swen 的人是誰，但我應該有跟他聊天的紀錄。」

二軍棒球員說完，將手機的紀錄秀出來，蘇于晏意外的發現這個 Swen 跟棒球員聊天的方式，就跟在頻道鼓勵他的樣子簡直一模一樣，整個人很和藹可親。二軍棒球員說：「他跟你不一樣，是一個很好聊的人，而且我會想將學長的事情做出平反，現在想想，可能也是因為他鼓勵我的原因。」

「我有看新聞，聽說他們決定恢復你學長球員身份。」蘇于晏說。

「恩，但我學長似乎沒有想要繼續打球的意思。整個人也似乎完全開心不起來，還很生氣表示，到底是誰那麼閒去查這件事情，還說揭穿別人的傷疤很有趣嗎，把我們過去這些球隊的好友全都封鎖了。」二軍棒球員說，露出苦笑。

「但解除誤會不是一件好事嗎？」蘇于晏說，棒球員則說：「也許是我自作多情，以為這樣會幫到學長的忙，或許對於學長來說，棒球不是他最重要的事，他在家人和大眾眼中那專情的形象才是。到頭來，我的作法只是造成學長的困擾而已。就像你，明明是個直男卻用同志軟體，只為了工作釣魚，某方面對於真正想找對象的人來說，也是很困擾。」
「欸……」蘇于晏無法反駁，雖然這也不是他願意的。
「總之，很抱歉我幫不上你的忙，但是不好意思，酒你還是要請。」二軍球員說，說完剛好調酒就來了，而蘇于晏只點了低消標準的啤酒。
「是說，我可以看那個帳號的內容嗎？」蘇于晏並不是這個叫 Swen 的好友，所以無法觀看他的社群內容。二軍棒球員沒有絲毫猶豫直接就點了帳號，裡面有許多圖文，內容豐富，如果不是因為義哥那封調查內容，蘇于晏一定會覺得這位叫 Swen 的真有其人。
這時蘇于晏注意到 Swen 的註冊信箱帳號，這個帳號讓他很熟悉……
「你可以截圖他的信箱給我嗎？」蘇于晏問，而手指已經開始行動，從手機螢幕上滑出一張表格，二軍棒球員沒多想，直接截圖傳給蘇于晏，他看著這串信箱號碼，對照這張當時因為調查假球事件潛伏在同志社群各式各樣的帳號，Swen 的信箱帳號好像就在這之中？正當這樣想時，在密密麻麻的帳號密碼中，一串細小的信箱號碼對上了……
晚上，小小的巷子裡有個招牌亮著，在其它店面都即將關門的時間，它仍然開著，裡面依舊有著少少出入的人群。這是一間營業到深夜的咖啡店，藏身在巷弄中，一個客人坐在座位上喝著咖啡，對於這手工現磨的咖啡似乎很滿意，對眼前的人說：
「真意外你知道這種咖啡店，還是說，現在台灣男生腦袋內都有自己的文青咖啡地圖，只是我不知道而已。」那人似乎對這適合幽會、文藝氣息感重的地方很是滿意，看著眼前喝著像是小孩才會點的飲料——咖啡奶茶的人說：「所以突然找我有什麼事情，蘇于晏。」
正在喝著咖啡，替芸樺經營自媒體工作的網路小編巧閔說。

好在以前學生時代熬夜趕報告的地方還開著，蘇于晏感謝這個過去學生時代自己私藏的咖啡店竟然還能存活到現在他工作的時候。看見巧閔從剛剛臨時赴約時的臭臉，直到她喝完咖啡心情好轉了許多，蘇于晏直接開口問出那句：

「你就是 Swen 吧。」

聽到蘇于晏唸出這帳號名，巧閔停下喝咖啡的動作。

「在我頻道裡一直留言的 Swen，是你吧。」

巧閔把咖啡杯放在盤子上發出清脆的聲音，戴著眼鏡看著蘇于晏說：「如果我說不是，你應該會拿出你找到的證據。Swen 是我的帳號，那是我其中一個分身帳號，這樣說也不對，我沒有本尊的帳號，全都是分身帳號。畢竟你多少也知道我以前的工作需要不停切換身份。」

「所以在我頻道裡一直留言鼓勵我的，也是為了這分身製造的人設？」蘇于晏問，雖然他在知道 Swen 是巧閔的其中之一的帳號後，就大概知道可能是因為工作，所以需要留言增加自己的真實度，但沒想到巧閔這時卻搖頭。

「會留言在你的頻道裡是意外。」巧閔說：「雖然現在是自媒體時代，但基本上會紅的頻道和網紅不外乎只有兩種，一是剛好搭上時事和話題的運氣，二是刻意的媒體炒作。在我的工作中，因為這樣爆紅起來的自媒體我已經看多了，所以像你這種慢慢耕耘的素人媒體，反而讓我覺得有意思。」

「我不是因為在你面前才這樣說的，Swen 的人設其實不需要多在你那邊留言，而是因為剛好喜歡你的影片，所以才留言鼓勵你。就某方面來說，把你捲進來這些事情裡，我也有一點責任，但蘇于晏老實說，看到自己頻道人數增加、許多人留言、隨自己起舞這種狀況……很過癮對吧？」

說不過癮是騙人的。蘇于晏聽到巧閔的話內心這麼想。

的確，每天看到自己頻道人數增加、有人留言，這種感覺讓蘇于晏覺得自己好像說話開始有了份量，再加上有了自己的粉絲後，感覺這些努力並沒有白費。但或許這些都是假的，只是被刻意營照出來的虛榮感。蘇于晏想起自己那時投稿熊貓人麵包店的爆料給芸樺的情況，基本就是懷著巧閔所說的那種心境，想被人知道自己發現和可以重製熊貓人麵包店的招牌麵包，那種想紅的僥倖心理。

所以現在一腳陷入泥沼的狀況，其實是自己一頭栽入的，隨著不同人引導的腳步，如今越陷越深也是自找的。蘇于晏認為這些都是自己的問題，都是自己釀成的。

但是……

「芸樺為什麼要把我拉進來？」蘇于晏問。

本身沒有流量，就單純只是一個做麵包的小直播主蘇于晏，再怎麼說他也只是揭發熊貓人麵包店標榜使用天然食材的麵包，卻是使用了從中國非法進口來的人工桂圓香精。這點有值得讓一個當紅的時事直播主芸樺親自邀他入夥嗎？這點隨著現狀，加上現在與巧閔面對面對談，都讓蘇于晏更加疑惑，為何會想讓他參與其中，是想要多一個爆料源嗎？但是自己除了會做麵包以外就什麼都不會。

「這個我不清楚。」

「那你知道芸樺為什麼會有一些情報來源？」蘇于晏問，看向巧閔。

「每個直播主有自己頻道存活的方法。蘇于晏，就算今天我知道或是芸樺真的有，你覺得她或我會告訴你嗎？想要答案就得自己去找。」

「恩，我知道但我還是想問。因為不只這些問題，我還有其他好多事情也都沒有得到解答，現在只有做麵包時我才不太會去想它。」蘇于晏露出困擾的表情，咖啡奶茶也喝到剩下冰塊，吸管發出吸飲空氣的聲響。

巧閔看著蘇于晏，雖然臉上沒有顯露明顯的表情，但她有點意外。

蘇于晏現在是在裝，還是他自己真的不知道？

他想知道真相的行動力是那麼的異於常人。巧閔盯著蘇于晏看著奶茶的空杯，整個人看上去像是在發呆，但他兩隻手拿著手機不斷的在輸入訊息。蘇于晏正在將他聽到的關鍵點都紀錄下來，並試著將這些碎片拼組出來，即便那些碎片不合，他也會重新再試一次。

說起來蘇于晏到底知不知道……

巧閔嚥下變涼的咖啡，看著眼前蘇于晏從放空望著杯子，接著看著手機上紀錄的訊息，拿起旁邊咖啡店的筆，寫在自己的筆記本上，潦草的筆跡，紀錄著巧閔看不懂的內容。

為什麼芸樺會拉你進來？

會做麵包當然不是什麼新鮮事，但是為了完美複製一款麵包，儘管蘇于晏不斷失敗卻還是繼續實驗、嘗試，持續好幾年的執著，最後一步步修改，找到味道的核心，正常人根本不會花上這麼多的時間去做一個不知道結果的事，但蘇于晏卻可以一次次的將這事情記在心裡、記住、調整、得出結論。如果芸樺很早就看穿蘇于晏是這樣的個性，也難怪她會想抓住這個人。

比起習慣拐彎抹角應付他人的巧閔，直接表達想知道答案並去實踐的蘇于晏，恐怕是更輕易能加以利用的角色。但是真有那順利嗎？

巧閔看著見底的咖啡杯杯底，盯著眼前的蘇于晏。

自己不是什麼好人，應該說每個人都私心會以自己的利益為優先。不過，所有事情真的都會順著芸樺妳的意思進行嗎？巧閔想，當初自己的確只是為了打發時間才會用 Swen 的帳號點開蘇于晏的影片來看，雖然下面許多人都覺得他只做麵包無聊又無趣，但是還是像自己一樣一部一部的繼續看下去。

當時意外促成蘇于晏和芸樺之間合作的巧閔如今有了個想法，如果反過來，讓蘇于晏挖出這些自以為是的人背後藏著的真相，是否可行呢？

巧閔拿出自己的筆記型電腦放在桌上，這動作打斷了蘇于晏的思緒。往她的方向看，蘇于晏看著巧閔電腦螢幕的亮光打在她的鏡片上反光成一片白，看不見巧閔的眼睛。但他見到巧閔舉起手叫服務生過來，要了一杯同樣的咖啡。

「我曾經調查過芸樺，畢竟別說是獨立自媒體，一個新聞團隊或公司都未能像她那樣找出一件又一件的爆料案，而這邊是我當時蒐集的資料。很可惜網路關於芸樺的資料相當少，比較確定的是，當初讓她紅起來的第一支影片是揭露某新興宗教的教主將信眾的錢私吞在海外買房產的案件。」

巧閔說完將電腦螢幕轉過來，蘇于晏看見當年的新聞報導。巧閔說：「當時新聞媒體的時效性已經被自媒體給取代，許多網紅、直播主大量出現，但大多都是娛樂性為主，以探討時事、調查案件為主的芸樺，可以說是抓到一個契機點。」

「接下來有零星可大可小的爆料與追蹤，而下面另一件再次爆紅的是關於知名車廠油耗量超標卻竄改檢測紀錄的案子。」巧閔說，看到新聞報導的蘇于晏立刻對這個案子有印象，當時各家媒體可是爭先報導，沒想到這個料竟然也是出於芸樺這個自媒體之手。

接下來各式各樣的爆料，從商業到政府幾乎都有，有些蘇于晏是第一次看到，有些是他開始看芸樺的頻道知道的。

「不過，如果芸樺有成立公司或註冊商標的話，應該可以查到她本名吧？」蘇于晏說，巧閔像是早就知道蘇于晏想說什麼，一鍵就將資料全部顯示出來。另蘇于晏意外的是「芸樺」竟然是本名，並不是藝名。

「如果你現在嚇到就太早了，你仔細看一下芸樺的資料。」

蘇于晏將脖子伸長盯著螢幕，果真看到令他難以置信的事情，呆了半晌之後，才緩緩轉頭看向巧閔。

巧閔說：「我當時發現後也跟你一樣，覺得是不是搞錯了，為此我還花錢請人駭進一些醫院拿取紀錄，但卻也沒有找到任何證據。網路上也人有推測是搞錯了，還討論過一陣子，就連芸樺某次開直播時都特地幽默點了一下這件事。」

這些資料裡有許多都來自機關單位，都一再證明……

芸樺是男性。

沒錯，即使有著亮麗的外形身材，她依然是男的。

「另外還包括這幾年下來，我幫她處理的一些資料，還有騷擾她的網友等等，雖然都是一些沒有什麼用的資料，但是蘇于晏，你是不是很想知道？想知道這背後的真相？」

蘇于晏聽到巧閔說的話愣了一下，只見巧閔露出那像是大魚上鉤的表情，蘇于晏聽到以後立刻否認的說：「我只是覺得很驚訝而已，並、並沒有想到那麼多。」

「隨便你想否認還是承認，但我告訴你，如今你可能必須用盡所有力氣去想芸樺的事，不然對你來說可能會越來越麻煩。」

還不懂巧閔是什麼意思的蘇于晏，手機立刻就接到巧閔傳來的郵件。

裡面是關於群星達人秀節目直播延期的通知，另外一個則是他很早以前給予芸樺關於熊貓人麵包店使用人工香精的內部資料，而這份資料顯然符合蘇于晏一直以來的推測，熊貓人麵包的人工香精來源是由中國製作，並且來路不明，會使用這香精的原因除了麵包會很香以外，還可以增加整塊麵包的口感，整個製作過程也比起其他香精和天然桂圓還要省時省力。

看見這完整的報告，蘇于晏想起自己面對熊貓人麵包創辦人傅亞銻時，周遭那些人中似乎有一位相當不對勁，很可能就是提供熊貓人麵包店香精的相關廠商。但是芸樺應該不知道自己偷錄的器具已經被義哥拿走，那麼有兩種可能，一個是義哥把東西給了芸樺，但是這點不太可能，再來的可能就是……他在的那個現場裡面，有人發現到誰是提供非法人工香精的人，還將資訊給了芸樺。

蘇于晏想到這點，認知到自己可能從頭到尾在這次行動裡都只是個誘餌。

再更深入思考一下，幾乎芸樺叫他去調查的每個指示，都是在沒有任何資源下要他摸索，然後再從中截取自己想要的。反倒是一直將有利的資料提供給他的人是……

蘇于晏抬頭看向眼前任職於芸樺公司小編的巧閔。

也就是一直以來幫助自己的人不是芸樺。

而是嘴上說無意將他捲入其中的巧閔。

「熊貓人的麵包用非法中國人工香精的議題，這禮拜在網路差不多就會燒起來。」巧閔說，然後看了看蘇于晏表示：「雖然我覺得你應該也差不多該意識到，自己從頭到尾都只是芸樺的一顆棋子。但我要提醒你的不是熊貓人麵包的事情。」

「不是熊貓人，那是？」

蘇于晏聽到巧閔的話，如果不是關於熊貓人麵包店，那麼就是達人秀的直播延遲。

「你還記得芸樺有給你關於群星達人秀內定冠軍的消息嗎？」巧閔說。

關於內定冠軍是國外歸國女子這件事。

「你是說那個被很多製作人力捧的創作歌手，陳玲雪。」蘇于晏說。

「這的確是一種可能，也是外界都在傳的消息。但我不認為事情會這樣簡單，既然你都已經知道芸樺在利用你了，那麼該不會還天真的認為她把你送進去只是蒐集資料那麼簡單吧？」巧閔說，蓋上筆電，點的咖啡才剛送來，但她卻將自己的咖啡推到蘇于晏面前，說：「這杯咖啡我請你，認真想想吧，蘇于晏。」

巧閔離開了咖啡店，留下蘇于晏獨自一人在咖啡店裡陷入思考。

如果像巧閔所說的，事情不是那麼簡單，還有芸樺將他送進去節目裡這件事，傳出內定冠軍是國外歸國女子，網路上許多人第一時間想到的都是家世較好的陳玲雪，而沒有人想到蘇于晏的青梅竹馬艾可。而且艾可其實一直以來都有用社交媒體，也都很坦蕩的分享自己對音樂的看法、創作概念，因為形象太好，網路幾乎很少人懷疑過她會是內定這件事。

但如果內定冠軍不是陳玲雪，那這消息所指的人只能是艾可。

可是沒有任何理由艾可會突然就被捧為內定冠軍？

但巧閔剛剛說了芸樺並非只是為了調查才把自己送到節目裡頭，就表示芸樺其實早就知情這些事情。芸樺是怎麼知道的？蘇于晏想，這就回到之前他問過芸樺為什麼可以拿到這些內幕資料一樣是個死胡同。

在咖啡店想了許久，一口喝下咖啡的蘇于晏被熱咖啡燙到又將咖啡吐回杯子，露出痛苦的表情說：「幹！好燙。」

他想到一種可能。這就表示芸樺……

「有內鬼？」

「我想有這種可能。」義哥對著轉頭看他的阿偉說：「不然這女人怎麼會先是知道節目要請的作曲家評審有抄襲事件，然後又打算追查暗樁內定冠軍。這些除非是跟內部人有接觸過，否則不太可能會那麼剛好都知道這些資料。」
「節目中有很多贊助商，就連電視台、經紀公司等等都有參與，我不是說沒有內鬼的可能性，就算我的團隊可以調查工作人員和出資者的名單資料，縮小範圍，但這範圍還是有點太廣，義哥。」阿偉說，一想到如果真要處理這些事情他就頭痛，而且還有最重要的一點。
「你沒有證據。」阿偉說。
「我可以證明。」義哥回答。
「比賽接近尾聲，現在有兩個最有冠軍相的參賽者選手，都很符合流傳的內定名單。雖然有建議主辦單位和節目官方先停下來查清楚，但他們似乎沒有要理的意思，看來十之八九是想繼續這樣幹下去。既然這樣，只要事情發生了，芸樺爆料出來，再比對她獲得的那些資料，就可以找到跟他接洽的那個源頭，內鬼是誰。」
義哥笑著說，追查那女人那麼久，他有幾個目標的名單。老實講，如果過去跟他配合的前同事巧閔可以配合，可能可以追查到更深，但如今等待比賽結果出來，是最保險且不驚動對方的方法。
「欸，你有沒有在聽我說？」義哥看到阿偉看著電腦，皺起眉頭。
還沒說發生什麼事，兩人的手機同時響起，不約而同一起接起電話，義哥才剛回應電話另一頭，看了同樣接起電話的阿偉，兩人眼神對視，不發一語立刻準備好走回辦公室。
今天芸樺的爆料直播，說著關於熊貓人麵包店全部的假象，包括純天然食材，和幕後使用非法中國進口的人工香料等等，還加上回顧疑似抄襲國外米其林餐廳退休麵包師傅的烘培手法等等。從抄襲上升到健康事件，讓芸樺的影片一下子被分享轉傳到台灣各個社群媒體中，引發熊貓人麵包店網路上排山倒海的負評。

「竟然挑這種時間增加我的工作量。」義哥邊進公司邊抱怨到，開門之後要阿偉直接叫團隊開始作業，第一時間先引發網路筆戰，讓整個網路風向先模糊掉，在他開完會前先把輿論吵成正反七三比，不然八二也行，目的不是洗白熊貓人麵包，而是將輿論從單方面指責轉向嘴砲混戰。

沒想到會在這時候用上，藉機支開公關顧問公司團隊。

芸樺抓準時機點的作法更加確定了義哥的看法，那個內鬼肯定存在。

經過幾天，網路輿論除了被熊貓人的爆料佔據以外，許多媒體用進口食品危機炒作這次的事件，曾經是主流的電視媒體，如今不知怎麼的卻反過來，被一個個小眾自媒體帶風向，但遲遲等不到熊貓人出來澄清，整個官方像是神隱一般，店面除了國外還在營運，台灣全數暫停歇業。

雖然網路方面熊貓人麵包如今仍是焦點，但另一頭娛樂圈的焦點卻放在選秀直播節目，群星達人秀將迎來最後決賽舞台。內定的聲音也是在網路上吵得火熱，但節目的知名度和裡面的表演者如今名聲也被炒得頗高，甚至還有談話節目請落選的表演者來說說覺得誰有可能是內定人選。

也因為比過往的比賽規模都還要更大，不只開放觀眾和投資者，連其他高層和名人都有放消息表示會來看這次的節目，收視率有望衝上網路世代的新高點。這讓原本因為衝突要被節目製作組辭退的蘇于晏，意外的被重新找了回來。

「雖然還是不能讓你做麵包，但是我們用人手不足的理由說服他們把你找回來幫忙，畢竟是已經合作過又懂麵包的人，你來幫忙備料和擺盤支援，會比我們重新找人要快多了。」領班的加拿大華裔女烘培師這樣說，旁邊法國糕點師也表示：「雖然我不知道你跟上面發生了什麼過節，但我們需要可以一起工作的人手和夥伴，才不管他們怎麼講。」

說完拍拍蘇于晏的肩膀，其他人也是，畢竟餐廳後面的廚房是戰場，再加上之前已經培養的共事情感默契，讓蘇于晏意外的可以回歸到節目幕後廚房，但得在節目開始前跟大夥一起備料完畢。

由於蘇于晏的頻道一直以來都不斷的在拍攝麵包製作，所以備料、清點、確認採買食材這道流程每個禮拜他都要重來一次，可以說是很習慣。但餐廳宴會等級的備料蘇于晏也還是第一次接觸。

當然蘇于晏也可以選擇不再與節目有瓜葛，畢竟他已經知道自己只是被芸樺利用進來聲東擊西的一顆棋。但蘇于晏這次回來當然是有目的，他有他的想法，而這個想法需要另一個人才可以一起完成。

手機使用限制的時間到，繳回手機後，沿著飯店走廊要走回自己房間的艾可，這陣子一直沒有睡好，一直想著上次合作競賽時陳玲雪對她說的「她是內定」這件事。

艾可並不是完全相信陳玲雪，但是在她提起的前一刻，蘇于晏也講過幾乎一模一樣的話。兩個完全不認識的人，對她講出同樣的話。這讓艾可不得不正視問題，但如今跟外界完全隔離的狀況，就算她努力找到辦法也無計可施。

靠近走廊轉角的飯店逃生門，艾可感覺門內好像有什麼聲音，只見門口有一個小縫，在綠色逃生出口的綠光下透出一個人臉，像是鬼片，這讓艾可差點叫出聲，還好很快艾可就認出那熟悉的面孔。

「蘇于晏？你怎麼在這裡？」這邊一般人進不來吧？艾可看見的是蘇于晏，還沒問清楚他怎麼在這，人就被蘇于晏拉了過去，兩人躲在昏暗逃生口的樓梯間裡，艾可看見蘇于晏氣喘吁吁的樣子猜想，看來他是不知用什麼方法混進來這裡。

「艾可，你還記得我上次說的事情嗎？」蘇于晏問。

艾可看著蘇于晏的臉，想都不想就知道蘇于晏指的是什麼事情，直接點頭嗯了一聲。

「那好，我接下來要說的妳可能會滿頭問號，但艾可……」

妳願意聽我說嗎？關於上次節目內定冠軍這件事。

聽蘇于晏說，艾可兩眼直盯盯的看著他，兩手抓緊蘇于晏的肩膀說：

「我要知道是怎麼一回事。」

第十三章　千層麵包；千面女郎

【你有沒有看芸樺最新的直播？"

【你說熊貓人麵包店嗎？現在連主流媒體都一直報。】

【超沒有良心的，走私中國非法的香料，結果竟然騙我們是純天然。】

【不過很多麵包店有用添加劑，好吃就好了啊。】

【重點不是麵包，而是中國的東西是透過什麼管道進到台灣的。】

【別傻傻被帶風向，這都是執政黨的陰謀，一定是想掩蓋掉什麼東西。】

【討論食安就有人愛帶風向吵政治，不知道有何居心？】

【哈，笑死。】

【拜託，誰知道那個直播主說的是不是真的，說不定是眼紅熊貓人放的假消息。】

【證據都出來了還假消息，影片在這邊你慢慢看】

【我跟我小孩吃熊貓人那麼多年也沒什問題，如果有問題那為什麼我們的身體還那麼健康？】

【拜託現在垃圾食品那麼多，有差嘛？】

【重點就是熊貓人在消費欺騙者，就有人要扯別的，拜託，這種毒瘤趕快抓起來好嗎？】

【早就知道熊貓人有問題，我都吃美義麵包，便宜又好吃。】

【幹，一個麵包賣到快兩百還是人工，熊貓人還錢！】

【你的留言涉及人身攻擊已被刪除。】

每更新一次，就有好幾十則新留言，按讚、憤怒、大笑的符號不斷更新。巧閔有技巧地利用幾則發言和引導，導致兩方人馬開戰，以前在公關公司的她是要止戰，並有效的阻止公司形象惡化，如今自己的工作卻是要讓戰火繼續蔓延，然後……

「這種激烈的發言最可以激發群眾留言。」巧閔說。

說起來，公關公司不只在發生問題時試圖幫客戶解決問題，有時候製造問題也是一門技巧，像是一瞬間就激起兩方對立的發文。

「不只留言，連粉絲也增加得很快。」芸樺看了按讚數，不管是被這次直播吸引來的，又或是想單純看她笑話的，擁護她的粉絲或是攻擊她的黑粉，但訂閱人數增加是事實。

「若依照這樣的速度發展，很快你的頻道就會突破百萬，這次的爆料和以往的影響力，我想走鐘獎可能又會來函再度邀請妳，畢竟，現在妳正在話題上，如果邀妳參加，說不定可以讓觀看人次再創新高也不為過，不過我想妳還是不會去。」巧閔一邊看著不斷出現的留言，邊跟後方的芸樺說話。

「這個陳妥興會去處理。」芸樺說：「現在應該把重點放在別的地方。」

「那麼蘇于晏的事情妳要怎麼處理？」巧閔問，推了一下眼鏡。

「基本上已經確定有『內定』這件事了，我想對方肯定也會如劇本一樣，公布這一季的冠軍，我們到時候只要同時把這一次錄製好的消息放出去，跟著直播一起。」芸樺說著最近達人秀直播的事，完全忽略巧閔問起蘇于晏的事。

「是繼續？還是跟之前妳找的那些人一樣，妥善利用完後就讓他閉嘴？」巧閔繼續問，芸樺聽了沉默的看著她，但表情似乎還是沒有要回答的意思，兩人互望且動作靜止了幾秒鐘，最後先妥協的是巧閔，她調出資料來，說：「妳應該知道這個內定的艾可，是蘇于晏很好的朋友吧？也知道她為什麼會這樣平白無故的變成內定冠軍。」

「即使這樣妳還是要繼續報？」巧閔問，問話的腔調像是想從芸樺口中聽到不一樣的答案。

「我都不知道妳那麼在乎蘇于晏。」面對問題，芸樺開口說：「之前找的那幾個人，也沒看妳替他們說話，怎麼這次就這麼反常？」

「是嗎，我一直都很反常。畢竟這次把他拉進這混水的開端是我，總會多在意一點。」巧閔說，把這次講稿拿給芸樺。

「我就當作是這樣好了。」芸樺說，笑著並接過直播的稿子，芸樺開始審稿，用紅筆將一些句子和段落劃線修改。巧閔這次準備的資料和講稿相當仔細，一來是這次節目本來能深挖的資料就很不錯，再來就是幫蘇于晏爭取時間，當然這不是放水，而是加倍用心。

蘇于晏，我很期待你打臉芸樺這件事。

離節目現場直播還有十二小時。

「時間剩不到一天。」艾可說，跟蘇于晏坐在這幾乎沒人會來的逃生口樓梯間。看到蘇于晏拿出他的筆記型電腦，艾可佩服這個人可以直接用伸縮腰帶將電腦固定在衣服和褲子間帶進來。

「你有時候真的很驚人。」艾可說。

「沒辦法，進來飯店的人會檢查背包。」

還好沒有像海關那樣還得檢查全身，不然蘇于晏也不知道要怎麼把筆電帶進來，他靠近艾可說：「我找到一些關於陳玲雪的消息。」

這次奪冠熱門選手之一陳玲雪，跟艾可一樣是國外歸國，除了具有創作才女的稱號外，還因為是某老闆千金的名號而格外受到媒體關注。根據資料顯示，雖然陳玲雪只是藝名，但實際上她也的確出身於富有家庭，雖不是什麼大企業，但父母幾乎都是國際貿易的生意人，經營了多間中小型企業，而陳玲雪也的確是從小學習音樂長大。

「我不是很在乎陳玲雪的背景有沒有問題，反而是于晏，你還記得你有跟我說過冠軍已經內定的事情嗎？」艾可說，然後表示：「陳玲雪她跟我說，我就是內定冠軍。這點我很不懂，為什麼我突然來比賽就成了內定冠軍？」

「我找了一些內定冠軍的資料，基本比較多是用來炒作節目話題，還有一種是在多年以後才被人挖出當年的比賽有內定，但是這麼多年過去，幾乎沒有為什麼證據或資料可以證實，一檔節目是否百分之百有內定，不管是在有網路還是沒網路的時代，幾乎都只能用推測。」蘇于晏說。

「所以內定這種謠言其實是在任何節目都會出現？」艾可問。

「嗯，但是這不代表內定就不存在。」蘇于晏說，這話讓艾可眉頭皺得更深了。

「那我就更不懂了，如果真的把我內定成冠軍，到底會有什麼好處？」

「其實不需要好處。」蘇于晏說：「我在找這些資料的時候也是一直想，謠言都已經傳得不可開交，但節目卻未做出回應，而且如果最後堅持內定得到冠軍，到底會有什麼好處？但我後來反過來想就有點明白了，艾可如果是節目的內定冠軍……」

會有什麼壞處？

「壞處很多啊，像是節目不公就不會有下一屆，會被質疑賽制的公平性、選手表演的水平、連未來的發展都有可能受到限制……」

「所以受到傷害的就只有節目製作組和表演的人。」蘇于晏說：「但是這對於其中一群人來說並不是壞處，往反面想，說不定這就是好處。」

「我不懂你的意思。」艾可聽完蘇于晏的話，感覺越來越混亂。

蘇于晏這時將一個清冊檔案打開給艾可看，這是所有有投資達人秀的大小廣告廠商清冊，都是這次節目中的贊助商，這些名字對艾可來說很熟悉，舉凡她穿的休閒服、化妝品還有吃的麵包等，都會被冠上贊助商的名字，連跟飯店連名的床墊也要他們拍攝社群貼文。配合剛剛蘇于晏說的壞處與好處，艾可好像聽懂了些什麼。

「你是說，這對於贊助的廠商來說，有沒有內定都並不會產生壞處。」

「相反的，只要這些消息有在網路上被人討論，演算法就越有可能推送這些廣告到消費者面前。所以最後真正受到傷害的其實只有做節目跟表演的人。再加上你們不是品牌的代言人，所以不管節目有多少負面評論，都是不會對他們有任何傷害，反還能幫他們打足廣告。」

艾可看到陳玲雪家的公司也在節目贊助與出資者中，突然有了個想法說：「其實比較多人都覺得陳玲雪是這次的內定，也有很多人在挖她資料，只是不像你找的那麼齊全。」

艾可看向蘇于晏問：「你該不會其實不是在自媒體網紅那邊工作，而是徵信社吧？蘇于晏。」

看見艾可一臉懷疑的眼神，蘇于晏抓抓頭不知道要說什麼，好在艾可沒追問，只接著說：「等事情過後有時間再問你好了，感覺你現在也解釋不清楚。但有你找的資料和那些話，我好像比較可以想通了，蘇于晏你覺不覺得？」

「這些人把我推上去，是為了讓原本朝著陳玲雪的砲火指向我？」

艾可說，蘇于晏看著她點頭。

「果然。」艾可嘆了口氣，她就知道自己突然變成內定冠軍果真沒好事。

「陳玲雪她一定早就知道這件事了，所以她才會在合作賽的空檔把事情告訴我。」看來應該是不想讓我受到傷害吧，艾可這樣想，但是看見蘇于晏的表情，艾可感覺他似乎還有什麼話還沒對自己說，但是這樣的表情讓艾可不太敢開口。

「艾可，我其實最近才了解到一件事。」

有時候突如其來替他人著想和友好的展現，背後肯定藏有更深的自我利益。

無論是從巧閔那邊拿到一些節目投資方與表演者資料，或是之前去同志酒吧調查巧閔養的那堆假帳號，又或是對一些已經淘汰的表演者那邊詢問，當然有許多人並沒有回覆、有些則是禮貌性的說不清楚，但總是有那麼幾個人熱衷於分享或是在自己的社群帳號上公開表示的，也有極少數人會講得如同自己親眼所見一樣，甚至天花亂墜的打上很多推測。在這些一個個的調查中蘇于晏得到了一個結論。

「一開始這個謠言恐怕就是陳玲雪放出去的。」蘇于晏說。

此刻就算艾可再怎麼不相信，許多聊天記錄截圖都已經擺在她眼前，甚至還有工作人員跟其他人相關人士的內部的佐證，這些都更加確定了蘇于晏的論點，一開始放出這種消息的人極有可能就是陳玲雪。

「不可能……」艾可想到陳玲雪對她的友好，並且一臉嚴肅的將她是內定冠軍的事情說出來，整個感覺就像是在擔心她一樣。難道都只是在假裝？想到這些的艾可突然感覺自己寒毛直豎。但另一方面讓她更覺得不可思議的是，才幾天的時間，蘇于晏竟然可以用不同帳號在幾千個參賽者那邊留訊息，況且還是用這種土法煉鋼的方法找到可用的資料，他竟然有這種耐心一點一點的重複。

雖然艾可早就知道蘇于晏在做麵包時，常常會花很多時間去想作法跟調味，原本以為這是對興趣的執著，但這件事情讓她覺得蘇于晏一再從失敗中繼續嘗試直到成功，恐怕不是因為麵包，而是他那較真的個性使然。沒想到竟然有人會不斷的去抽絲剝繭到這種程度。

「雖然看起來很笨，但呼……好在也有結果。」蘇于晏說，但是從投資廠商的資料、陳玲雪的家世，到如今艾可突然成為內定冠軍的事情，如同熊貓人麵包店的弊案一樣，有一條又一條的線將其緊緊牽繫著，而蘇于晏感覺自己似乎可以接起這些線。

「你有聽過『老二哲學』嗎？」義哥問。

正喝著提神飲料的阿偉看了一眼義哥，說：「前輩你是要問認真的，還是純粹想開黃腔？」

「喂喂，我是那種會在職場亂說黃色笑話的人嗎？」義哥說，但是整個團隊看著他，似乎不認同也不否認。義哥瞬間驚訝說：「欸欸，我表現出來的人設應該不是這種色胚吧，應該是風流倜儻。」

「那種風流還不被女生討厭的人，只存在於電影裡面。」阿偉表示。

關於義哥說的老二哲學，其實是一種亞洲企業的經營管理概念。在市場競爭中，不要去競爭當業內老大，而是當老二，要選擇較為適合的二把手與次要競爭和開發比一線更適合的二線市場。這有點像中國古代的禮儀，甚至也可說是一種兵法，不畢露本身鋒芒，自謙退步禮讓他人的思維模式。

「不做第一名也不屈於第三名，在等待時機成熟前要學會做老二。但最終沒有人甘於當第二名，每個在第一名後面的人，都在等待機會，總有一天一定可以超越第一名。說穿了，這種中國民族性的自謙，實際上是一種陷阱。但首先得先引誘獵物步入陷阱才行，畢竟老二哲學這種事情，就是要假惺惺的讓人以為禮貌，實際上一步步都是算計。」

走過走廊的陳玲雪看著艾可的房間門牌，人稍微停了一下。她走近艾可房間，想伸出手敲門，但又在敲門前停住。

原本的計畫不該是這樣，突然又改了計畫，而自己其實對她並不……

陳玲雪放棄敲門繼續往前走，感覺好像已經無法停下自己的步伐。

「有些人光芒太耀眼所以必須剷除才行。」義哥說。

「義哥你這句話，是指那個讓我們團隊熬夜好加班幾天的混帳女人芸樺，還是另有所指？」阿偉說，卻只看見黑眼圈的義哥打了呵欠，完全沒聽到他的抱怨。

不管是艾可退賽，或是得到內定冠軍，對她來說都沒有太大的好處。但陳玲雪不一樣，艾可退賽後她就有可能遞補成冠軍，還可以避開內定的假說風波。而艾可得冠軍後，她同樣也可以避開謠言。跟艾可比起來，陳玲雪她所有的安排恐怕都是透過犧牲艾可來獲得。這看起來很粗劣的手段，恐怕並不是陳玲雪最一開始的目的。

蘇于晏把研究完資料後的想法告訴艾可，為何被陳玲雪針對，背後的原因恐怕很單純。

一樣歸國、一樣的音樂女子、一樣是自彈自唱的歌手。原本只是拿來旁襯陳玲雪的艾可，卻意外的出現高人氣，這情況是原本要捧紅陳玲雪的廠商和眾人料想不到的，在這無法控制的情形下，只好想出弄臭艾可的名聲這突如其來的手段。

只要保底陳玲雪，即使不是節目第一，在節目最後緊要關頭肯定也能讓她的人氣再次回升到第一。

「呼……」聽完蘇于晏的推斷後，艾可突然站了起來喘了好大一口氣。不知為何，在聽到自己的青梅竹馬替自己做那麼多，又知道了自己會出現在這節目上的原因與陰謀，艾可不但沒有生氣和悲憤，反而在知道事件的全貌後，心情頓時撥雲見日、豁然開朗，伸了個懶腰。

「果然天下真的沒有白吃的午餐。」艾可說：「其實一切事情讓我更驚訝的不是節目的黑幕，而是你，蘇于晏。總感覺你好像有點不一樣。」

「妳別隨便掉以輕心了，還有很多事情都還沒找到答案。而且接下來就要直播了！妳怎麼……」突然嘮叨起來的蘇于晏，立馬被艾可的手掌給摀住。艾可的臉靠蘇于晏很近，雖然明明只是朋友關係，但在這種情況下還是讓蘇于晏這個大男孩臉紅了，只見艾可跟他說：「謝謝你，但蘇于晏，接下來讓我自己解決這件事。」

有時候那些緊張、害怕和恐怖的情感都源自於無法知道事情的真相。

雖然你說還有很多事情沒有找到答案，又說這只是推測出來的解答。

但我現在已經相信這是答案，而且最後要我這位當事人親自把事情給解決。

「所以希望你相信我，我可以解決這件事。然後你也繼續把你想知道的答案都找出來，之後我們就可以跟以前一樣，好好敘舊。」艾可說，對蘇于晏露出笑容。

果然不一樣，蘇于晏看著艾可的笑，又想起芸樺每次給他的笑臉。

「好了，我失蹤那麼久，看來只能用太緊張拉肚子這種理由帶過。」艾可說，正要推開安全門時，突然聽見身後的蘇于晏叫住自己，她微微轉頭就看見耳根發紅的蘇于晏對她說：「我一直都喜歡妳……彈吉他的樣子……感覺很、很、很帥！」

「呵，謝謝。」艾可聽到蘇于晏結巴對她說出這段話，忍不住笑出聲，然後回說：「偷溜出去的時候可不要被抓到了。」

艾可穿越走廊走回自己的房間，看見依靠在牆邊的吉他。老實講最近幾天因為那「她是內定冠軍」的假說，這不斷讓她感到困惑，但沒想到，最後幫她解惑的竟然會是那個蘇于晏。說起來她一直都是唱著英文和中文老歌，自己的風格的確實也比較偏像這種類型，但是不是該跟蘇于晏一樣，展現那從來沒展現過的「自己的另外一面」。

此刻的艾可，彷彿早就已經知道怎麼演奏最後一場比賽才能彈奏出吉他最美的音色。她試著寫出一個調，多增加幾個音符，再加上以前自己喜歡的吉他樂曲，想起自己駐唱時那些聽自己彈奏吉他的人們，現在的她，沒有想要去想其他事情，而是專心思考該怎麼把自己腦海中那一個個的音階和音色給拼湊出來。

不知過了多久，當艾可再次聽到敲門聲時，已經是即將上台彩排的時候。她聽到工作人員的聲音，接著往休息室走去。

時間一分一秒過去，達人秀會場開放一般觀眾進場，座位已經擠滿了人，燈光、樂隊、主持人也都已經在上妝髮，最後的參賽者也都已經集中在共用的休息室裡等著上台做最後的表演。在這次的現場與網路同步的直播中，將決定出最後的冠軍。

主持人進場，艾可和陳玲雪還有其他兩位參賽者也進場，開始了第一場共同表演，在聲光效果的推波助瀾下，整個表演相當吸睛，乾冰、小爆破還有各種舞台效果一樣都沒少。最後只有陳玲雪留在舞台上，她是第一個表演者，艾可回頭望了一下她，兩人在舞台上擦肩而過。

陳玲雪看見艾可的眼神，雖然兩人什麼話都沒說。

但此刻她已經確定，艾可似乎已經察覺到為何自己會成為內定的真相。

在艾可回到後方等待休息棚時，聽到陳玲雪那有力強勁的嗓音，唱出頗具特色的曲調，讓許多後台的工作人員小聲討論，也吸引艾可的視線。

明明就那麼會唱，為什麼還需要做這些事情？

艾可不懂，但看出台上的陳玲雪似乎也是賣力的在演出。

「現在還來得及。」

作為最後一個表演者，在艾可準備上場前，陳玲雪意外的走到她面前，用嚴肅的表情說：「現在還來得及，如果妳退賽，一切事情就不會更糟。」

「妳是說內定的事？」艾可問，陳玲雪點頭。

「我沒打算現在退賽。」艾可說：「說到底，我無緣無故就被說是內定，這點到現在我還是覺得很荒謬。」

「我是在救妳，這一切本來就不是我的本意，妳現在隨便找個理由退賽，那些揣測就會回到我身上。我爸爸和叔叔那些人都是這次的大贊助商，他們肯定會找到理由把事情化解。我的背後有人可以想盡一切辦法幫我洗白，但艾可妳如果現在就黑掉，之後演藝事業就很難再繼續下去。」

陳玲雪說，還有幾分鐘艾可就要上台，她看見導播比了比手勢。

「我很喜歡妳唱歌的聲音，厚實又很有貫穿力，尤其跟電子琴和電吉他的聲音特別搭。」艾可說：「但，我都參賽了，就應該待到最後吧？」

「我是在救妳！」陳玲雪看艾可往前走，脫口而出這句話。

「我知道妳可能不相信，但這次並不是我的意思，我也無法做什麼。」陳玲雪說這是為了艾可好。

事實卻是，從過去到現在，陳玲雪一直都活在被保護的世界裡，以為自己的音樂才華備受肯定。在每次聽到風聲後，只要是比她有實力的人就都會一個個的被消失。此刻的她，發現自己好像被特地安排了什麼，對於真相自己卻渾然不覺。

她，這次不要這樣。

艾可輕輕的推開被陳玲雪拉住的手。

陳玲雪看到艾可的表情，並沒有透露出那種接下來該怎麼辦、我該如何是好的憂鬱。反而反過來兩手用力拍拍她的肩膀，笑容滿面的說：「我沒有怪妳，但如果我退賽、不出場肯定也不會有什麼轉機，但我想彈我的音樂然後……唱給喜歡我的粉絲聽，就這麼簡單而已。」

說完艾可走向台。

還有十秒、九秒、八秒……五、四、三、二、一！

艾可進場，她拿起吉他坐在高腳椅上，跟前面許多參賽者要求的排場不同，艾可在達人秀的最後一場表演簡單、單純，只有一把高腳椅，還有幫她伴奏的鋼琴老師。

艾可走上台，對著鋼琴老師小聲地說：「老師就跟我彩排完時說的一樣。」

鋼琴老師點頭對她比了個沒問題的手勢。吉他與鋼琴聲響起，當眾人都在猜又是哪一首經典名曲時，卻完全無法猜出，網路聊天室一群網友大量刷螢幕留言，卻沒人可以猜出，這首聽起來復古又讓人熟悉的歌。就連在後台的陳玲雪和台下的評審都聚精會神的聽著艾可表演，這簡單馬上讓人可以琅琅上口的旋律和歌詞。

而只有一個人知道這首歌的來歷。

「喔？是小時候我們隨便哼哼唱唱的那首歌。」在打雜的蘇于晏無意間聽見，從電視螢幕傳來艾可的歌聲，不自覺的自己也哼唱出來。邊哼著歌，但蘇于晏還是有點擔心，當艾可比賽完，芸樺就會在網路上爆料出這件事。

「真可惜，如果不是主辦單位被動內定，這叫艾可的女生往後的人氣一定會更高。」芸樺看著直播說，看見巧閔人揹起包包要走，問：「妳不看到最後？」

「都內定了有什麼好看，我沒興趣。」巧閔說。

「呼。」不知道已經穿這套西裝幾天的義哥，進到團隊辦公室後將領帶拉開，解開襯衫上面的鈕扣，就往沙發上倒，對著團隊成員說：「好消息，國外似乎沒有受到太多這次添加人工香精，跟中國私運的影響，熊貓人麵包店在國外擴店、銷售還是相當好。但為了防止節外生枝，上頭決定在台永久關閉熊貓人，這已經是他們內部董事的決定。剩下只要弄好記者會跟網路公關稿就好。」

「反正過幾年再重新炒作一個新品牌就好，這些無良商人最不缺的就是錢。」阿偉說，義哥躺在沙發上翹著腿揮揮手，說：「但就是有很多群眾吃這套，而且這次罰款金額也出來了，總而言之高層有交代，暫時不用太緊張這件事。」

說完義哥整個人就瞇眼躺在沙發上。團隊裡每個人都是輪班制，大概只有公關負責人義哥幾乎每天在公司團隊會議室過夜，連睡袋和牙刷、漱口杯都帶來了。

阿偉泡著咖啡走進來，看到閉著眼的義哥舉起手比了個一，說：「一小時後叫我。還有電視開著，今天是那達人秀的直播總決賽。」

「你確定要睡給電視看？」阿偉說。

「老人家不都這樣。」

「我要去抽根菸……」阿偉邊說邊拿了菸往外走，才離開沒幾秒，人又走回來站在義哥前，說：「你確定那些人會照計畫進行？」

「就算不進行也沒關係，我現在只要看到那女人再開這次直播就可以篤定了。」

「義哥……」阿偉看著呼氣的義哥說：「要睡可以，但你褲子的拉鍊可不可以不要半開，我們可沒興趣看老男人主管的內褲。」然而回應阿偉的卻是打呼聲。

「算了。」

艾可的表演獲得全場的掌聲，網路的觀看人數也不斷再飆高。進廣告後，四人又都各演出了一段小表演。來到最終的評分環節，三、四名很快的就被選出來，果然如各方預測的，最終留在舞台上的只剩兩位：

艾可與陳玲雪。

就在兩位主持人一陣噓寒問暖的吵熱氣氛的同時，這次的冠軍也將揭曉，在主持人講出那句要評審選出這次的冠軍時……

「準備開始。」巧閔說，時間一到，芸樺頻道那支早就錄製好的直播影片準時播出。

所有訂閱者立刻收到通知，主題是：「達人秀內幕！？內定冠軍的真相。」與正在直播的節目同步播出。鬧鐘聲響，義哥睜開眼，剛睡醒模糊的眼眶，電視節目上的人也慢慢的變清楚，舞台上表演者的面孔逐漸變清晰，只見一個人拿起麥克風，而義哥聽到了一句：這次冠軍是……

「艾可？艾可！等……等一下艾可，妳要去哪裡，導播、導播！」

就在要公布冠軍的那一刻，導播特寫兩位參賽者，艾可當著所有人的面直接跨步走，走下舞台，眾人完全錯愕，陳玲雪看著艾可滿臉不解，這是她參賽以來第一次遇到這種事情，初次比賽的艾可卻相當輕鬆的走到這次總指揮的大導前，說：「不好意思，麥克風借我一下。」

這時現場所有人包含後方工作人員都可以聽到的麥克風傳來艾可的聲音：「很抱歉，突然就下台，但我有事情想讓不只觀眾，還有許多在後台的人知道。從比賽開始就一直有謠言，而我也因為那個謠言搞得整個人有點疑神疑鬼。但最終我……想開了，雖然不知道這謠言是為了誰誕生？是怎麼開始？要怎麼結束？這些對我一個站在舞台上的小小參賽者來說不重要。」

「重要的是，我讓許多人認識到我，喜歡聽我彈吉他、聽我唱歌。這樣對我來說就很夠了，雖然我的確會想要更多，想要得到一些成就，但現在的我只想讓大家認識我，所以這次的達人秀比賽……」

我不想知道比賽結果，謝謝各位。

說完這段台詞的艾可，讓全場靜默。

而這時，台下的艾可與台上的陳玲雪倆人對望。

原本站在台上的陳玲雪拉起自己的表演裙子，脫掉那礙事的高跟鞋，小跑步的往台下跑去，這時現場一陣騷動，直播攝影機聚焦在兩人身上，直播的流程大亂，甚至不知道該如何收場，最終看到艾可的手被跑下台的陳玲雪牽住，拉著她，倆人一起快步往外走。

「妳這樣可以嗎？」艾可問，她完全沒料到陳玲雪會跑下台。

「妳忘記了嗎？我後面有人。既然他們那麼喜歡為我好、控制我的話……」陳玲雪露出頑皮的笑容說：「就好好地替我這個任性的女兒善後吧。」

不知為何兩人的舉動引來現場觀眾拍手聲，徒留下整個群星達人秀的主持人、評審跟現場工作人員，有觀眾叫著兩人的名字，艾可跟陳玲雪這兩個留到最後的參賽者，在沒有聽到誰是冠軍就離開了攝影舞台，而此刻另一種聲音，也就是芸樺的爆料直播還在播送著。

「終於，抓到了。」義哥說，看著電視新聞傳來即時直播消息，上面斗大的寫著選秀弊案，四個大字，尤其網路更開始發酵。義哥喃喃說：「沒想到繞了一大圈，我竟然做了這麼多年的小丑。」

「義哥，你真的搞清楚芸樺是什麼人？」

「嗯啊，她是……」

「嗯？」蘇于晏咬著手上的麵包，是今天比賽招待 VIP 賓客所剩下的，而令人意外的是，熊貓人麵包的老闆和董事都沒人在現場，所以剩下了許多多出來的餐點，蘇于晏覺得這個軟法奶油夾心相當好吃，真不愧是國際級的烘培師，自己好像知道是怎麼做的。

但此刻蘇于晏把目光拉回來，咬著麵包打著筆電，他沒日沒夜找著資料，不斷的重頭開始思考，終於找到了芸樺頻道相當怪異的地方，這並不是一般人隨便來來回回找資料就可以發現的，要不是蘇于晏接觸過芸樺，並且仔細的研究從巧閔手中拿到的資料，也不會讓他最後發現了一個關鍵點。

芸樺頻道中所有爆料公司、廠商、地方的人事物，竟然幾乎都跟找上門的義哥所屬的那家國際公關公司有多處都是一致的，雖然中間也有不少小案件和即時新聞分析，但是芸樺爆出的內幕消息事件都是有意導向於這間公關公司客戶，真的有這麼湊巧嗎？還是其實芸樺的那些資料來源是……

「發出去。」義哥說，打了呵欠，將隨身碟丟到阿偉的桌上。

「你確定不需要跟上頭知會？」阿偉說。

「這樣不就又要做白功？聽好了阿偉，我們的重點不是抓內鬼這件事，而是藉由消息讓內鬼不再提供芸樺消息。更何況我還找到了很多有趣的小東西。」義哥說。

在熊貓人麵包店的事件、選秀節目一、二名同時跑離會場、芸樺直播爆料節目內定後，這事情像是星火燎原一般，不斷蔓延開來，而下一個引火上身的人，似乎也已經悄悄隨著已播出的社群影片，在網路社群擴散開來……

第十四章　還是一塊麵包

「插播一則消息」、「重點新聞快報」、「關心社會新聞」、「網紅事件不斷延燒」、「知名時事媒體竊取公關公司新聞」、「傳有內鬼接應 知名網路直播主芸樺竊取百家公司內幕消息」、「一直以揭發社會真相的直播主芸樺，實際上與這家國際公關公司有私仇。」

「我不禁要問芸樺到底是誰？」、「主持人，妳要知道當一個女性直播主可以獲得這麼多內幕，那事情肯定不單純。」、「芸樺到底是甚麼人？」、「網路上找不到直播主芸樺的各種資料。」、「我們細思極恐，這個叫芸樺的女人背後可能不單純。」、「這次芸樺第一時間掌握選秀直播內幕。」

「關於熊貓人麵包店使用中國人工香精的爆料」、「假球案簽賭轉變成情色的地下案件」、「名嘴與未成年的性交易。」、「芸樺是如何得到消息？」、「芸樺是本名？」、「我們掌握最新消息指出……」、「記者致電於芸樺工作室卻無人接聽」、「芸樺本人尚未做出回應。」

誰是芸樺？

一時間芸樺的消息鋪天蓋地的出現在各式各樣的媒體新聞與網路平台上。

蘇于晏當然也看到了，面對群眾對芸樺的詢問，芸樺的粉絲團和頻道並未做出任何回應，一堆記者跑去工作室，卻沒有任何人在那裡，芸樺這個人像是憑空消失一般，網路上也開始出現各種騷動。有些流量網紅開始帶起風向發表他認為芸樺是一個怎樣的人，有政治網紅認為這一些都是敵對政黨的陰謀，也有人發現當時芸樺網路小編巧閔給蘇于晏的資料及說法。

芸樺註冊身分在各種資料上都是男性，但那女性的外表和聲音，讓大眾開始朝向芸樺是否為跨性別身分開始歪斜，關於芸樺的討論串一團亂，連是否只是ＡＩ虛擬角色或超細緻模組的Vtuber（虛擬YouTuber）這樣的言論都出現了。

這些種種的猜測全都起因於這支半夜時分突然被發布的影片，芸樺的死忠粉認為這個影片一定是節目製作組或某些過去被芸樺扒出實情的人所做的報復，一瞬間風向亂七八糟，而過去都是負責帶風向的芸樺，沒想到這次會變成暴風眼的核心。

影片的內容跟巧閔給的資料對比後，的確有一些不同的地方，但也有完全吻合之處。這讓蘇于晏更加確定自己推測的結果：

芸樺的資料來源幾乎都是義哥公關公司的內部資料，不管是擁有多家分店進駐海外的熊貓人麵包店、假球案的球團、買春的名嘴、抄襲的音樂創作者等，加上這次更直接知道的選秀節目，所有種種都是該公司的客戶，而義哥這一公開更坐實蘇于晏的猜測。

是誰給芸樺那些資料？為何需要芸樺曝光這些消息？

蘇于晏覺得這一切似乎不只是芸樺與公關公司之間的矛盾那樣單純，而是有更深的原因。但現在網路上每個人都在猜測芸樺是誰，和她那麼做的動機，似乎在比賽誰能扒出更多資料，事情演變至今也不過才快一天的時間。

蘇于晏感覺自己好像與這些人一樣，他突然停下搜尋資料的動作靜下來想：為何自己那麼執著於知道真相？

難道如同巧閔說的，他有個自己都沒有發現的對於事情真相的堅持和固執？芸樺只是開了一個頭，讓他一頭栽下而已，就跟重現熊貓人的麵包一樣。蘇于晏發現有時候這種執著並不需要什麼驚心動魄或厲害的理由，反而只是一個契機，因為他喜歡烘培，也覺得熊貓人麵包店的招牌麵包很好吃，所以想試圖重現，結果沒想到意外被他發現人工香精這件事。後來因為一時的私慾跟芸樺簽約成為合作關係，現在他發現自己被利用，因此想知道芸樺背後的動機和她到底是誰。

蘇于晏突然發現，原來自己可以為了挖掘真相而努力，尤其是對於自己不理解，甚至直接關係到自身的事情，就會有迫切想知道、想了解一切的衝動，雖然這個衝動也許 w 會隨著時間慢慢消逝，但也有可能會一直銘記在心裡。

當這些跟自身有關的所有事，同時也跟社會大眾有關，這一切的爆料行徑或公開就將變成社會正義，但是如果只是公開他人的私事與私生活，那就會變得像八卦記者追逐名人生活一般，是在侵害他人的隱私。

芸樺是哪邊，追逐正義？或扒人八卦？

蘇于晏又再次思索，他曾想約巧閔再次一起喝咖啡，把所有事問清楚，但不管是電話或網路訊息，巧閔都沒有回應。此刻工作室裡的直播主芸樺、小編巧閔、經紀人陳妥興幾乎都無法連絡上，想必是為了躲避媒體吧？

公寓外頭下著大雨，烏雲密佈。就在蘇于晏這樣想時，公寓的電鈴響了一聲，該不會是……，他起身從房間往外走過交誼聽，把門打開，出現在眼前的不是蘇于晏所想的她，而是另一個她。

「嗨。」站在門口且鞋子有些濕透的陳玲雪打了招呼。

完全想像不到在達人秀比賽的大小姐陳玲雪會出現在自己眼前的蘇于晏，一時間不知道如何回應，只是呆呆地跟著回了聲：「嗨。」

「真受不了台灣這種季節，突然就下大雨。」此時另一個人邊抱怨邊走上樓，是艾可，整個人溼答答的看見眼前矗在門口的兩人，多年好友蘇于晏一連狐疑的看著她，笑著問：「你不會排斥落湯雞的客人吧？」

蘇于晏讓艾可和陳玲雪倆人進到屋裡，拿了吹風機和浴巾給她們整理因為大雨濕透的衣服，順便泡了咖啡，拿出蘇于晏必備的失敗品小麵包，並弄熱給她們倆吃。

「好香喔。」陳玲雪聞到咖啡和麵包的香氣不自覺動口。艾可則是笑笑的看著蘇于晏：「果然到你這邊就一定有麵包吃。」

「那件事之後妳怎麼辦？」面對艾可來訪，蘇于晏問：「妳應該不是為了躲雨才突然過來的吧？節目直播逃跑鬧那麼大，還直接說出謠言的事情，要是我絕對不敢這麼做，妳心臟有夠大顆的！」

「嘿，如果沒這樣大的膽子，當初跟你一起去國外打工渡假時，怎麼會得到在酒吧表演的機會。」艾可說，隨後嘆口氣：「的確，之後我的粉絲團每天都被一堆人傳訊息，連手機都是親朋好友的關心，多到我都不想回。突然就這樣跑掉，還讓第一屆達人秀爛尾，本來可能需要賠償節目製作組，更嚴重可能還要跑法院。」

「該不會是因為這樣妳才跑來我這吧？」蘇于晏說，艾可搖搖頭說：「當然不是，你又不能解決這件事。」

「嗯……是這樣說沒錯啦……」蘇于晏抓頭，艾可看到他皺眉頭的樣子笑道：「但是我很感謝你在最後一天表演時對我說的那些。這的確是一次很不錯的機會，也許是我把重心太過於放在澄清謠言和競爭，而不是表演上，追根究柢，我想站在舞台上的原因是希望透過表演讓人看見我，而不是一堆內幕八卦。」

「所以那件事情……解決了？」

「我家人那邊應該已經去打理了。」這時吃完麵包的陳玲雪開口說：「一直以來都乖乖聽話的乖女兒突然間爆走，這大概讓他們很吃驚吧。他們電話跟訊息也一直打，雖然我很不想跟他們講話，但艾可還是要我好好跟他們談，具體怎樣我也不知道，但我家人希望我可以出國或是暫時去一個媒體找不到的地方躲一下。」

「原來如此，所以才來我這邊？」蘇于晏看了艾可，艾可露出抱歉的表情說：「畢竟，如果帶到我家會更麻煩。而且還多虧發生那件事，現在網路討論我們事情的議題正在快速下降。」

「那件事？」蘇于晏問。

「直播主芸樺的事情，沒想到長久以來她都是竊取公關公司的資料。」

「我也有看到那個影片。」

連艾可跟陳玲雪這種平常不會關注社會與政治時事的人都看到了，可見這次擴散程度可以說非同小可，公關公司那邊應該是出手了，要把這件事擴散給社群上的每個人。但有件事情讓蘇于晏搞不懂。

「感覺上應該是有人想要散播這件事，幾乎每五篇就有兩篇在討論芸樺的事情。」艾可說，而蘇于晏歪著頭看著電腦問：「有件事情我實在想不透，如果芸樺真的厲害到能竊取秘密資料，並且不斷放出這些消息，這點對於一間公關公司的保密安全形象不就會產生負面影響嗎？」

蘇于晏提出這問題，艾可跟陳玲雪聽到後也想到了這點。

對耶，這種消息無倫怎麼說，對公司都不是什麼好形象，反而是負面居多。

所以……

蘇于晏吞了口水，看了網路上不斷有人截圖、轉傳的影片，他有不同的想法……

這個爆料芸樺的影片真的是出於公關公司之手嗎？

「義哥，你的這影片很不妙呢。」阿偉說，一副事不關己的樣子表示：「還好我最後沒有發出影片，不然我可就是徹徹底底的共犯。」

「別這麼說嘛，從你協助我之後，你覺得可以輕易逃跑嗎？雖然外人看不出來，但我們都已經把事情攤在陽光下。現在公司內部應該都很清楚知道誰是內應了，這樣一來，我們也算是立了一件大功。」躺在沙發上，西裝外套蓋著頭的義哥，掀開衣角露出眼睛說：「你覺得透過公司電腦，可以改寫最高權限的人會有幾個？」

說完義哥從沙發上起來，邊走邊穿好外套，阿偉很有默契的跟在後頭，兩人一路走到電梯門口，準備前往公司的高樓層。一直以來義哥都有預感，芸樺竊取了他們公司的公關資料，但這樣也無法證明芸樺有那種駭客能力，這只能是內部人士勾搭的結果，能直接接觸這些機密資料的人，撇除他可能是負責該事物外，另一種可能就是在他就是公司高層的人。

這個人在縮小範圍，並對照那些已經被曝光的資料來看，結果很明顯。

原本的想法應該是這樣。

但是不對，義哥在電梯門前改變了自己的思路，將原本要去上面高層辦公室的電梯反而是按了下樓鍵，他們正前往地下停車場。

地下室的電梯門一開，義哥跟阿偉剛走沒幾步就看見一排停著百萬名車的車格，視線再掃過去一點就是普通員工的車輛，剛好他們腳下的停車格有明顯胎的痕，顯然是剛開走不久。

「慢了一步。」阿偉說。

「畢竟抓現行犯本來就不切實際。」義哥看了這停車格，隨後打了個呵欠，兩人離開地下室，走到一樓大廳，明明發生那麼大一件盜竊機密案，公司卻跟往常一樣，沒有記者、沒有緊急會議，甚至連發信給員工交代都沒有，就像是這影片的事件什麼都沒發生過一樣。

「這情況太詭異了。」阿偉表示，義哥說：「我還以為你從我沒被叫去開會就已經發現。雖然我們動了些手腳，假裝發影片，想要騙過那位內賊發布反制的影片，但實際上真相可能比海還要深。」

「那這可該怎麼辦？」阿偉說，只看見義哥對他露出笑臉拍拍肩說：「接下來當然是追究責任，請幫我把這交給人事。」說完揮揮手，人就往前走，阿偉還沒意會過來，就看見大廳門口外的大雨中有一個人正撐著傘，像是在等著義哥走出公司大門。

阿偉看了義哥拿給他的東西，是一封早被上級批准的辭呈信，整個人驚愕的追了上去說：「義哥，這是什麼意思？」

「你要好好留在這間公司。」義哥轉頭過來小聲的對他說：「我還需要有人幫我留意公司裡的事情，之後再連絡了。」

聽到義哥的話，阿偉停下步伐，這時他也清楚看見在大雨中撐傘等著義哥的人是誰。

「你該不會以為辭職後，上層就會放過你吧？」撐著傘的巧閔說。

「這裡頭水有多深，不需要別人提醒我，現在唯一能看清楚的辦法就是，讓海裡的自己再回到岸上，然後把氧氣筒扔給還在海底的潛水夫，所以我需要阿偉當這種角色，妳過去不也是？雖然最後這段日子好不容易有結果了，但也還沒達到我的預想。如果接下來的工作阿偉做不來，那就還需要重新跟老同事搭檔一起釐清。」義哥撐起傘跟在巧閔旁，手指夾起了菸，

人設改變了啊，巧閔看著義哥想，至少不用再看前上司演那種彆扭戲。

「芸樺現在人在哪？」義哥問，巧閔搖頭說：「不知道，她應該早就知道我是帶著什麼想法在她那

邊工作了，反正絕對不是什麼值得信賴的夥伴。但我覺得她應該是不會堤防另外一個人。」

「妳是說，蘇于晏？」義哥說，停了幾秒說了句：「有意思。」

「中國廠商進駐台灣市場不是什麼新鮮事。」陳玲雪聽到蘇于晏與艾可正在討論，熊貓人麵包中參雜非法進口的中國製人工香精這件事，她並不意外。還表示雖然自己是被保護的大小姐，但不代表是笨蛋，父母如何跟這些在台中資交換商業利益，陳玲雪其實都知道。

「只要中國投資方持股低於３０％基本上都不會被過問。況且規避的方法多的是，香港、新加坡、馬來西亞，只要洗一下產地，除非像現在一樣往上查，不然很難發現幕後有中國公司。但我不太懂，面對你的時候他們為何要那麼緊張？洗產地基本也不算違法，就算非法，以它們麵包店都可以開進入國際市場，肯定是可以掩飾的。」

陳玲雪說的這些讓蘇于晏的腦袋持續回想當時的情況，的確那時有許多怪異的地方，當時做麵包踢館，對方其實完全可以不理會，直接把他趕出去，但為何還要大陣仗的把他叫到裡面跟這些大佬面對面？況且提起這件事的有兩個人，一個是直播主芸樺，而另一個人則是……公關公司的義哥。

想到這些的瞬間，蘇于晏像是突然找到這些案件之間的連接點。

就在蘇于晏嘴微微張，瞬間口中被人塞了麵包。原來是艾可將自己的麵包剝開一半給他，說：「我猜你顧著想這些，肯定都沒好好吃飯。就跟你做麵包一樣，只要一有想法就會完全沈浸到自己的世界裡頭。」

「你如果想吃，我還有很多失敗品。」蘇于晏隨口說，指了指冰箱。

「這話聽起來真不知道該說好，還是不好。」艾可表示，但看著眼前蘇于晏整個人投入在這解開網紅之謎與自己捲入事件真相的其中，雖然清楚知道自己不該干涉，但老實說，艾可寧願蘇于晏把這些時間花在烘培麵包上，那個才是蘇于晏本來的樣子，而不是像現在抽絲剝繭挖人是非。

艾可想出聲提醒，但如今蘇于晏工作上合作的對象芸樺人不知去向，況且現在自己這位青梅竹馬花了很多時間在這沒有報酬的問題上，正想開口時，明明只有蘇于晏住的合租公寓樓房，竟然有人推開門走進來。

「在這裡看到我有那麼意外嗎？」

拿著公寓鑰匙的芸樺說，看著一群正盯著她的人，尤其是蘇于晏，芸樺表示：「你該不會忘了我也是這公寓的租客。」

許多人都找不到的芸樺突然出現在公寓門口，這種狀況是蘇于晏始料未及的，但蘇于晏很快的調整好自己情緒，將一份資料遞給坐上沙發的芸樺，芸樺翹著腳看著蘇于晏給她的資料，翻了翻，立刻對旁邊的艾可和陳玲雪說：「能麻煩給我和蘇于晏對話的空間嗎？」

「直接這邊談也沒差，是要說什麼我們不能聽的內容嗎？」艾可說，話中帶刺的表示拒絕。但蘇于晏這時卻跟艾可說：「艾可，可以麻煩一下？」

「蛤？」聽到蘇于晏的話，艾可露出不解的表情，但一旁的陳玲雪這時也跟著使了眼神表示，艾可沒好氣，起身就說：「那你房間借一下。」瞪了一眼芸樺便跟陳玲雪一起往裡面走去，用力的關上門，

門一關上．陳玲雪就問：「那個人應該不是你朋友的女友吧？」

「不是，他如果交這種的。」艾可環抱肩膀，瞪著眼說：「我絕對要把他們搞到分手。」

「這是什麼正宮發言。」陳玲雪說。

共用區雖然還留有一些蘇于晏做麵包時留下的雜亂，但整體來說很乾淨，蘇于晏將筆電放到桌上，坐在沙發上看著芸樺說：「熊貓人麵包店使用中國非法人工香精這件事，妳其實一直都知情，對吧？你

根本不需要我的那些佐證，也可以找到其他證據攤在直播影片中。一開始我以為妳對這案子很有興趣，但實際上不是這樣？妳……是想利用我完成另一件事。」

芸樺關心的從來就不是熊貓人麵包店，抄襲米其林、人工香精、食安問題、消費者權益等等這些事，而是背後更深層的那一塊，也就是偽裝成其他名目的中國投資者。熊貓人麵包店的事業只是幌子，它是一間披著台灣之光，實際上背後由中資進入的麵包店，重點並不是麵包的問題，而是利用店面來竊取秘密這件事。

芸樺在報導熊貓人麵包店醜聞時，為何不讓它一次斃命呢？主要在於她想讓眾人相信這事件中有個「爆料者」。有人爆料給芸樺，爆料者是誰？一點一滴地描繪出蘇于晏的樣貌，並同時不斷的灌輸蘇于晏很多消息、方法跟資料，為的就是讓外界以為蘇于晏是個熟練且專門在追查事件的專業人士。

直到面對面，蘇于晏被塑造的角色不是一個單純知道麵包秘密的烘培直播主……

而是一個知道熊貓人麵包店深層秘密的直播主。

所以那場被叫進去的會議才會那樣詭異。

蘇于晏成了一個誘餌，他的整體表現讓高層的人誤以為他在裝傻，但與此同時，這裡面有四方角力正在同時進行。蘇于晏本身是一個什麼都不知道，只是由芸樺安排的闖入者，並且想藉由蘇于晏這個人，與芸樺勾搭的內應看出在場的變化，接著義哥那邊公關公司的人即時要義哥出場來壓住場面，最後就是熊貓人內部的人士。

「麵包不重要，重要的是中國方想要拿到的資料。」蘇于晏說。

「只是一間麵包店而已，怎麼可能會有什麼秘方需要這樣大費周章？」芸樺說，卻表現的很明顯想隱藏什麼事情不讓蘇于晏知道，但下一秒蘇于晏就直接把話說明，讓芸樺眉尖挑了一下。

「如我前面說的，麵包的技術或什麼的都不重要，而是那間國際公關公司的資料。」看著芸樺，蘇于晏說：「妳從一開始的目的就不是什麼熊貓人麵包店，而是藉著這披著麵包店外皮的公司，拿到公關公司裡關於台灣和國際場上一些業務與機密來往的商家資料。」

「很好的推測。」芸樺說：「但如果是這樣，我為何還要爆料熊貓人他們的事情，這樣不是等於拆自己的台嗎？既然我們是合作關係的話？」

「因為妳本來的目的，就是想搞垮這間中國掛羊頭賣狗肉的公司。」蘇于晏沒有猶豫，直接對著芸樺說。

芸樺過去的種種爆料都顯示，她早已掌握了這家國際公關顧問公司的許多機密資料，熊貓人內部也是看中這點才會找上她，並且對於芸樺一些自家麵包的爆料和做做樣子的自媒體形象睜一眼閉一眼。因為這樣才能更讓公關公司聚焦到熊貓人麵包店上，也就更容易可以拿到想要的商業訊息。

但殊不知芸樺從一開始，就沒有打算跟熊貓人站在一邊。

可以說，她一直都是慢慢拿一些可以被犧牲的秘密，先博取好感，之後再逐步將熊貓人麵包店覺得無關痛癢的輿論，偽裝成她保持中立所需的掩護，但這些其實都只是計畫的一部分。

「從一開始妳就是這麼打算的，要讓熊貓人退場。」蘇于晏在整理各種資料後發現，許多公司經過芸樺的爆料後，剛開始網路都會有一些很小的輿論與討論，雖然都和最終公司退場沒有關係，但這些公司最後卻都會逐漸被推向內部調查，最後都會以「各式各樣的原因」，縮小規模或被迫退場。

「透過義哥這公關公司上的各種名單，雖然不見得是一種法律上能站住腳的證據，但實際上，我推斷芸樺妳一直以來的資料來源都來自義哥任職的這間公關公司，但裡面有一個奇怪的地方。」

「奇怪的地方？」芸樺聽到蘇于晏這樣說，露出有興趣的表情，這時她起身走到蘇于晏正坐著的沙發正對面，翹起腿一臉期待的對他說：「你說說看。」

「每當妳爆料一件事，公關公司就會像是事先商量好的一樣，開始找負責人出面處理其下的公司業務。但這很奇怪，每一次事件出現後，公關公司總是可以隨時隨地的接手，並且採取應對模式。而妳的直播總是不會將事件全部交代清楚，總留了一手後路，就像是妳早已知道該在哪裡停下來，給公關公司裡的業務承辦人有台階下。芸樺，妳的社會實事打假追蹤頻道……」

那些爆料究竟是一場公平正義的揭密？還是只是場公關公司的活動秀？

面對蘇于晏的各種資料舉證和自我推測，芸樺並沒有否認他的觀點。表情像是絲毫不受影響，彷彿蘇于晏現在是在說別人發生的事情一般，並掛著那張讓蘇于晏看不慣且有點虛假的笑臉。這時芸樺微微靠近蘇于晏的臉，對坐在沙發上的蘇于晏說：「你知道要保持這張笑臉，我練習過很多次，甚至對著鏡子看到自己這張笑臉都會噁心的地步，但這張笑臉，還有網路揭密的角色，都會讓人感覺相當有可信度。」

芸樺說完，原本的笑臉突然整個縮了回來，臉上的表情突然間變得讓蘇于晏感到陌生。

「這麼說吧，不只是在網路直播或影片中給人的感覺，人總是會先入為主的把對方放在某個位子上。從這次達人秀直播開始你應該可以感受到這一點吧？你朋友艾可、或是那位陳玲雪，私底下跟檯面上不可能一樣。她們為什麼會被大量的粉絲和群眾關注？主要是在舞台上面所設定的角色，換個角度想，我也是如此，而且我必須如此，這樣才能讓那些人喜歡和認同影片中的我，就能有更多的流量。」

「妳有沒有流量，跟妳竊取公關公司的資料和利用人是完全不同的事。」

「蘇于晏，無論是公布真相或揭發某個弊案，想要有效果，最一開始都得先要把基本流量與追蹤數提升到一定的數字。所謂的正義和發聲只會被掌握在有話語權的人身上，當一個人無法將他的想法與聲音傳播出去，就算他再有多麼驚人的發現也只是枉然，喔說起來……」

這不就是你找上我的原因嗎？

芸樺又恢復成那張笑臉：「因為你沒有流量，不管說什麼都沒有用。」網路上的直播與頻道每部都是一場秀，不管是影片、聲音或文字。即便是探討實事、爆料或是各種你來我往的抓馬環節，都只是演出的一部分。

「而我只是抓到演出的機會，和自己適合什麼樣的角色。這讓我爬到不管餵出什麼，絕對都有觀眾可以接受的位子。我有可以隨口一說就能改變社會的話語權。」芸樺說，對蘇于晏露出一抹具有優越感的表情。

「這不是妳竊取公關公司資料的原因。妳真正的目的是什麼，公關公司的資料、偽裝的中國投資商，還是別的目的？我不覺得妳那些節目是為了什麼狗屁話語權。」蘇于晏不認可芸樺丟出的說法。

但芸樺還是繼續說：「這就是原因。掌握改變一間公司和一個人的話語權，蘇于晏，你要知道那是很迷人的一件事。」

「妳在逃避回答我的問題。」蘇于晏說。

「蘇于晏，你得清楚事實就是如此，沒有什麼冠冕堂皇的理由。」芸樺說。

「妳說謊。」蘇于晏看著芸樺的眼神說。

「我今天會住在這裡。」

芸樺說完起身，完全沒有理會想繼續談下去的蘇于晏，自顧自的說：「最近身處在輿論的焦點上面，陳妥興建議我暫時避一下風頭，這個那時候臨時起意租下的地方幾乎沒有什麼媒體知道，當然你或你的朋友想要告知大家，直播主芸樺人在哪裡，我也不會阻止你。」

很顯然芸樺知道蘇于晏不會這樣做。

感覺有點接近真相，但又找不到核心。這讓蘇于晏覺得很煩躁，而一煩躁起來，唯一可以緩和他腦袋與情緒的，就只有烘培麵包這件事。

「你們談完了？」從蘇于晏房間出來的艾可，看到上一刻正經八百談事情的蘇于晏，如今卻在做麵包，有點無言說：「沒緊張感的就是在說你這種人。」

「什麼？」蘇于晏不懂。隨後陳玲雪則是聞到麵包的香氣說了聲：「好香喔。」

「有談出什麼事情來？」艾可說：「感覺很少看你說話那麼激動。」

「妳是耳朵貼在門上偷聽才知道我很激動？」蘇于晏說，被臉微微發紅的艾可白眼說：「你又知道了！」蘇于晏拿出剛烤好的麵包，用麵包刀割出縫，把剛調好的醬料塗上。拿了一整碗放到艾可跟陳玲雪的面前說：「感覺你們也不可能出去吃飯，這裡什麼沒有，就只有現烤的麵包，還有牛奶、砂糖、鹽、奶油……」

「不就是你做麵包的材料嘛。」艾可說，才剛要吃下剛出爐的麵包，聽見門外有人按電鈴。幾個人瞬間機靈起來，艾可對陳玲雪說：「是不是被妳家的人發現了？」

「不可能，他們還在忙著善後節目。」陳玲雪說。

「我去看看。」蘇于晏走到門前，如果不是艾可她們倆的人找上門，就很有可能是關於芸樺的事，想到這個，蘇于晏覺得門後該不會是要逮捕芸樺盜竊公司資料的警察吧？他懷著不安的情緒開了門，沒想到只是個外送員。

「你訂的餐。」外送員說，將餐點交給蘇于晏。

「你們誰點外送？」蘇于晏莫名其妙拿到了餐點，艾可倆搖頭。

「我的。」芸樺說，將手機上面的訂單秀給蘇于晏看。

「大家都在找妳，妳竟然還敢訂外送。」蘇于晏說，芸樺笑著拿走餐點，進到自己房間時還回頭說：

「只要你不說，他們找不到的。」附上一抹微笑。

「沒有緊張感的人是她吧？」聽到這句，蘇于晏指著芸樺房間門就說。

「這女人有夠囂張的。」艾可不知為什麼看見這個芸樺就來氣。氣憤地咬了一口麵包，立馬被剛出爐的麵包給燙到口，將怒氣發在蘇于晏身上說：「你幹麼把她留在這裡，現在一堆人都在找她，你打個電話，說不定公司的人會把她帶走。」

說完艾可作勢就要打電話，蘇于晏立刻阻止出聲說：「別！」

「這是我的事你別管，而且我還有事情沒想通，感覺就快知道真相了。」

「什麼真相不真相的？如果當初聽你是做這種工作，我一定立馬飛回來阻止你。蘇于晏，我覺得趁事情沒有鬧大之前，停損比較好。」艾可說，但蘇于晏沒有聽進去，不管艾可怎麼說，他還是抱著筆記型電腦走回房間，說了句：「妳們今晚可以睡我房間，我睡沙發。」

「蘇于晏！」然後蘇于晏關上房門。

艾可嘆口氣，但是也沒辦法說什麼。陳玲雪看了這幕說：「現在，我反而覺得妳跟他比較像男女朋友關係。」聽到這句話，艾可轉頭一臉不爽的看著陳玲雪，就這樣停了幾秒鐘，喃喃的說：「算了，我不想解釋。」

這晚，睡在沙發的蘇于晏邊滑著手機，邊想著關於芸樺隱藏的事情，他感覺自己還差那一點點就可以勾勒出真相。他試著想起從開始到現在因為麵包而串起的整個脈絡：

台灣著名的麵包品牌「熊貓人」，烘培師兼創辦人的傅亞銻，過去曾在米其林三星餐廳工作，並竊取裡面老師傅發明的麵包製作方法，成為頂著台灣之光的麵包店。殊不知這個台灣之光卻是有著中資的麵包店，且用另外一種方式包裝入股。熊貓人找上有著許多知名企業指定的台灣國際公關顧問公司，名目上是需要公關，實質是中資機構想瞄準裡面各個國際公司的機密資料。

這時他們找上一直以來表面上是爆料，披著公平正義形象的芸樺合作，表面上芸樺譴責他們，但實際上卻提供他們一些公關公司的機密資料，雖然蘇于晏不知道芸樺拿到的資料細節，但在公關公司所釋出的自清影片來看，應該是有內鬼。在熊貓人裡面那些菜頭等為首的中國投資人，以為可以掌控局勢，實際上卻被芸樺這樣一個女性直播主耍得團團轉。最後被爆光了各種不法的證據，在台灣的熊貓人麵包店全數關門歇業。

這些事件當中，芸樺讓蘇于晏扮演的角色是一個誘餌，營造出有人正在調查此事的訊息，當時蘇于晏以為自己是在調查熊貓人麵包的人工香料，實際上不管是熊貓人創辦人傅亞銻、假球案的菜頭、或是義哥都覺得他在調查的是「中資跟竊密案」這件事，不斷的讓他出現在各種不同案件的場合，蘇于晏被芸樺塑造成一個暗中調查的素人偵探形象。

簡單來說蘇于晏的行為所帶來的混淆跟混亂，正巧掩蓋芸樺正暗中進行的各項操作。

但有幾點讓蘇于晏無法確定，他覺得芸樺好像直到現在也都還在引導他。

引導他發現什麼？

「我是不是漏掉了什麼？」蘇于晏想著，他在沙發上睡不著，半坐起身，開了廚房的小燈，他想泡點好入睡的熱飲幫助睡眠，感覺如果再這樣下去，他會執著得沒完沒了。他喝了讓自己舒服的熱飲，看著放在桌上被菜罩蓋住的麵包，打算將它們冰起來。

如今自己做招牌桂圓麵包，已經完全不需要食譜或製作方式，蘇于晏腦袋裡就能想起來熊貓人招牌桂圓麵包的作法。他覺得芸樺藏著的秘密跟當初自己在找如何做出桂圓麵包的時候很像，有種什麼都知道了，就差臨門一腳的感覺，偏偏那個就是麵包的核心。

蘇于晏看到陰暗的角落擺著之前的桂圓香精，它被開封後，沒用幾次就被晾在一邊。畢竟蘇于晏也知道，這種工廠產的桂圓香精雖然烘培出的麵包有一股濃郁的香味，且吃起來的麵皮也非常美味。但畢竟還是假的，是一種人工製作出來模仿桂圓味道的產物。

人工調味、假的、更香更好吃的麵包……

嗯？會不會是……

蘇于晏有了想法，他也不管別的，將熱飲放到桌上，坐在沙發開始敲打鍵盤，他從過去整理的資料、找到的資料，然後還有自己經歷過的那些，跟小編巧閔、公關公司的那位義哥所對上的一些種種，最後這個會不會就是……真相？

「嗯？嗯嗯……嗯。」天還沒亮，半夜迷迷糊糊趴在桌上的蘇于晏微微睜開朦朧的雙眼，眼睛視線模糊的看到一個黑色的身影在自己忘記關的小燈那邊晃。那會是誰？蘇于晏愛睏的眼神看著那晃來晃去模糊不清的身影，像是助長催眠一樣，最後他看見那黑影像是往他這邊走。蘇于晏感覺到有人在他耳邊說話：

拜託了。

蘇于晏。

「哈呼！」蘇于晏驚醒的睜開眼，四周是自己住宿的客廳，昏暗的光線一切都沒變，只是天空還是暗的。他起身穿起掛在沙發上的運動褲，隨便套了件外套，往芸樺房間裡快步走去，門沒關，一推開，空空如也，原本在裡面的芸樺走了。

「走掉了？」蘇于晏說，這時連忙拿起手機要撥打芸樺的電話，但另一頭卻連響聲都沒有，只出現沒有回應的語音。

這時蘇于晏看了自己手機裡有訊息的提示圖樣，點開是芸樺留的話，很弔詭的是，這個訊息是用蘇于晏的手機打的，讓訊息留給他自己。蘇于晏想起自己晚上起來眼睛所見那模模糊糊的身影，可能就是芸樺。她靠近自己時，看來就是用蘇于晏的臉去解鎖了手機，並留下這段留言。

敲門聲，吵醒了艾可和陳玲雪，靠近床邊的艾可下床去開門，就看見拿著安全帽穿好衣服的蘇于晏，人揉著眼問：「蘇于晏，你大半夜要去哪？」

「你是不是在社群上留了芸樺在這邊的訊息？」蘇于晏拿出手機，看見艾可在她自己網路上發的圖文訊息正在被群眾瘋傳。

蘇于晏的話，讓艾可立刻從睡眼惺忪腦醒，看著蘇于晏的臉，她問：「我昨天半夜很晚的時候想了很久，覺得我應該要發。」

「為什麼？我都跟妳說不要管了。」蘇于晏說。

「蘇于晏，你沒有發現你自從遇到那個叫芸樺的開始，就一直被她牽著鼻子走。我這麼做沒有別的理由，只是要讓她知道，不是所有人都會對她言聽計從，我不吃她那一套，而且她不適合你。」艾可說。

「妳話說得像是妳是他正宮一樣……」躺在床上的陳玲雪說：「還說你們沒有交往。」

「我有事先走了。」蘇于晏說完後拎著機車安全帽。艾可看見他急著要離開，不知為何的抓了蘇于晏的手說：「你生氣了？」

「一點點，但我冷靜一下之後就會好了。」蘇于晏說，手輕輕地拉開艾可抓住他的的那隻手，動作很溫柔，他看著艾可像是想說什麼，話出口時突然又改口：「我知道妳在幫我，我很難對妳生氣，因為我……我們是朋友。」

丟下這句話，蘇于晏戴上安全帽快步的走出門外。

「他喜歡妳。」披頭散髮的陳玲雪不知道什麼時候走到艾可旁邊。

艾可驚到說：「別亂說，他知道我喜歡女生。」

「但他喜歡妳，艾可。」陳玲雪說，完全沒有修飾的再說一次。

「我會搭早上的班機離開台灣，在那之前，我會在這個地方等你。」芸樺將這段話留在訊息裡，留下她要搭乘離開台灣的班機。蘇于晏騎著機車，打算往機場去。此時天色還暗，卻有紫色的光暈正慢慢地隨著蘇于晏的機車跑動中，漸漸出現。

【為您插播最新消息，台灣百萬網路直播主芸樺，在幾個禮拜前因網路影片曝光她長期竊取國際公關公司的客戶資料，從影片出現後就失聯多日，但今日，在網路上也是同樣久未更新粉絲團，且在節目倍受爭議的歌手艾可，發出一張隨意拍下的街景照片，貼文上寫著：我知道那個芸樺她就在這裡。此貼文在短短幾分鐘的時間引來上千次的轉發與留言，許多網友也相當好奇歌手艾可與直播主芸樺兩人之間的關係……】

機場傳來廣播鈴聲，播報員字正腔圓的播報著，說著各家班機停靠的字母、數字、候機室，與飛往的目的地。人來人往的機場中，戴著帽子的芸樺見到揹著行李到來的陳妥興，陳妥興將機票給她說：「行李已經託運，剛剛上面討論過，希望妳可以稍微沉寂幾年，並且表示希望妳可以給出說法。」

「他們是想談那支外流影片的事情。」芸樺問，陳妥興點頭說：「看上去是，這點我無法幫妳。」

「你幫我的事已經夠多了。」芸樺說，伸手就要碰向陳妥興，但陳妥興卻避開說：「現在還沒結束，妳得堅持到最後。但……」

陳妥興看了大廳門口說：「我不覺得他會來。」

「我也無法保證。」芸樺說。

「總之，希望妳到時可以搭上班機。」陳妥興說，人揹著行李就獨自離開，只留下芸樺在機場大廳。看著時間的芸樺呼出一口氣，緩緩的走到了機場的角落，如果她算的時間是對的，再過不久蘇于晏人就會出現在這裡，當然也可能不在。這是第一次她無法控制蘇于晏……

「如果你真的有話跟我說，當時就應該把我叫起來。」

芸樺看見不在原定時間出現的蘇于晏，比預計的時間還要來得早了好幾分鐘，有點意外，但臉部的表情還是如平常對著眼前的蘇于晏說：「沒想到你竟然那麼早就出現，真是超出我的想像。」

「嗯，我受不了機車的速度，所以中途改搭計程車。計程車司機聽到我趕時間到機場，就飆得跟鬼一樣。」蘇于晏說出他為何會那麼早出現的原因。

「我對妳有很多問題。」蘇于晏說。

「那你可能得快點說，我的班機就快到了。」芸樺說。

「就像這個，你如果真的竊取了國際公關公司的機密，現在的妳為什麼還可以如此方便出國，罪嫌重大、被告的嫌疑人被限制出境出海是正常的吧，但妳卻如此正常的出現在機場。這就表示那間公關公司……根本沒有對妳提告吧？」

「但客戶機密被竊取，又裡應外合，這麼嚴重的事情，怎麼可能會被放過。那只有一種可能……芸樺。」

「妳也是那跨國公關顧問公司的一員。」蘇于晏說，隨後像是想到什麼又更正自己的說法：「不，應該是說「合夥人」比較貼切。我認為你們的關係，像是故意走漏消息和清掃公司內劣跡客戶。」

公關顧問通常是幫忙許多企業公司、名星藝人，甚至知名店家和活動，製造良好形象、進行危機處理。但是並不是所有的合作企業都是正向的，應該是說，劣跡斑斑的客戶有時候也是需要靠公關打造好的形象，並續用這虛假的形象維持公司的樣貌，在商業圈生存，這時就算公關公司本身內部想要抽身，是無法自圓其說的。

那就需要一個第三方的人來開頭止損。

「芸樺，妳就是那個第三方。」蘇于晏說。

所謂的公平正義並不存在，這是一個商業圈的利益結構和自保的方式。所以為何芸樺的各種爆料中，總是針對這個公關公司的客戶。整件事都不是公司有內鬼，而是整體利益結構上需要像芸樺這種第三方自媒體、獨立新聞工作者，甚至是直播主的形象去做出一個反擊。等待指令，然後在對的時間點，將其客戶收割。

「但是出現了意外。」蘇于晏說。

「意外？」芸樺說，好奇蘇于晏口中的意外。

「那個曝光妳竊取公關公司的影片。」

這個影片不只讓芸樺的形象與正義使者的人設轉變，也讓公關顧問公司在保密客戶資安上傳出龐大漏洞，這個影片非但沒有益處，反而有著諸多壞處，而這個自毀影片製作者不是別人……

「是妳掉包義哥做的影片吧？」

「你是怎麼發現的？」芸樺又露出那假笑，但這次的笑容好像有點不太一樣，她問：「你應該沒有接觸太多公關公司的人。」

想到這裡，芸樺突然想到了一個原則上也算是公關公司的人。

她的小編，巧閔。

「正確來說，裡面的錄音內容是我那時因為製作熊貓人麵包店的招牌麵包，而被他們叫進房間的各種錄音。照理說被摧毀了，因為我看到義哥將它毀掉，但實際上我應該是被他騙了，資料完整的保留下來，但義哥卻也因此被你們擺了一道。」蘇于晏說。

義哥應該跟我一樣，推斷公司出現了一個內鬼，而內鬼既然可以拿到這麼多機密資料，就只有可能是跟義哥同等級、或是更高權限的人。那就只有可能是接近老闆的人，所以他會從那邊開始懷疑起。但義哥可能發現了，事情不是這樣。

如果從頭到尾高層的人就都知情呢？

這樣不管是誰來執行都有可能，那就不是權限問題，而是誰更有行動力。

「太早了，咖啡店都還沒開門。」陳妥興說，只好喝販賣機的罐頭咖啡，天空漸漸亮起，藍紫色加上橘黃日光一條條的漸層如同水彩畫，讓陳妥興脫口而出：「今天的天空真美。」

只要有權限，不是透過網路而是人實際走到公司。公關公司負責網路部門的阿偉根本就不會察覺，加上是上頭默許的就更有可能行動，但他們大概沒想到。

「播出來的竟然是這樣的影片，況且黑鍋還是義哥要背。」

「聽你說這些很有意思，蘇于晏。」芸樺說。

她走近蘇于晏，把一個很像隨身碟的東西給他，在蘇于晏還感到好奇這是什麼時，芸樺說：「這是至今為止我們所有對話的錄音，只要不按下停止他就會持續錄音到空間填滿。」

「我希望你把你的推論放到網路上公開，不管要怎麼做都好，這些證據加上你剛剛的推論，都足以將我創造關於「芸樺」在網路上的信任與形象徹底毀掉。」

「你說把芸樺毀掉是什麼意思？」聽到芸樺的話，這說法讓蘇于晏一時間無法思索，他不懂此刻的芸樺是別有用心、還是另有打算，還是這又是另一種計策。看著這有錄音功能的隨身碟，但芸樺則是要他放心，要他可以按下那停止錄音的按鈕。

蘇于晏按下那隨身碟的停止錄音鈕，看見顯示紅點亮光停止，芸樺露出笑容，這時蘇于晏發現她的笑容跟以往的假笑不太一樣。

「其實從一開始在巧閔的假帳號看見你的頻道，就已經有這個打算，你說的沒錯，我的確一直在利用你去做某些事情，但我想『利用』你的原因，可能跟你想得不太一樣……蘇于晏，其實我一直想……」

………

「還是沒趕上嗎？」

上了飛機的陳妥興看了旁邊的空位說，就在乘客都陸續上機後，旁邊的座位依舊空著，這讓陳妥興嘆了口氣，終究還是如此，就在此時他聽到一個聲音。

「不好意思我遲到了。」芸樺出現在機艙內，走到陳妥興身旁坐下。

芸樺主動握住陳妥興的手，這讓陳妥興有些驚訝。這時看見登機的連接走道被收起，芸樺說：「結束了。」她將陳妥興的手握緊。陳妥興看了那握緊的手，聽到這句話，拿下墨鏡，呼出口氣，看見飛機緩緩地在機場跑道上移動，準備隨時起飛。

我一直覺得你可以幫我把這一切都毀掉。

蘇于晏聽到芸樺這樣說。

「能左右人發言權帶動風向的不是我，而是我背後那龐大的公司，跟我所不知道的利益結構」芸樺說：「所以當你說我說謊，對，我確實說謊了，但是不能說真話不是事實。而是有時候做為演員的我，已經沉浸在這場演出中。」

就像你一開始想利用我的頻道，為自己破解熊貓人麵包謎團炒作自己身價一樣，剛開始我的初衷也不是那麼正確，作為一個沒沒無聞的演員，起初只是想讓我的演出有影響力，讓所有人願意正視我說的話，還有讓我自己成為為社會大眾發聲的存在，當個網路上的虛擬英雄。

「一開始只是個表演，之後卻慢慢依賴起這種感覺。」

說穿了，芸樺自己不知道從什麼時候就已經走偏了？可能就跟她刻意營造出來的笑容一樣。那的確是練出來的，做為一名演員，直到今日她還是在試圖扮演這網路上富有正義感的直播主，並且演的比誰都像、比誰都好。整個踢爆事件沒有正義的影子，芸樺也都知道這只是包裝比較好的演出，這些正義只是用來討好吃瓜群眾和網路鄉民，大公司所想出來的方式而已。

「蘇于晏，世界上只有彼此互有利益關係的合作才是真相。但是這個合作其實是不對等的，應該說，當時沒有看清楚而接受公關公司條件的我，打從一開始就輸了。」芸樺說。

所以我才開始想要逃，想逃離這被利用的困境之中。

「會換回來嗎？」在飛機起飛後，芸樺問旁邊的陳妥興。

陳妥興聽到芸樺問，想了想說：「其實我也有點習慣了。」陳妥興說。

就在他剛登機前，機場工作人員跟他和對護照和機票上的資料……

「陳芸樺先生，謝謝你搭乘本班機，祝你旅途愉快。」陳妥興從空服員手上拿回機票和護照，名字欄上很清楚的寫著：芸樺兩個字。

芸樺前男友陳妥興把自己名字換成了芸樺，這是他們故意用這名字讓人混淆，芸樺的女性形象長期曝光在網路媒體上，已經太深入人心，陳妥興將名字換成芸樺既可偽裝，也可以讓人無法確定芸樺到底是誰？甚至猜測她是否為跨性別，而將一切導向難解的性別議題。

芸樺本人也換了個名字，並在網路上戴有假髮和與平時判若兩人的妝容，她刻意的營造出另外一種形象。除了給觀眾看，也給公關公司留下這個印象，而開始這些計畫。那些由陳妥興以男性性別假裝的芸樺身分的確起了很大的作用，不只是打亂巧閔的思緒，連義哥也是最後才察覺到這點。

看著機場飛機起飛，蘇于晏獨自一人坐在機場咖啡廳的角落，這時太陽已經升起，陽光穿過玻璃灑進機場各處。

我希望在我飛往國外後，你可以將這些錄音還有裡面的一些影片給公開。這裡有我跟公關公司之間的紀錄，現在交給你，要怎麼公開，方法由你決定。

「為什麼是我？」蘇于晏問芸樺。

「雖然你可能沒有意識到，但是比起我只是演出一個想探訪真相的網紅，你是真的對於事情真相非常執著的人。比起其他人另有目的，蘇于晏你是唯一一個不帶目的卻又可以慢慢找到這些真相的人。而且……」

而且從看你做麵包的表情來看，就覺得你很適合。

「這個理由很瞎。」蘇于晏說：「要不是你們的操作，我的烘培頻道根本沒有什麼人會看。」

「畢竟我急著想脫身，得多說些好話。」芸樺說：「話又說回來，我的確就是利用你來完成這最後一步，這點我無法否認。」

「妳打算去哪裡？」蘇于晏問。

「………」芸樺安靜片刻，說出前往的地點。

蘇于晏獨自一人坐在機場喝咖啡，雖然一切像是清楚了，但還有好多事情無解，像是芸樺與那間公關公司的關係，還有這間公司背後像是芸樺這樣的直播主或替公司做事的網路自媒體到底有多少？這些都讓蘇于晏有些煩惱。

看來真的被說中了，蘇于晏這還是第一次正視自己這個如同被下降頭一般的執著性格。

雪崩的時候沒有一片雪花是無辜的，即使是無端被捲入的自己，會走到今天這種地步應該也不是完全清白。連鎖店的咖啡不是很好喝，但是蘇于晏想再喝一杯，這時他的手機突然響了。他一邊付咖啡錢一邊掏出手機，但看到來電人的名字出現在螢幕上讓他感到意外。

「你覺得蘇于晏真的知道怎麼處理那些資料嗎？」陳妥興問，原本閉目養神的芸樺聽到陳妥興的問題，重新露出那虛假的笑容說：「你覺得呢？」

「果然到最後又是這種狀況，但的確比上次好。」

「該怎麼說呢，這也不能怪他，畢竟那女人本來就很擅長演戲。」

機場的咖啡廳，蘇于晏座位多了兩個喝咖啡的人。

接到巧閔電話的蘇于晏沒有想過義哥也會同時出現，倆人看到他卻沒看到芸樺，他們認定那女人又逃掉了。蘇于晏人還在狀況外，義哥就用簡單明瞭的語氣跟他說：「你被那女人耍了。」

「那東西蘇于晏處理不來，所以最後應該也是得找人幫他處理。我知道義哥跟巧閔大概還沒死心要追出我後面的背景，所以大概不留下點什麼，他們也不會甘心吧。」芸樺說，開始翻看機上的免稅品雜誌，順便跟空姐要了杯調酒。

基本上蘇于晏所推斷的各種事情都沒錯，但錯就錯在他相信了芸樺的表演。

這時蘇于晏想起凌晨時芸樺給他的留言，提醒他要去哪個機場、幾點的飛機，其實仔細想就知道，最主要的目的怎麼可能是要跟他坦白一切，當然有其他打算。

「她知道我們很快就會查到這裡來，把你也找來這裡的目的就是為了讓你拿著這東西跟我們碰頭。」巧閔說：「看來是知道我們會揭穿她，這樣她就不得不演一齣情感大戲。」

結果自己還是從頭被騙到尾。

蘇于晏嘆氣，但義哥卻拍拍他的肩膀安慰說：「別嘔氣了，那女人會願意給你這重要的東西，整體而言還是認可你的，除了你被當笨蛋耍這點，哈哈。」原本是想安慰蘇于晏，但義哥忍不住笑出聲。

「義哥，你自己做的人物設定跑掉了。」巧閔說，檢查了隨身碟中的資料，推了眼鏡看蘇于晏說：「不過的確就像義哥所講的，她意外的很信任你，這小東西裡面的資料內容可是很驚人。」

據巧閔表示，這份資料大概是可以影響整個公關公司股價跌幅的資料。隨身碟的資料最後是交由義哥保管，蘇于晏以為他是替公司回收，後來才知道義哥已經離開原本所屬的那個大型公關公司。

「簡單來說是義哥的談判籌碼。」巧閔說：「看來公關公司那邊還沒發現事情不只有一支影片那麼簡單。」

「這女人算的真精啊，知道遲早會被人切割，就先玩這一手。大公司有時候以為自己掌握了大權，但是總在小地方摔得很慘。」義哥邊說邊摸摸下巴：「但對我沒什麼損失就是了。」巧閔看了一眼，看好局勢跳出來保全自己，又把自己人留在公司裏頭，要說會算，其實義哥與芸樺都半斤八兩。

「你如果你太在意自己被騙的事情，這可是會計較不完的。蘇于晏。」巧閔說。

不管是公關也好、自媒體網紅或是網路帶風向的業者也好，很多事情需要真真假假全部混在一起，這個時代只要讓人相信你所說的，並且持續到深信不疑的地步。這時你所說的話就代表正義。這個正義是脆弱且可貴的，要如何在這時代中掌握自己的話語權，以平衡個人利益和公眾善惡，或是在利用與被利用之間找到平衡點，這才是現實。

「我可以看一下資料嗎？」蘇于晏說，走到巧閔後頭。

手指操作觸碰板，看了資料裡的敘述，想起之前各種推測，感覺幾條線又被串聯起來，而又有著更多問題。蘇于晏的手又不自覺地敲著自己的手機，把自己所想的推論嘗試都打成紀錄。

這時蘇于晏想起芸樺在離開時對她說的那句話，雖然他不知道這是否又是巧閔的另一齣戲，但芸樺對他說：「揭發事件背後的正義，有時候比你想的要惡劣很多。」

的確，有些事情揭穿了不是很好受，使用的手法也可能不很正當，蘇于晏很難評判，不管是巧閔、義哥或芸樺所做的事情是對是錯，是利己還是為了大眾發聲？就像是那位同性戀的二軍球員想還給大眾自己學長不是假球案的真相，卻反而不被當事人接受。

人們的正義與虛假的接受界線到底在哪裡？

「在哪裡呢？」在飛機上的芸樺說，然後找到飛機螢幕上她想看的電影。

「我不覺得經過這次蘇于晏會繼續攪和下去。」陳妥興說。

「你不就是繼續下去的那一個人？」芸樺覺得陳妥興的話很沒說服力，陳妥興看著隔壁的芸樺說：「那不一樣。」

「我就當作是這樣吧。」芸樺說。

幾個月以後，不管是達人秀的事件還是關於芸樺的事情討論度都越來越低，關於節目內定的謠言，果然如陳玲雪所說，他那八面玲瓏的父母將這件事給壓了下來，並且巧妙地找來原本離職的公關上級義哥幫忙收尾。

「我們可以看出不實謠言對於參賽者有多大的傷害。大家還記得關於日本駐大阪官員自殺一案，不實言論帶來的傷害是巨大的，我們應該……」西裝筆挺的義哥，一句句都在譴責傷害節目的謠言，試圖將艾可與陳玲雪總決賽逃離直播會場一事，定調成雙雙承受不住外界壓力。

而這方法也明顯奏效，尤其對於他們的粉絲人數和演藝人員的支持。當然背後自然也少不了關係與金錢。最終陳玲雪與艾可還是接到許多商演活動，讓整個內定事件意外的圓滿。

「你要不要加入我們？」巧閔這麼問蘇于晏。

芸樺的頻道在百萬訂閱後停更，作為小編的巧閔發佈無限期停更的訊息，雖然真實的情形一般人無法知道，但各種不同的陰謀論到是沸沸揚揚，其中有幾條蘇于晏總覺得很接近他的想法，幾乎就是他參考資料所得出來的結論。蘇于晏在咖啡廳看向巧閔，巧閔說：「陰謀論和謠言不就是要真真假假才有意思？」

「話說回來，上次的問題你還沒給我答案。」巧閔說，意指之前問蘇于晏是否要加入她跟義哥湊出來的新團隊。聽說他們正在各處挖腳一些知名公司的人員。

「不，我沒有意願。」蘇于晏回絕了巧閔的邀請。

「真可惜，我還以為你一定會答應。但我會替你保留一個客座的位置。」巧閔推了眼鏡說：「雖然沒有意願加入，但不代表你不會查吧？我很欣賞你的觀察能力，到時候作為前同事的我會跟你多交流的，蘇于晏。」

面對巧閔這番言論，蘇于晏無法反駁。

那間國際公關顧問公司最終因一些內部問題還是被攤在陽光下，雖然蘇于晏不確定是不是巧閔和義哥所為，但巧閔這樣積極的拉蘇于晏入夥，是因為幾乎高達八成的事情都與他的推論一模一樣。

「在我們圈內，蘇于晏你現在可是炙手可熱。」義哥也遊說他，說：「要紅、要賺錢趁現在！畢竟主持正義不等人嘛。」

「不，我有想做的事。」蘇于晏再次回絕。

今天，工作逐漸繁忙的艾可抽空去探望蘇于晏的母親，畢竟是鄰居，除了自己的爸媽之外，蘇于晏的母親也是從小看她到大，看著房子上那老舊糕餅店的招牌，自從蘇于晏做中式糕點的父親去世後，這個以前許多人光顧的糕餅店就只好收攤。

「伯母，我是艾可。」對著藍色的鐵門敲了敲，艾可喊道。

這時像是回應艾可的聲音一樣，藍色鐵門突然被拉起，出現的不是伯母，而是穿著白內衣的蘇于晏，打著呵欠應門，說：「你知道現在才七點半嘛?而且還是假日。」

「蘇于晏?」看到出現在自己老家的蘇于晏，艾可著實有點意外。

「你哪時候回來的?」艾可問，但蘇于晏瞄了一眼艾可的伴手禮，吐槽說：「到糕餅店作客，帶別家的糕餅禮盒來妳好意思喔。」

「你很煩耶，這是帶給你媽的又不是給你。」艾可說。

「我媽人不在，應該是去附近的早市買東西。」蘇于晏抓著頭說：「我只是之後想存錢開店，想起我爸以前有留下來做麵包還是烹飪的書，所以才回來整理一下，整理完我就走了。」

蘇于晏害羞的說，他假裝鎮定的模樣讓艾可不想拆穿。

雖然蘇于晏有著拼湊事實跟尋找真相的執著，但對於說謊可相當不擅長。

「所以你家現在沒人?」艾可說。

「恩，只有我在家。」蘇于晏說。

「那我就打擾了。」艾可說，自顧自的從蘇于晏頂著藍色鐵門的手臂下鑽過去，進到家裡，這突然跑進家裡的舉動讓蘇于晏很慌張說：「欸欸!你幹麼那麼自動就進來，就跟你說我媽現在人不在了。」

「除了你媽以外，我就不能過來看看你嗎？」艾可說，人看著蘇于晏。

「也不是不行啦……」蘇于晏說。

「你在做麵包？」艾可問。在蘇于晏老家裡聞到一股烘培麵包的香氣。

「妳要吃嗎？」蘇于晏問。

幾個月不見，當艾可咬下蘇于晏做的麵包的瞬間，剛出爐麵包的濃郁香氣，綿密的口感帶有點苦味，不能說是非常好吃。

但……卻是讓艾可越發懷念的味道。

——END——

國家圖書館出版品預行編目(CIP)資料

造假者／陸坡，鄭匡宇作. -- 臺北市 : 寰宇軒行股份有限公司, 2024.11
面； 公分
ISBN 978-986-96264-4-6(平裝)

863.57 113017807

造假者

作　　者：陸坡、鄭匡宇
主　　編：鄭匡宇
出　　版：寰宇軒行股份有限公司
封面設計：廖光華
內頁排版：陳郁婷
校　　訂：鄭匡佑、陳宜岑
地　　址：臺北市大同區承德路三段58號6樓之4
電　　話：02-77566077#100
電子郵件：service@rucoltd.com
出　　版：2024年11月初版
定　　價：300元